松岡正剛
Seigow MATSUOKA
日本は歌でできている
うたかたの国
Seigow Remix
工作舎

まえがき——米米組のニッポン組曲

松岡正剛

米山拓矢くんが「松岡さんの詩歌についての本をまとめたいんですが、いいですか」と尋ねるので、うん、もちろんと言ったのだが、ぼくに詩集も歌集も句集もあるわけではないから、「ほう、どういうふうに？」と聞き返したら、松岡さんが詩歌について書かれた文章を再編集してみたいんですと言う。

なるほど編集してくれるのか、リミックスなのか、それなら米山くんのよさも出るだろうから、ああ、そういうことならぜひ愉しみにしているよと答えた。それで念のため「日本のもので？」と聞くと、はい、そうです。花鳥風月ですと言った。ブレイクもボードレールもヘルダーリンもリルケも、それから李賀も李白も書いたよと言っても、いえ日本がいいんですと言うばかりだ。よほどの日本好きなのだろう。

米山くんは岐阜の教科書や学習参考書の版元につとめている編集屋である。ふだんの仕事ぶりのほうはしかとは知らないのだが、あるときからイシス編集学校の門を叩き、師範代としても活躍した。ぼくは彼の教室に「まれびとフラクタル」教室という名前を付けた。すぐに人気のある師範代として、みんなから慕われていた。たいへん静かだが、内に秘めた闘志にはなみなみならぬものがあると見える。

しばらくして短歌を始めた。イシス編集学校に「遊」のコースがあって、そこに歌人の小池純代さんに宗匠をしてもらっているユニークな風韻講座が設けられているのだが、米山くんはその講座を体験してからすっかり和歌短歌に、俳諧俳句に、とくに連歌連句にはまったようなのだ。そして数年がたち、ぼくの詩歌の本をまとめたいと言ってきたのである。

半年たったころ、あれはどうなったのと言うと、着々ですと頬笑んだ。一年少したって、だいたいできましたと持ってきてくれたものは、予想以上に膨大だった。こんなに書いたっけと自分の作業の航跡に驚いたけれど、それよりも米山くんの思い入れがかなり深く、ぼくが書き散らしてきた数々の文章が巨大な複式夢幻能の長良川大曲のようになっている。これはぼくの本というより米山くんの本だよと言ったが、いえ、これが松岡さんなんですと譲らない。

そのうち、どこかで刊行してもらうべく工作舎の米澤敬くんに相談したところ、うちでやりますよと言ってくれた。米山くんと米澤くんだから、米米クラブならぬ米米組だ。それで太田香保にあいだに入ってもらっていったん米澤くんに預けたところ、さすがに編集のプロである、しばらくしてできあがってきたものがみごとなハイパー複式夢幻能になっていた。長良川どころではない。木曽川も揖斐川も組み合わさっての木曽三川の夢幻能組曲だ。米山くんも感動していた。

というわけで、本書はぼくが書いたテキストがすべてもとになってはいるとはいえ、仕上がったものはまったく見違えるほどにおもしろく、かつ変幻自在なエディトリアル・オーケストレーションになった。ロラン・バルトもジュリア・クリステヴァも、これだけのインターテクスチュアルな複合テキストはつくれまい。最後に編曲したのは米澤くんだが、律動や平仄が美しいのはもとの何百枚もの楽譜を米山くんがおこしてくれたおかげだ。

全体は「ひふみよいむな」の七章に展きながら、日本にとっての「うた」とはいったいどういうものだったのかということが追えるようになっている。この構成もすばらしい。歌や歌謡は日本語の苗床であり、表記システムの起源であり、多くの歌物語であって、かつまた日本人の感情の襞なのである。途中、記紀万葉から良寛まで、源氏から浄瑠璃まで、新内から歌謡曲まで、ふんだんに案内される。ぼくの西行好み、心敬への傾倒、蕪村主義なども、よく生かされていた。

おかげで出来上がったゲラを読んでみて、自分が書いたとは思えないほど気持ちよく揺籃できた。まさに「うたかたの国」が奏でられていた。

目次

ひぃ——うたの苗床——音と声と霊

方法の声

目当てと景色

文字霊か言霊か

ふぅ ——記紀万葉のモダリティ——●古代

袖振る万葉

代作と枕詞

漢詩を少々

みい——仮名とあわせと無常感——●平安

擬装する貫之

浄土と女房

いろはと五十音

よ ——**百月一首**——

いつ ——**数寄の周辺**——

消息の拡大

古今と今様

すさびと念仏

連歌の時分

むう　道行三百年●近世

俳諧の企み

歌う国学

三味線の言葉

なな　封印された言葉　●近現代

断絶の近世

寅と鬼と童

世紀の背中

【出典一覧】………★印は本文中の引用番号に対応

『ハレとケの超民俗学』(工作舎・1979)――★01
『科学的愉快をめぐって』(工作舎・1979)――★02
『概念工事』(工作舎・1980)――★03
『眼の劇場』(工作舎・1980)――★04
『遊行の博物学』(春秋社・1987)――★05
『間と世界劇場』(春秋社・1988)――★06
『外は、良寛。』(芸術新聞社・1993)――★07
『情報の歴史を読む』(NTT出版・1997)――★08
『知の編集術』(講談社現代新書・2000)――★09
『知の編集工学』(朝日文庫・2001)――★10
『花鳥風月の科学』(中公文庫・2004)――★11
『おもかげの国 うつろいの国』(日本放送出版協会・2004)――★12
『フラジャイル』(ちくま学芸文庫・2005)――★13
『ルナティックス』(中公文庫・2005)――★14
『新版 空海の夢』(春秋社・2005)――★15
『日本という方法』(NHKブックス・2006)――★16
『松岡正剛千夜千冊』(全7巻)(求龍堂・2006)――★17

ウェブサイト「千夜千冊」(書籍未収録)――★18
『17歳のための世界と日本の見方』(春秋社・2006)――★19
『日本数寄』(ちくま学芸文庫・2007)――★20
『神仏たちの秘密』(春秋社・2008)――★21
『白川静』(平凡社新書・2008)――★22
『侘び・数寄・余白』(春秋社・2009)――★23
『フラジャイルな闘い』(春秋社・2011)――★24
『法然の編集力』(NHK出版・2011)――★25
『遊学』(I・II)(中公文庫・2012)――★26
『意身伝心』(春秋社・2013)――★27
『日本問答』(岩波新書・2017)――★28
『擬』(春秋社・2017)――★29
『面影日本』(角川ソフィア文庫・2018)――★30
『ことば漬』(角川ソフィア文庫・2019)――★31
『万葉集の詩性』(角川新書・2019)――★32
イベント「NARASIA2011」二〇一一年一月二八日開催――★33

うたの苗床

●音と声と霊（もの）

方法の声

音が聴こえてこない文字は無力だ。文字というもの、もともと音から生まれてきたからである。――★05

音の交通、線の交換

まず、山や鳥や草や魚のたてる音があった。そのナチュラル・サウンドはカミでもあるし、信号の原型でもあった。東南アジアではこれを「ピー」といい、中国ではこれを「気」といい、日本では「もの」といった。「もの」は霊である。これらの情報の正体が何であるにせよ、それはオトヅレ（音連れ）というべきをともなっている。そのオトヅレを人々が真似てみたり強調してみせたりしながら、多様なボーカリゼーションの機能というものが誕生する。ボーカリゼーションは自然の分節化ということだ。文字の発生はその次だった。

このあたりの事情に関しては、自然と人間のあいだにおける分母性と分子性ということを考えてみるとよいだろう。太古、われわれは人類学的にも母を分け、子を分けたのであるが、それは音韻史上でも図像史上でも分母化と分子化を促進したのであった。これをたんに母音世界からの子音の剝離と自立と考えれば、発生言語学の問題になる。

分母性と分子性の自覚というものは、また輪郭の抽出ということにもあらわれる。ギーディオンが『永遠の現在』に分析したように、アルタミラやラスコーの洞窟にあらわれた輪郭は、まさに母情報が子情報を生み、子情報が母情報にフィードバックできるという発見史をあらわしている。一本の線は、いかようなセマンティクスにもなりうることになったのだ。

文字とは、こうした音と線の産物である。

そこには音の交通があり、線の交換がある。それを交響曲というにはおおげさであるかもしれないが、なににもまして大胆なコズミック・ダンスであるとはいえるにちがいない。——★05

どこで分節するかということが、人類の情報文化をつくってきた。——★08

母音的世界●文字や言葉の奥にはフォネー(音素)がひそんでいます。そのフォネーを子音として連ねていくと、そこに特別の感情がおこります。

本来、人間の原初的な状態は母音的な世界に満ちている。世界の未開民族や未開部族のフィールドワークをしたり、音楽を聴いたり、そのドキュメントフィルムを見るとわかることですが、かれらの音はだいたいが母音でできている。——★07

五七の韻律

日本の歌には五七調・七五調が多い。春の七草を「せり・なずな、ごぎょう・はこべら・ほとけのざ・すずな・すずしろ・春の七草」という歌を抜きに、七草の名を列挙できる日本人はまずいない。——★17

はじめちょろちょろ　なかぱっぱ　ぶつぶついうころ火を引いて
一握りの藁燃やし、赤子泣いても蓋とるな

間拍子●日本の間拍子というのは表と裏の拍子をもっていて、歌謡曲のなかでは二音一拍、四音一拍というリズムになる。日本人はいまなおなぜか、リストラとかパソコンとゼネコンとかコンビニというように、英単語を省略して四文字にしてしまうというクセがあるが、ここにも〝四文字で一拍〟という日本的なリズムが関係しているのではないか。——★21

一文字の逆転編集

言葉遊びもギリギリの言い回しで肯定と否定を入れ替えられるほどの技法に達するときもある。「世の中は三日見ぬ間に桜かな」という大島蓼太（りょうた）の句は、三日ほど家にいるあいだにもう桜になっていたという意味なのだけれど、これがいつしか諺になると、「世の中は三日見ぬ間の桜かな」というふうに、三日見ないだけで桜は散ってしまった、そのように世の中なんてものはすぐに変わるもんだというふうになる。「に」が「の」になっただけの鮮やかな逆転編集だった。――★17

ことのわざ●言葉遊びは駄洒落のようでいて、実は言葉の本質的な活用なのである。言葉の技を駆使したものが「こと・わざ」であり、言葉の意味を割ってでもその条理を取り出そうというのが「こと・わり」である。「寿」とはそもそもがコトダマとしての「言吹き」であったのだし、コトガラも事柄であって、また「言柄」でもあった。言葉にはいろいろな柄があったのだ。――★17

どんな言語にも〝内声の文字〟というものがある。コトダマとは音韻グラマトロジーの内蔵性をいう。――★05

日本という方法

日本における漢字と言葉づかいというテーマひとつをとっても、淡海三船によるといわれる天皇の漢風諡号の与え方、藤原公任による『和漢朗詠集』の編集、西行による歌枕のつかい方、近松が上方弁を浄瑠璃にしたこと、珠光や利休による草庵の茶の湯、端唄や小唄やオッペケペー節、昭和の演歌や日本語フォークソング、桑田佳祐の歌詞の漢字のルビづかいまで、こういうものを全部見な

いといけない。そこに「日本という方法」があります。――★28

ルビ●もともとルビそのものが世界中にない日本の文化です。ルビを振れば漢字をなんとでも読み替えることができる。このように日本の方法は、どんなものも読み替え可能になるという特徴があった。――★21

同音語●鈴木孝夫は日本語の特徴として、英語やフランス語には見られないもうひとつの傾向があることも指摘している。それは「意味が同じような文脈には同音語が多くなる」というものだ。大半の民族言語にはこういうことは少ないとされてきた。これは言語地理学で「同音衝突の原理」とよんでいるもので、多くの言語システムは同音衝突を避けるように発達してきた。

ところが日本語は、あえて同音を並べたてることを好む傾向をもってきた。そのルーツは、オオヤマトトトビモモソヒメやヒコホホデミノミコトといった神名の同音配列癖にまでさかのぼる可能性がある。――★20

オノマトペイアの凄み

オギュスタン・ベルクさんがこういうことを言っている。「日本人の言葉で一番すごいのはオノマトペイアである」と。どういうことかというと、日本語のオノマトペイアには、トントンとドンドン、キラキラとギラギラ、スルスルとズルズルのように、音は似ているけれども用いかたがかなり異なる擬態語や擬声語がたくさんある。しかも清音と濁音のちがいだけなのに、ものすごく的確なニュアンスが伝わってくる。こういうものは日本にしかない。たとえば英語で、ティックタックとは言ってもディックダックはない。——★21

声が知覚の速度のギアになっていると言ってもいいかもしれない。——★27

連音●古代の神々の名前をよぶときや、人間がよびさましをおこすときには、子音的な連ねが格別な機能を果たしている。こうした連音の魅力はいろいろの場面で体験されます。童謡に「母さんお肩をたたきましょう、たんとんたんとん、たんとんとん」という歌がある。この響きの中には肩を叩くという行為の音感が出ているとともに、子どもたちが「たんとん」のリズムに入っていける同期しやすさといったものがひそんでいます。

「どんどん仕事をやってくれよ」とか「夜もしんしんと更けてきたな」といった言葉は、その「どんどん」とか「しんしん」をつかわないといられないくらいに、さまざまな場面と行為の関係に定着しているのです。もし、こういう言葉がなかったら、われわれは日常会話をたのしめないどころか、うまくメッセージの表情を伝えられなくなるにちがいなく、それほどに言葉は音ヤリ

ズムによって躍動するのです。──★07

節と曲。ノリとフシ。ここいらに音楽の本当が端緒する。アーティキュレーションとカナリゼーションということである。これを国人がたとえば山の上から谷あいにむけ、朗々とうたった。──★06

てりむくり●「てりむくり」の「てり」は「照り」で、「むくり」は「起くり」です。「照り」は反るということ、「起くり」は起こるという意味です。わかりやすくいえば、凸と凹で、それが連続している。日本のさまざまなデザインや意匠、考え方や価値観には、この「てり」と「むくり」がひそんでいます。相反する性格が、ひとつの形のなかに同時に成立しているような例がたくさんある。

日本では音楽のことを「曲」と書きます。「曲る」です。これもまさに「てりむくり」です。日本の「曲」には日本の矛盾、日本の葛藤そのものがふくまれている。しかも世界中から恩恵をこうむって受け取ったものを、独自の「間の芸」、「間のアート」にしてきたはずです。落語もそうですし、文楽も能も歌舞伎もみんなそうです。──★21

矛盾からアワセへ

日本の社会や文化の奥にひそんでいるのはまさにこのような「矛盾と統合」なんです。「葛藤の出会い」なんです。和と荒、正と負、陰と陽、凸と凹、表と裏、「みやび」と「ひなび」の同居です……。このような矛盾しているものが合わさっていく、アワセになっていく。そうやって自己同一をゆさぶっていくのが日本流なんです。――★21

アワセ●貝あわせや歌カルタは、のちに一組にあわせるという意味あいから、夫婦和合の象徴と見立てられ、大名の嫁入道具のセットにさえ組みこまれて、豪華な蒔絵箱におさまっている。このアワセと見立てこそ、日本人に遊びのノスタルジーをかきたてるトリガーになっている。私などは〝花いちもんめ〟に出あうたびに、そのおもいをふかくする。――★05

われわれの文化史の大半がアワセの文化をもくろんできた。左右をアワセ、柄をアワセ、記号や象徴や意味をアワセて、文化を編んだ。アワセられなければ日本でなかった。――★06

型を「やつす」

「やつし」には「やつれる」という意味が含まれている。けれども何かに疲れてやつれるのではない。あえて正体を隠しているのが「やつし」なのだ。

お祭りに登場して見物客を笑わせる「ヒョットコ・おかめ」の踊りはたいていペアになっている。ヒョットコは「火男(ひおとこ)」が訛って「ひおっとこ」になった。このルーツはとことん行きつけばイザナギ・イザナミの男女二神にまでさかのぼるのだが、そこでヒョットコ・おかめは実は男神・女神の「やつし」のヴァージョンだったということになる。

日本文化では、フォーマルあるいは定型というものからちょっと外れることが「くずし」であり「やつし」なのである。そこには「整えきっている」のは、やりきれない」という感覚がある。もっとも、フォーマルや定型を身につけない「やつし」「くずし」は、たんなる反抗か身持ちくずしか、あるいはウケ狙いか恥知らずにすぎない。「型」がなければ、「くずしの美」も「やつしの美」もおこらない。型があるから「型破り」が芸になる。

最も代表的な「くずし」は、中国からやってきた漢字を万葉仮名にし、さらには仮名にくずしていったことだ。──★18

あなにやし、えをとこを　あなにやし、えをとめを──『古事記』

「やつし」の奥に「もどき」

日本の芸能や遊芸が「やつし」を構想してきたのは、その奥に「もどき」という方法があったからだった。「もどき」は「擬き」と綴る。擬態や擬似の「擬」だ。動詞では「もどく・擬く」というふうに言う。

つまり「擬する」ということだ。いったい「擬する」とはどういう意味なのか。

平易には、何かをモトにしてそれを擬くことをいう。それに似せることをいう。何かを真似ることをいう。ただし、何でもイミテートすればいいわけではない。ストレートな模造ではなく、本来の何かを継承したいための模倣が「もどき」なのだ。

世阿弥が芸能の本質を「物学（ものまね）」にあるとみなしたのは、そこに大事や大切の「もどき」を投影したかったからだった。だからこそ世阿弥の芸能は神や翁のもどき芸となって今日に伝わった。

もう少し広げていうと、「もどき」は「もじり」であり、また誤解をおそれずにいえば「まがいもの」や「にせもの」づくりでもある。——★18

日本の芸能は、この「何かの」を面影として継承するために「擬きの芸」に徹した。「翁」はそうしたモドキの芸能の原初にあたっていた。神を擬いた芸能だったのである。——★29

スサビ●スサという言葉を調べるとスサブという言葉から来ていることがすぐわかります。名詞は「スサビ」です。このスサビがまわりまわって花鳥風月的な日本文化の謎を解く大きな鍵のひとつになっていきます。スサブとはもともと「荒（すさ）ぶ」と綴る言葉で、荒（あら）ぶるという意味です。やがて、スサブあるいはスサビという言葉は、口ずさみとか手すさびなどという使い方になっていく。この口ずさみとか手すさびは「遊び」と綴ってスサミとかスサビと訓ませているものです。平安時代の言葉百科全書のような本に『くちずさみ』というものがありますが、これは『口遊』と綴っている。すなわち、最初の「荒ぶ」の感覚はどこかで「遊ぶ(すさぶ)」に変化していったのです。

この「荒れるスサビ」から「遊ぶ(あそぶ)スサビ」への変移こそは文化史的にすこぶる重要な変化です。どのような変移がおこっているのかというと、もともとは荒れていくさまに風情が感じられた時期があったわけです。屋根が荒れているか、庭に草が好きほうだい茂っているとか、そういう光景がスサビとして好感がもてた感覚があったとおもえるのです。

その感覚はしだいにアソビの対象になる。やがてスサビはアソビに重なり、移行していった。つまり、われわれの遊びの文化史では、アソビの背後には必ずスサビの感覚が控えているということになったからです。私はスサノオという神名も、こういうことに関係しているのではないかとおもっているのです。――★11

日本神話のなかで社会文化史的に
最も重要な神はスサノオです。――★11

「あそび」の過剰

アソビ・スサビの感覚を、誰かが「何かを好んでいる」という状態や傾向にあてはめると、つまりは「好み」にあてはめると、何かに執着しているとか、何かに惚れこむとか、何かに徹して遊ぶという意味になる。これは一言でいうなら「数寄」ということである。つまりアソビ・スサビは、何かに執着してそこを遊びきること、それをはたから見ると過剰な「荒び」にさえ見えるということをあらわしている。そもそも数寄とはそういうことなのである。「好み」に徹するということだ。

数寄は、「やつし」「ずらし」「もどき」を綜合する感覚だった。手法としては「かさね」の徹底ということだったのである。

ところで、日本文化がこのようなアソビ・スサビを伴うような数寄に徹するようになるには、つまりは「好み」を文化にするには、そこには「まねる」「うつす」ということができなければならない。

そもそも「うつす」は「移す」であって、また「写す」「映す」「遷す」なのである。移りながら何かを反映しつづけること、何かにトランジットしながらミラーリングしつづけること、それが「うつす」や「うつし」なのだ。注目しておいてほしいのは、この「うつす」の感覚は見るからに映像的ではあろうが、日本文化ではつねに文芸的でもあったし、また工芸的でもあったということだ。

つまり、和歌であれ連歌であれ、陶芸であれ、書道であれ舞踊であれ、日本においては何かを「まねる」ことが「移し」であって、それはもともと「写し」であったのだ。遊びは、この「うつし」から起動したのである。たんなる「まね」ではない。まさに「生き写し」という言葉があるように、そこには何かを「生かす」「活かす」ということがなくてはならなかったのだ。いきいきした写生のことを「活写」

と言ったり、立花を「いけばな」とも言うのは、そこなのである。

またたとえば、書道では誰かの書を手本にしてまねて書くことを「臨模」とか「臨書」というのだが、こういう「まね」は実は「臨む」ことから始まるということにもなる。日本流の「うつし」や「まねび」は「のぞみ」なのである。――★18

歌が歌を求めて漂泊をする。歌人がさまようのではなく、歌そのものが「さすらい人」という日本古来に芽吹いた母型を使って漂泊をする。――★18

本歌どり●本歌どりは、その歌にはモト歌があるということで、たとえば『新古今集』は冒頭からして、「春立つといふばかりにやみ吉野の山も霞みてけさはみゆらむ」という『拾遺集』の歌を本歌として、「み吉野は山もかすみて白雲のふりにし里に春は来にけり」を置き、続いて『万葉集』の「ひさかたの天の香具山この夕べ霞たなびく春立つらしも」を引いて、「ほのぼのと春こそ空に来にけらし天の香具山霞たなびく」を続けてみせた。

本歌どりとは本歌に肖(あやか)った歌なのだ。「あやかり」という編集技法なのだ。「あやかる」は「肖る」で、そのプロフィールやフィギュアをずらしながらもってくることをいう。このこと、「すがた」(姿形)をうつす、とも言った。姿は「す・かた」(素・型)のことである。

もっと正確なことをいえば、たんに引用しているのではなく、引用したものに自分の好みを重ねたのだ。そして、本歌と自分の好みを競わせたのだ。——★18

「うたた」する歌

そもそも日本の歌は時や所を超えて継承されていくものだ。心情や技法が継承されるのは当然だが、歌はもともと「うたた」するというものなのだ。「うたた」というのは「転」という漢字をあてる。うたた寝の「うたた」だ。歌は転々と「うたた」をしていくものなのである。「うた」(歌・哥・咏)という言葉の成立が「うたた」から転じたという語源説もある。

だから元歌が本歌となって、いわゆる「本歌どり」を連鎖させていくことも大いに悦(よろこ)ばれた。誰もオリジナリティなど誇らなかったのだ。元歌や本歌を真似ながら、捻(ひね)りながら、先送りしながら、歌は転々と「うたた」をまどろみつづけたのである。何を転々とさせたのかといえば「面影」を転々とさせた。面影をなんとか伝えていくこと、面影をなんとか蘇らせること、このことこそ歌人が大切にしたかったことなのだ。——★32

神々の原郷と見立て

いったい見立てとは何かというに、たんなる見かけの借景なのではなく、単純な比喩でも譬喩でもない。モトの光景から何かを捌き、必要な景物だけを抽出してくるものだ。きわめてエッセンシャルなスクリーニングをほどこすこと、それが「見立て」なのである。

このとき「おもしろし」「わがものになす」「やはらげる」ということが心得られる。橘俊綱（たちばなのとしつな）の『作庭記』には、石立て（庭作り）のことが縷々（るる）述べられているのだが、とくに「国々の名所をおもひめぐらして、おもしろき所をわがものになして、おほすがたをそのところになずらへて、やはらげて立つべき也」としているのが、深い。

ここには、「かさね・あわせ」の数々の手法が集まっている。これを「寄せ」とも言う。日本の神々は寄り神で（つまり客神で）、どこからか寄ってきた神であるのだが、まさに風景や景物を縮めながら寄せること、これが「洲浜」であり「庭」なのだ。ちなみにのちの「寄席」という席亭も、もとはといえば神々の芸能にあたる「もどき芸」の寄せたるところなのである。

このように本来の見立てには、神々の寄って来たる原郷を見立てる気持ちが必要だ。それは見立てによって、その場が本来の由緒にもとづいたものとして立ち上がるからだった。——★18

ぼくは日本の和歌や物語は文芸というより、日本文化の大切なものを保持しておく情報編集装置だったと思っているし、文様や模様や色どりはそれを明示するための必要不可欠な表象だったと思っている。——★28

歌と興の日本

日本は「歌」によって国語をつくったのでした。そう、断言してもいいとおもいます。いやいや、国語だけではないともいいたい。今日、伝統文化とか和風文化とよばれている多くの日本文化の特質の大半が、ここから派生したというべきでしょう。

これを言い替えれば、中国の最も古い『詩経』がその後の中国の詩歌の基盤になっただけではなく、絵画や舞踊の基盤になったように、日本の『万葉集』にはじまった「歌」の数々は、また「歌」が秘めた作用と技法と含意と思想は、その後の日本文化のいわばOS（オペレーション・システム）のような基盤となって、たとえば連歌を、たとえば能（謡曲）を、たとえば大和絵を、たとえば枯山水を、たとえば俳諧を、たとえば茶の湯を、たとえば浮世絵を生んでいったということになります。

なぜなら、能や大和絵や枯山水や茶の湯は、その根底にいつも「和漢両用の詩歌」を下敷きにしていたからです。このことこそが、日本の遊芸における「興（きょう）」の発展だったのです。漢字という「外来のコード」をつかって、これを日本文化にふさわしい「内生のモード」に編集しなおすという、画期的な「興」の発展だったのです。——★22

興●そもそも思考というものは次のような一連の手続きを前提にしていた。まずは古代中国ふうにいうなら、「興」があったのだ。これが古代ギリシアや古代ローマなら「想起」にあたる。ヨーロッパ中世ではインベンション（創案 invention）というものだった。こうして記憶が呼びさまされた。中世では、次にはインベントリー（在庫目録 inventory）を点検した。点検するだけではいけない。自分が創出したいと思っている思考の行く先にむけて、意味を寄せあつめた。古代中国なら「風・雅・頌」「賦・比・興」になる。六義六法だ。——★17

『詩経』における「風・雅・頌」と「賦・比・興」の二種混合的なイメージの分類法は、まとめて「風・賦・比・興・雅・頌」の六義（りくぎ）として、古代中国の文学の主要な構成要素を議論するときの、また日本の和歌論が立論されるときの、いわば表現修飾方程式のようなものになっていったのです。

——★22

日本最古の和歌はスサノオが須賀（すが）の宮で詠んだ
「八雲立つ出雲八重垣妻籠（つまごみ）に八重垣作るその八重垣を」だとされている。これを太安万侶は
「夜久毛多都　伊豆毛夜幣賀岐　都麻碁微尓　夜幣賀岐都久流　曾能夜幣賀岐袁」
と表記した。——★22

目当てと景色

まずトポスがあり、そこから文化のコードが生成される。そして原始古代は、風土の構造そのものに美術がひそんでいた。——★05

サキ●サキは、「先」「崎」「柵」「裂く」「割く」「咲く」「坂」「酒」などの言葉をつくっています。エネルギーがいっぱいになり、これ以上は先に進めない状態がサキなのです。先も崎も柵もそういうイメージをあらわしている。坂はこれ以上昇ろうとするとギリギリになるというイメージですし、酒はこれ以上飲むとおかしくなるギリギリの気分を示している言葉です。——★11

ムスビの形態共鳴

サキの観念はムスビの観念へと連結します。咲くことによって実を結ぶからです。

そもそもムスビは「ムス・ヒ」のことで、ムスは「産す」という意味、何かを産出することです。ヒは「霊」のことでスピリットのことですから、したがってムスビ（産霊）は霊力を生むものという意味になります。

このムスビから「結び」という言葉が生まれ、さらに「結ぶもの」のあれこれ一般が重視されます。ヒモロギやシメナワにあらわれる綱や紐や紙の結び方にも、こうした理由でムスビの形式が維持されてきました。その後は、髪飾りの結び方や着物の紐の結び方、包みものの結び方や馬のたづなの結び方、さらには「おむすび」という言い方まで、すべてムスビの観念がこもるのだと解釈されることになる。日本人はこういう形態共鳴が大好きなのです。——★11

ムスビ●「ムスビ」というのは、何かがいよいよ生まれる状態になっていることをさしている。ただし、ここが日本のおもしろいところなんですが、このとき必ず生まれた出所（でどころ）を伏せるんです。何かが生まれたことを、そのままあからさまにしない。そのかわり、何か熨斗（のし）のようなものを付けて、結び目をつくって、何か大事な出現があることを暗示する。日本の神話構造のいちばん奥にあるものが、この「ムスビ」でした。というのも、タカミムスビとかカミムスビという、ムスビの神々が日本神話の最初の最初に登場しているからです。——★21

「おとづれ」を待つ

庭の山椒（さんしゅ）の木に　鳴る鈴かけて

ヨーホーホーホーホイ
鈴のなる時ゃ　出ておじゃれヨー

これは九州は宮崎県の椎葉(しいば)村でうたわれている民謡の「稗搗節(ひえつきぶし)」です。「山椒の木」というのは、このばあいは依代(よりしろ)の松と同類の木のことで、そこに鈴をかけて待っている。鈴がなるときには何かが「出ておじゃれ」という歌です。

いまはこの歌は男が女を待っていて、鈴をかけておくので「それが鳴ったら来てね」という意味だとされています。しかし、もともと待っていたものは神です。あるいはやってくるものは異人やストレンジャーや鬼かもしれない。

私たちはこのような「おとづれ」を待つためにいろんなことをしてきました。けれども男たちは待っていられないので、たいてい自分のほうから出かけていく。これが「遊」という字のもともとの意味です。――★21

オトヅレ●ときどきしかやってこない神が社に里に来臨することを、まとめてオトヅレ（訪れ）といった。オトヅレとは「音連れ」である。神がやってくるときに音を伴っていたことを暗示した。そうだとするなら、われわれが浄土変相図や数々の阿弥陀来迎図に見る歌舞音曲を奏でる供養菩

薩たちの姿も、わが国のオトヅレの思想にはすこぶるふさわしい。――★20

深山には　霰降るらし　外山なる
真拆の葛　色づきにけり　色づきにけり――神楽歌「庭燎」

境木と手向

依代にはいろいろなものがあります。サカキ（榊）という木はそうしたカミを依らすための代表的な木です。サカキは「境木」あるいは「栄木」のこと、神道ではこれを常盤木と呼んで、エヴァグリーンの木が不変の情報をもたらしてくれるのだという見方をしました。

依代としての神木を目立たせるためにはなんらかの目印が必要です。

日本人はそれを藁束のような稔りに関係するものであてました。それがシメナワ（注連縄・標縄）のようなものになります。シメナワがあれば、それにさらに力と技を与える御幣のような飾りもいる。

御幣は日本の神祇行事には欠かせないもので、誰もが神社でよく見ているものですが、その由来や機能はけっこう複雑です。総称としては幣帛といい、ヌサとかミテグラとか、あるいはユフ（木綿・由布）とかシデ（四手・垂・木綿四手）ともいわれています。

ヌサ（幣）については、百人一首にもある菅原道真の、「このたびは幣もとりあへず手向山もみじの錦神のまにまに」の歌がやたらに有名なので、おそらくヌサという言葉だけは多くの人が知っているはずですが、この歌の背景の意味となるとけっこう深いものがあります。

まずもって、当時の人々が旅に出るときには絹や麻や紙を細かく切ったヌサを袋（幣袋）に入れて持ち歩いていたということを知る必要があります。ついで、それを各地の道祖神の前で撒いたということ、それはもともと「手向（たむけ）」といわれるもので、村境や嶺境でおこなわれていた風習であること（手向は峠の元の語）、さらにそこには「道切り」という疫神退治の儀礼がのぞいていることなど、いろいろの背景を考えなければなりません。

菅原道真の歌は、そのヌサを今度の急がされた旅ではもっていなかったので、かわりに紅葉のヌサを思いつつ神々の動向を心に浮かべているという歌なのです。「この度」と「この旅」は掛け言葉です。――★11

おそらく「神という情報」をさがすということと「意識の集中」をさがすということとは、似ているということなのです。――★11

影向と依代●私は日本のカミは気配の動向のようなものだと考えているのです。実際にも文献にはしばしばカミの到来を「影向（ようごう）」という不思議な言葉で表現しています。しかし、こんな微かな気配の動向のような微かなカミを感じるには、なんらかの道具立てが必要です。道具立てとは

いわば〝おとづれ装置〟ともいうべきものですが、その代表が「依代（よりしろ）」です。——★11

小さな自然

われわれは「強くて激しい自然」というものをあまり思考の対象にしたり、感覚の対象にしたりしていないようなところがあります。むろん野分（のわき）のような強い風を俳諧に詠んだり、雷鳴を絵巻にえがいたりすることはあるのですが、だいたいはおとなしく、小さな自然というものに関心をはらってきた。——★11

春の野にすみれ摘みにと来しわれぞ　野をなつかしみ一夜寝にける——山部赤人

女郎花秋萩手折れ　玉鉾の道行つとと乞はむ児がため——石川老夫

わが屋外（にわ）に蒔きしなでしこ　いつしかも花に咲きなむ　比べつつ見む——大伴家持

「山の界」と「里の界」

童謡に「春が来た、春が来た、どこに来た、山に来た、里に来た、野にも来た」という歌がありますが、もともと日本の社会文化を考えるばあい、「山の界」と「里の界」とを分けてみるのが便宜的なわかりやすい見方になっています。これは縄文時代から山に入って生活をした先住民の暮らしぶりや考え方と、のちに弥生時代以降、稲作が発達して里に定住した人々の暮らしぶりや考え方に、かなりのちがいがあるためです。

柳田國男が山人とよんだのは、この山の先住民たちのことで、古代中世の里の人々は山人にたいして一種の畏怖をともなう驚異をいだいていたようです。このことが、山に住むものを「山賤（やまがつ）」とか「山の姥（うば）」とか「鬼」とかよぶ習慣をつくります。これはむろん一種の蔑称で、たとえば山賊は猟師や樵（きこり）を身分が低いものと見た呼び方でした。『宇津保物語』は「天の掟あらば、国母、婦女ともなれ。掟なくば、山賤、民子ともなれ」と綴って、身分の低い山賤が情緒や条理を解さないという見方があったことを暗示しています。中世、その山人がときどき山から降りてきて、村里にやってくるという見方が定着するのです。――★11

人間の存在の歴史というものは、どこかに「出遊」しようとしている者の歴史であり、逆にどこかから来訪してきた者から彼の地の「物語」をたずねようとしている者の歴史である。――★13

山中他界と浄土のイメージ

日本にも古くから「山中他界」という観念がありました。人々は死ぬと魂が山の彼方に飛んでいき、そこで往生をとげるという考え方です。実際にも、多くの地で野辺の送りが山中や山麓でおこなわれていました。

いまでも日本各地には、人は死んだら魂だけが山に還っていくという考え方がのこっています。私が育った京都では東山山麓の鳥辺野（とりべの）が死者の魂がすだく場所だと教えられました。かつては風葬がおこなわれていたのでしょう。それを地方によっては阿古谷（あこや）とか阿古屋とよびます。六波羅蜜寺にある阿古屋の塔は以前は鳥辺野にあったのかもしれないと私は想定しています。それはまた説経節の「景清」や近松門左衛門の『出世景清』につながる阿古屋の物語になっていきます。

もっとも、仏教の浄土は極楽浄土とはかぎりません。西方は極楽浄土ですが、東方にも別の浄土があった。これは薬師如来がつかさどる瑠璃光浄土というもので、略して「浄瑠璃」といいます。のちに歌舞伎の原型になった人形浄瑠璃の浄瑠璃は、東方薬師浄土に奏でられている妙なる音楽のことだったわけです。――――★11

山はさまざまなイメージの母型なのです。
花鳥風月の舞台装置となるべき分母なのです。――――★11

見れど飽かぬ吉野の河の常滑の絶ゆることなくまた還り見む――――柿本人麻呂

名所の決めどころ

私は風景というものは人々の見方が決定してきたものだと考えています。その見方は、そこに景気が盛られているかどうかを判断することです。どこを景色のよいところと決めるかということ、すなわちどこを「名所」と決めるかということは、美意識や表現感覚が景気の動向と合致できるかどうかにかかっている。

景気をはかるには、まず「季節の呼び寄せ」という感覚が必要です。春なら春の、秋なら秋の、春らしさ、秋らしさを感じなければならない。ついで、眺望できるとか回遊できるとかといった「ながめ」のよしあしが大事になる。だいたい「ながめ」は万葉人が最も重視したコンセプトで、万葉言葉でいえば「見れど飽かぬ」ということがいちばん重要なことでした。日本の美意識はこの万葉の「ながめ」からはじまります。——★11

ともかく眺めることが第一歩だった。しかも見れども飽かぬことが出発点だった。花見、月見、雪見はその残響のナラワシだ。——★06

国見●まず「国見（くにみ）」というものがあった。国見は高い山にのぼって下界を見下ろすこと、また見晴らすことです。舒明（じょめい）天皇の詩句には「天の香久山に登り立ち国見をすれば」とあり、『播磨国風土記』は「品太（ほむだ）の天皇、此の阜に登りて覧国をしたまひき」とあります。大王（おおきみ）にはこういうことをする義務があったようです。国見の次に「野遊び」というものをする。山野に遊びにいくわけです。初期の記録としては雄略天皇の野遊びが有名ですが、なにも大王や貴族だけが野遊びをしたのではなく、庶民にも歌垣とよばれた一種の野遊びがありました。これは各村から繰り出してきた大勢の男女が開放的になって交歓しあうことで、いまでも中国の雲南地方に行くと大がかりな歌垣に出会うことがあります。また、野遊びには狩りもある。――★11

景気と遊山

もともと「物見」とは鑑賞にあたいする場所や賑わう場所、ようするに〝景気のある場所〟に行って見ることで、たとえば『古今和歌集』の詞書に「春日の祭りにまかれりける時に、物見にいでたりける女のもとに」とか、『落窪物語』に「心地の悩ましうてあやしげに成たる思ひ知られて、物見に出で立たば」とあるように、ごくふつうにつかう言葉です。

ここで物見といっているモノという言葉は、そもそもは「物」であって「霊」であるようなモノなのです。その物見をするために山に出かけることが物見遊山でした。いわゆる見物です。

その後、物見遊山は遊楽にむすびつく。

遊楽はレジャーのことです。それも最初は春の桜を物見するための花下遊楽というものが格別に流行し、それがしだいに秋の紅葉の物見へ、さらには近江八景の物見などへと発展する。花下遊楽では「花下の連歌」というものが必ず遊ばれていました。それもきまってしだれ桜が選ばれます。しだれ桜がその姿が印象的なので、古代からの依代だったのです。しかし、そこには下地としての国

見や歌垣という思想も生きていました。――★11

形代●形代（かたしろ）はカミの代用品ともカミのなぞらえともいうべきもので、代表的な形代は人形です。形代は祖霊を送るときの代理者であり、したがって土偶や埴輪なども形代の一種とみなせるわけですが、それだけではなく、神道ではミソギ（禊）のときに形代で体を撫でて力を移し、それを水に流すというようなこともする。これが世に知られる〝雛流し〟の原理です。もともと雛という言葉そのものが形代という意味をもっていました。――★11

布につく神威

衣裳箱。そこにこめられたおもいには切実なものがある。死者が遺した衣裳というものは、かつては仏寺に献納されて、仏具を包む袱紗などや幡をかざる布とされることが、大きな功徳とされていた。いわゆる着物には、着ていた者の霊がついているとされていたからだった。これが形見や形代の観念である。

もともと布に神威がつくという信仰には古い伝統がある。それがたとえば棚機（たなばた）（七夕）伝説の骨格をつくってきた。巫女が機を織り、織りあがった布を川辺に供えて、神を招く儀礼をしたのだったろう。平安期の宮中においても、鎮魂の祭に巫女となった女官が木綿（ゆう）を振って魂をよせ、魂箱にこれを鎮める儀礼が行われていたことが、「神楽歌」からうかがわれる。こうした織物への呪物思考をともなって、衣裳箱はいくたの変節をとげることになる。――★05

聖器としてのウツワ

「をかしきものを、興あるウツハして、かはらけ取りて」と『宇津保物語』にある。ウツハとはウツワのことである。宇津保のウツホとまったくおなじ意味、つまり空洞なるものをいった。日本の箱物語は、この空洞なるものから生まれ出る。

この聖器としてのウツワは、とくに「ホカイ」とよばれている。ホカイは「ホグ」（寿ぐ）という言葉と共鳴して、祭日に来臨する特定の神がその中にこもると考えられた。また、この聖器にこもった神の意志を代弁する巫祝の言葉が「寿歌（ほぎうた）」としてうたわれもした。逆にいえば、そのウツワの神がマツリに集まった人々の土地柄や国や村の風情、つまり土風（くにぶり）や生産力や収獲の豊穣をほめたたえたのだ。それはまるで、楽器がそうであるように、カラッポの容器から歌が生成されているようにもおもわれる。

例の天岩戸のシーンでも、太陽神アマテラスを岩戸からよびだすために伏せた槽（おけ）の上で、巫女の祖とされるアメノウズメが踊り狂い、神々がはやしたてる。こうした光景は、それなりに古い土俗の祭祀形態を投影しているのだろうが、槽が神をよびだす聖器の役割をになっているというあたりが気がかりだ。それに、このような神事によびだされた神の姿を演ずる俳優たちもまた「ホカイ」とよばれていたのだった。かれらは後世には門付けをはじめとする芸人、乞食までを意味するようになるが、聖器にこもった神が俳優をかりて示現するというプロセスが重要である。——★05

ウツワ●ウツワという言葉は「中空の容器」という意味をあらわしている。「ウツ」を語根にしているよう。〝全虚〟といった意義である。木や竹を薄く剝いで丸く曲げ、底を貼ってしあげた円筒状の容器、一般に曲げものとよばれる器物が原型になる。

その用途は、祭日に供される鮨をはじめとする特別な食物の容器であったり、物見遊山にもっていく弁当箱、あるいは餅米などを蒸す蒸籠であったりした。しかし、神社に祀られた御神体の多くが、この曲げものであることがまず注目されるのだ。すなわちウツワの原型とおもわれる曲げものは、聖器としての属性をそなえていた。そしてその属性は、特別な祝日に用いるハレの器物へと広がった。ウツワの中身ではなく、まさにウツワの内側を穿たれた形態それ自身が、文化史をタテにヨコになにものかを運びつづけたのである。——★05

夢の市場

古代人の夢のことで興味深いのは聖徳太子がそこで瞑想したという夢殿と、おそらく百回ちかくは「夢」という言葉が出てくる『万葉集』における万葉人の夢感覚です。

聖徳太子の夢殿は『上宮皇太子菩薩伝』では「夢堂」となっていますが、今日の八角の夢殿は天平時代をさかのぼれないものなので、それ以前にもう少し簡素な夢殿があったと思われます。その夢殿で聖徳太子は何をしたのか。『今昔物語』には太子は夢殿に入るときは沐浴をしたと書いてあります。その程度の説明では実際には何をしたかわかりませんが、私は瞑想というよりも、夢告を見るためにつくった神床だったのではないかと推測するのです。

一方、『万葉集』では「夢」は「イメ」と読みます。おそらくは「寝目」あるいは「寝見」から出た言葉だとおもいますが、万葉人がうたった夢はその大半が恋愛に関する夢になっているのです。とくに大伴家持に恋の夢が多いのです。

どの歌も夢が現実につながることを期待している歌で、万葉人がいかに夢に強い根拠をおいていたかを物語ります。私が注目している歌は次の歌です。

わが思ひを人に知るれや　玉匣（たまくしげ）　開きあけつと夢にし見ゆる

読み人知らずの平明な歌ですが、なかなかシンボリックです。玉匣の匣は櫛を入れるための箱のことで、尖った先っぽをもつ櫛（串）はもともと髪にさす神威を伝えるアンテナですから、その櫛を入れておく箱もそうとうにスピリチュアルなものです。この歌の読み人は、そのスピリチュアルな箱をあける夢を見たという。そんなにかんたんに玉匣があくようでは、きっと自分の心の秘密が他人に知られてしまったのではないかと怖れているというのが歌の意味です。

ここで注目すべきは、箱に櫛が入っているとともに、実は「語れぬ夢」も入っていたということです。それは夢のもつ時空間が箱に入っていたということで、つまりは玉手箱のイメージが夢のイメージとつながっているわけなのです。

玉手箱は魂箱(たまばこ)です。

それが「負の時空」の模型であることを、われわれは浦島伝説で知らされています。ということは、その箱のなかには神仙の香気があふれる蓬萊山(ほうらいさん)や常世(とこよ)があるということです。その神仙世界を万葉人はひそかに胸に秘めていた。それがどこかで秘密の恋心とつながり、あけるにあけられないせつないものになっているわけです。

私は万葉人の夢に「恋の市場」ともいうべき幻想の巷がかぶさっていたこと、逆にいえば「夢の市場」が万葉人の意識の交換の場で、そこに恋の出来事が重なっていたことを興味深く感じます。――★11

「ひなび」が「みやび」を凌駕するとき

花鳥風月の動向を見ることは、もともと万葉時代の「季節の呼び寄せ」にはじまります。

まず歌が、ついでは庭が、また調度が、それぞれ季節の模型をつくります。大伴家持や山部赤人には花草花樹を庭に植えたり種をまいたりする歌がある。このときはやくも雪月花としての花見、月見、雪見の端緒がひらく。花は手折って髪にかざし、月と雪とは盆に移します。あえて自然を間接にし、つねづね器量を縮めはしたものの、そこに欠かせないのは、なんといっても「景気を盛る」ことでした。

けれども、われわれの古代には道教的神仙観と仏教的無常観が予想以上に蔓延していて、花鳥風月に託した景気もとどまることはない。ままならない。加えて末法思想とともに到来した欣求浄土の感覚は、王朝の貴族の内に世のはかなさを教えてあまりに女性的な「あはれ」をよびおこし、やがて余情や幽玄をすら重視させるにいたります。

それが他方の武者の世では、「あはれ」が裏返って突発的で男性的な「あっぱれ」に移っていくのです。そうはいっても、いつまでも「あはれ」と「あっぱれ」が対比されたわけではありません。どちらにしても、無常で死ぬか戦場で死ぬかのちがいだけなのです。

これでは、花鳥風月もただただ往生の前に沈んでしまう。そこであらわれたのが山陵や田園を背景に都の中央に列を放って入ってきた田楽、猿楽、風流、今様、バサラなどの派手な高揚でした。

いやいや、これらの「みやび」にたいする「ひなび」のカウンター・エネルギーは、もとより庶民のあいだでは無常思想なんぞに冒されてはいなかったのです。われわれは、ついつい貴族たちの感覚を中心に花鳥風月の変遷を追いがちなのですが、実のところは「ひなび」が「みやび」を凌駕するたびに、あるいはまた「ひなび」が「みやび」を誇張するたびに、日本文化が大きな意匠変換をおこしていることに気がつくべきだったのです。――★11

一個の石、一本の樹によって世界を語りうることがあり、また一個の石、一本の樹木に世界を還すこともできる。――★06

花●花鳥風月のなかでも、とりわけ「花」は目立った主題です。花は草木としての花であって人生の花であり、また「時」としての花でもあり、依代（よりしろ）としての花であって、また「仏」に供えるための花でした。立花（たてはな）はこの仏前供花をひとつのルーツにしています。

もともと日本人が花とよんでいるのは、万葉の梅や古今の桜、春の桜や秋の萩が代表だとしても、そういう〝種類としての花々〟のいちいちを「花」としているのではありません。かつては「山」といえば比叡を、「花」といえば梅や桜をさしていたという、その逆の意味で、日本人にとっての「花」は花鳥風月の全体をあらわす概念であって、季節のウツロヒを包容してしまう観念なのです。それはたとえば藤原定家の歌、「見わたせば花も紅葉もなかりけり浦の苫屋の秋の夕暮」で、すべてが説明されつくされるとおもわれます。

ここには花も紅葉もありません。季節は秋、時は黄昏、どちらかといえば水墨山水の景色です。

そこへ鮮やかな桜の色と紅葉の色が幻影されている。定家のイメージには目の前の何もない浜辺の黄昏と脳裡の鮮烈な色彩とが同時に見えているのです。ということは、ここで否定的に持ち出された「花」と「紅葉」とは、われわれがイメージの内側で操作する母型としての「花」と「紅葉」ということなのです。——★11

二上の彼面(をても)此面(このも)に網さして　わが待つ鷹を夢に告げつも——大伴家持

鳥●おおむねユーラシアでは鳥は霊魂を運ぶものと考えられ、多くの鳥が霊鳥とされました。日本でもカラスの信仰がさかんで、とくにミサキガラスがわれわれの行く末を案内する鳥だと考えられた。ミサキは「御先」あるいは「御前」のこと、天空的先導性をあらわしています。日本神話にもヤタノカラス（八咫烏）が神武天皇を導いたという話が載っていますが、これは夕焼けのなかを山に帰っていくカラスのイメージと、われわれの魂が死後どこへ行くのかという謎とが重なって、カラスの行方に人間の人生の行方を占ったものでしょう。

鳥が霊魂を運ぶということは、鳥が霊魂を乗せて走る「天の船」であるというイメージを生みます。日本ではそれがアマノトリフネ（天鳥船）という天を行く船になります。アマノトリフネは渡り鳥に託して想像された船かもしれません。——★11

秋来ぬと目にはさやかに見えねども風の音にぞおどろかれぬる――藤原敏行

風●日本の風の名前にはいろいろおもしろいものがあります。これを研究したのは柳田國男の『風位考』で、ついで元中央気象台の関口武さんの調査が圧倒的です。それらによるとほとんど風名だけで日本の民俗文化を説明できるような気がしてきます。

最も一般的な風名はコチ（東風）、ハエ（南風）、ヤマセ（山背）あたりでしょうか。とくにコチは「東風吹かばにほひおこせよ梅の花あるじなしとて春な忘れそ」という道真の望郷歌が有名なので、よく知られている。太宰府の道真が東から吹いてくる風を想っている光景が手にとるように見えるのでわかりやすい歌だとおもいますが、実際には全国的にはコチよりもアユノカゼとよぶほうが多い。とりわけ日本海側では春夏の北寄りのちょっと涼しい風はアユノカゼとかアイノカゼとよんでいます。――★11

「**神は清きもの、明**（あか）**きもの**」

日本の四季はウツロイをもった風土です。一神教的な砂漠文化とはまったくちがいます。ガンジスの森とも異なりますが、それでもさまざまな突発的な現象が四季折々に見舞う。

そのため、つねにちょっとした変化にも注意深く気をつけていなければなりません。波の高さ、山の音、峠の雲、鳥の騒ぎ、木々の梢、花の咲きかた、蛙の鳴き声、虫の音に注意する。季節の変化や光や影や物音や風の色のようなものに関心を寄せるのです。やがてそれは、そうした季節の折々の食べものや着るものや軒に吊るすものにも変化を与えます。また、それらの変化のそれぞれに神仏を想定することにもつながります。ウツロイです。

このような風土のなかでは神はできるだけ澄んだものでなければなりません。「神は清きもの、明きもの」とはそういう意味でした。澄んでいなければ注意がゆきとどかない。そこで『日本書紀』の斉明紀や持統紀には「清白き心」という表現がとられたのでした。つまり清明心をもつこと、微妙な情報に敏感であること、それが本来の日本の神祇の感覚であり、同時に森や里山という環境での日本人の判断力の源泉だったのです。

こうしたことは、日本の神々はちょっとしたことをきっかけにやってくるのだという考え方につながります。――――★16

マレビト●マレビトは稀人とか、客人と綴ります。一般的には、ムラにときおり訪れる神のことで、常住する者（常民）にとってはいつも異様な来訪者と映るものです。マレビトは異人であり、異神であり、そして客神です。つまりストレンジャーです。

そのマレビトにも大きくいえば二種類あります。鈴木満男さんが指摘したことですが、第一のマレビトは常世からやってくる来訪神としてのマレビト、第二のマレビトは神を背負って村々をまわる神人芸能者としてのマレビトです。第一のマレビトは正月の歳神のようなもので、予祝をもたらす神そのものです。第二のマレビトは神の扮装をした芸能者であって、しばしば神のようにふるまうけれど神そのものではありません。

しかし、いずれのマレビトも大事な「客」として扱われることに変わりない。そのため、折口信夫が指摘しているように、多くのマレビトは蓑笠をつけてマレビトのしるしとしているというのです。

蓑笠をつけたマレビトという姿は奇妙なものです。これはあきらかに旅装束です。いったいどこからどこへ旅をするための旅装束なのか。

これについては小松和彦さんが興味深い論文を書いていて、それによるとあの世からこの世へ、この世からあの世へ旅するための装束なのではないかという。つまり蓑笠も依代なのです。蓑笠を付ければ、人は神になれた。少なくとも神っぽくなった。——★11

べつだん神様や異人ばかりがマレビトではない。異常なオトヅレならすべてマレビトだ。しかもそれは客としてやってきて、主になり代わる。——★06

主と客●われわれは自分ではなかなか気づかないが、ときどきおかしなことをしている。そのひとつに、大事な客が来ると、それまで自分が坐っていた席をあけて客に譲るということがある。私は、ここに「主」と「客」の変換がおこっていると見ている。日本文化には、このように主客を入れ替えることで絶妙なバランスをとるという方法がある。——★11

お客様は神様です

カミを客人として迎えた主人はなにをするのであろうか。カミが異様な客として姿をあらわしている時間はそんなに長くない。平均すればせいぜい一晩くらいのところであろう。そのあいだに、当家の主はせいいっぱいのモテナシをする。酒を出し、料理を出し、その地のとびきりの生産物を出す。カミを遊ばせることにつとめるわけだ。歌舞音曲も必要となる。客人としてのカミの側からいえばこのモテナシは「神遊び」であり、主人としての家の側からいえばこれは「振舞い」である。振舞いは文字通り、身振りや舞をともなうとともに、今日でも、〝大盤振舞〟の言葉があるように飲食をサービスすることも意味した。

ここに芸能の誕生があり、日本的演出のひとつの出発点がある。強調しておかなければならないのは、神々が演じるのではなく、あくまで神々を迎えるモテナシの連中がなにかを演じ、振舞うという点である。ギリシャの神々やヒンドゥの神々がみずから見せるパフォーマンスとは、その点がちがっている。つまり、神遊びを端緒とする日本の演出空間には、もともと「お客様は神様です」の構造が流れていたというべきだった。

能楽堂に一度でも行ってみたことのある人なら、観客席が海の上ないし浜辺にあたっていることに気づかされるとおもう。これは、かつて能の原型ともいうべきが、海からやってくるカミに向って浜辺において行われていたことを予想される。古代芸能の演者たちは、おそらく海岸の松林を背に、海に向って踊り、舞い遊んでみせたのである。その構造がそのまま能楽堂にもちこまれた。舞台の背後の鏡板には松が描かれ（松羽目）、舞台の下には白砂利が敷かれ、観客席は大海原にあたるスペースを占めることになった。

カミの座が客の座であるということは、日本の演出空間がつねにカミの降臨を相手にしてしつらえられ、やがてそのカミの座に貴族や庶民などのカミならぬ者が居坐ってもなお、その伝統を守っていたということを暗示する。よくいわれることであるが、歌舞伎において役者が七三の見得を切るとお客は自分たちに見得が切られたとおもってよろこぶのだが、実はそれは原則的にはカミの降臨する目印に向って切られていたのであった。——★05

日本的演出の原点ともいうべきが、たしかにザブトンの座をゆずるというところにもあらわれている。——★05

山田の中の一本足のかかし、天気がよいのに蓑笠つけて、
朝から晩までただ立ちどおし、歩けないのか山田のかかし——文部省唱歌

山田の案山子

日本には「山田の中の一本足の案山子（かかし）」という風変わりな一本足がある。山田の案山子にはヤマダノソホドというれっきとした神名がある。また、スクナヒコナ伝承では、天下の事ならどんなことも知っている博識神としてクエビコという神が出てくるが、このクエビコを『古事記』ではヤマダノソホドのことだとも書いている。クエビコのクエは「崩え」で、歩行不能の意味である。ということは、山田の案山子は歩けないけれど、そこにいて天下の事をすべて知悉している者の象徴だということになる。歩けないのは片足者か、足が萎えていたかのどちらかだ。こんな歌がある。

あしひきの山田の案山子（そほづ）おのれさへわれを欲しといふうれはしきこと

この『古今集』の誹諧歌では、本来は山にかかる「足曳の」の枕詞を跛足の「足跛き」に掛けている。また、案山子を「そほづ」と訓むことについては、すでに本居宣長が『古事記伝』に「そほづ」はソホドのことだという推理をしている。それを郡司正勝が『童子考』で、さらに「そほづ」は僧都でもあろうと推理した。

カカシの歌にある「蓑笠つけて」もはなはだ重要な意味をもつ。日本において蓑笠をつけるのは、神か、あるいは神の代理人であり、蓑笠はその物実である。その象徴的な姿はいまでも道の地蔵やナマハゲなどとして見られよう。さらに重要なことは、わが国にはこの蓑笠をつけた姿を借りる者たちがいて、その者たちが「境の民」であり、また、渡世人や遊侠や任侠の徒をもって任ずるアウトローたちなのである。

このような跛行の神や足の萎えた神は、われわれに何を知らせようとしている神なのだろうか。動けないこと、動けないほど弱っていること、また、さまざまな場所を遍歴巡行してついにどこかへ辿りつき、いまはただそれまでの出来事をおもいめぐらしているということは、きっとわれわれの思索の起源のありかたを示唆しているはずである。——★13

文字霊か言霊か

増殖するアヤ

はじめに「文」があった。文身、すなわち刺青である。それは、体毛を失い体表模様を喪失した弱い人間が、みずからを外敵から守るためにどうしても必要とした〝人工の皮膚〟だった。また、部族間の闘争に勝つための呪術的装飾の第一歩でもあった。

これをわが国ではアヤという。アヤとは、本来は線条がななめに交錯しているさまをさす。その最も単純な原型が「×」である。原始、いくつかの部族では生まれた赤ン坊の額や胸に、呪力としての×をしるしたものだった。やがてアヤは増殖して綾となり文様となり、姿を変えて文字となる。文字もまたマジカルな文様である。――★05

文のコード●「文」のパターンが呪力をも示唆したように、「文様」も「文字」もやはり呪能を発揮した。文様はデザインに、文字は言葉になったけれど、いずれもコードとしてはおなじ分節力をもっていた。たとえば縄文時代の「縄文」とは縄のよりあわせ方や結び方によって相手を圧倒できるコー

ド、あるいは前言語情報である。――★05

×が棲む文字

縄文人は各部族によってそれぞれの縄文をもっていたにちがいない。各部族はそのコードの力を競い、たがいに相手を圧しようとした。そんな〝縄文争い〟のなごりを、いまなお運動会でおこなわれている綱引きから憶測できはしないだろうか。また縄文コードの異様な威力を全国各地の神社のシメナワ、冠婚葬祭時につかわれる水引、相撲の横綱などから類推できはしないだろうか。

「文」という文字からは「産」や「彦」や「顔」という文字がつくられる。「斑」にも×が棲んでいる。産や彦はいずれも魂が充実した状態をさしている。「産」はムスと訓んで、産霊（ムスビ）のことである。額に×をつけた生命が充実すること、それがムスビである。そのように魂が成長した男をムスコといい、女をムスメといった。ムスコとムスメが一緒になることをやはり「結ばれる」とよぶ。「彦」という字はそのムスコをあらわしている。かつては、それは神だった。――★05

こうして「文」が成長し拡大すること、それが文化であり、そうしたいくつもの「文」が定着することが文明である。文化も文明も最初はたったひとつの、ちいさな紅い×だった。――★05

物語の原型

ほぼ断言できるのは、そのころから日本人はたくさんの「物語型の情報」を語りあっていただろうということである。これについては小林達雄をはじめ、縄文学者たちが土器の文様に〝物語の原型〟のようなものが見えていることを指摘しているので、そのまま認めたい。

このような物語は、おそらくは祭祀や原始的な儀式のかたちをとって伝えられた。つまり情報の記憶と記録は、祭りの順序や服装の色やあるいは模様や歌の様式で保存されたのである。

そのため、縄文人が土地を移動するたびに、いろいろな言葉が激突したり交じりあった。後世、このような言葉の混交の光景に出会った人々が、自分たちには理解できない言葉をしゃべる連中のことを「サヘギ」とよんだということがわかっている。

サヘギは「騒がしい連中」という意味で、このサヘギからのちの佐伯氏といった一族も派生した。空海はこの一族である。おそらくコトダマの構想はこのサヘギとの出会いから生まれていっただろうとおもわれる。——★20

「文様から文字へ」という観点が、いっさいの言語学から欠落してきたままである。文様のもつ呪能性がどのように文字という記号性に変位したのかを見ないでは、実は記号言語学などはその半分の役割をはたしたことにもならないはずなのだ。——★05

言葉の戦争

古代史は部族間の武力の抗争と、そして表現力の抗争の歴史だ。六世紀後半を象徴する大伴・物部・蘇我の三氏武力抗争は、そのまま神や仏をめぐるイデオロギーによる表現力抗争でもあった。「力」と「武」の優劣は、つねに「美」と「文」の優劣によっても争われるものである。

たとえば一基の塔は、力のシンボルであるとともに美のシンボルであり、その塔をめぐる「文」、すなわち文化性や文様性のシンボルでもあった（白川静）。古代史はそれらを同時に表現する。そしてそれはまた久しく文字をもっていなかった日本においては「言葉の戦争」にもなった。これはシンボル操作をどのようなメタファーの有効性によって成就するかという進行である。――★05

物語●物語は「モノがかたる」（語る・騙る）ということで、そのモノというのは、「物（もの）」であると同時に「霊（もの）」である。しかも「物」も「霊」も憑くものなのです。憑くものというのは本来はただよって漂流しているもので、あらゆるところにあまねく存在し、微粒子のようにまたニュートリノのように山河の隙間を埋めつくしているものです。それが「物」や「霊」としてさまざまな出来事を語るわけです。こういうモノが動き出す世界をもった話が「物語」だったのです。――★11

語り部の時代

古代王権は各地のカタリの名人を集め、モノの歴史を語らせた。記紀や風土記にのこるさまざまな神異の話はそうしたモノが生きていた時代の記録でもある。三輪山に君臨するという大物主神(おおものぬし)などは、そうしたモノの凝集力を誇示していた一族の長だったのであろう。いわゆる語り部の時代であった。——★05

カタリとは、瞬間的なその場にある種の擬構造を演出させる古代観念技術をさす。——★04

かく宣らば、天つ神は天の磐門を押し披きて
天の八重雲をいつの千別きに千別きて聞しめさむ
國つ神は高山の末・短山の末に上りまして、
高山のいゑり・短山のいゑりを撥き別けて聞しめさむ。
かく聞しめしては皇御孫の命の朝廷を始めて、
天の下四方の國には、罪といふ罪はあらじと、
科戸の風の天の八重雲を吹き放つ事の如く——「六月の晦の大祓」

言葉をもてなす

神はまず、おしなべて言語の呪力をもっていた。あるいは言語を食べる呪力をもっていた。これをコトダマの力という。だからこの呪力に富んだ言葉、すなわちミコトをもてなさなければならない。「言葉をもてなす」とは、神が射出するいくばくかの言葉を受けとめ、借りうけ、さらにこれを解義して記憶し、しかもいつでも再生できるようにしておくことだった。これが各地の言語編集呪能者としてのいわゆる語部(かたりべ)や、またその管理者ともいうべき神官の役割となっていったのだった。

神官は祝詞や宣命をしゃべれなければならなかった。それも神を遊ばせることだからである。大化改新を中大兄皇子とともに挙行した藤原鎌足は、もとは中臣鎌足といった。その中臣氏はこのような「神の言葉」を管理する一族だったともいわれている。一方、藤原氏は水を管理する一族だった。水を管理するとは治水の術をこころえていたということで、したがってかなりポリティカルな能力をもっていた。鎌足が中臣から藤原に「氏姓の変換」をはかったということは、そのころコトダマだけにおる統治に限界が見えてきたということを暗示する。

神はまた大食いで、性欲も強かった。これをもてなさなければならない。もっぱら遊女(あそびめ)がこの任にあたる。律令に記録されている奈良朝の天皇には、後宮といわれるそのような官女たちが百人も二百人もいた。彼女らの歴史はまことに興味ぶかい。きっとさかのぼればタナバツ(衣通姫)にまでとどこうし、のちには更衣にさえつらなっている。

また、死ねば死んだで葬送のもてなしをした。この葬送の儀に仕える者を古代律令制は遊部とよぶ。記録では垂仁天皇の庶子である円目王というどうやらまんまるの目か盲いた目の遺伝的形質をうけた一族の末裔が遊部になったとある。伊賀の比目岐和気の一族も、何代かにわたって遊部をつとめた。なぜかこの一族も異質の目に関係がある。――★05

時に舎人ありき。姓は稗田、名は阿礼。年はこれ二十八。人と為り聡明にして、目にわたれば口に誦み、耳にふるれば心にしるしき。――『古事記』序

語り部の編集方法

日本では、長らく文字がなかったので、語りは文字に頼らない何らかの方法で継承されていたと推測されます。文字に頼らないということは、声や身振りや形や色を、場面ごとの語り言葉のなかの順番や特徴などで活性化（アニメート）させていたということです。そこに独得の編集方法が発露していたということです。ということは、日本では語り部がとても重大な役割を先駆的に担っていたということなのです。

語り部の脳裡のなかには特異な編集方法がひそんでいたということなのです。それはおそらく言霊による編集だったでしょう。ところが奈良末期、古代日本の言語がそうした特定の語り部の脳裡か

ら開放されていくようになっていきました。それまでは出雲の語部の君、大伴の談の連、天語の連、中臣や安倍の志斐の連などがいて、とくに宮中では忌部氏や高橋氏が重用されていた。それが律令国家が拡張し、文字の使用が普及していくにつれ、拡散し、またその主要部分を藤原氏が支配下におくようになります。

そこで忌部氏はそれに不満をもって、日本本来の言霊というものはわれわれが物語にして奏上することになっているのだ、われわれはそのための多くの秘術をもっているのだ、われわれの職能を戻しなさいと文句をつけました。この一部始終のいきさつは『古語拾遺』という文献にのっています。けれども、時代の波は忌部氏や高橋氏を押しのけてしまいます。古い一族は新しい一族に交替させられていったのです。

では、古い言霊による語り部の編集方法はどうなっていったのか。消えていったのか。そんなことはありません。一部はわかりにくくなったでしょうが、新たな万葉仮名や文字表記をえて、風土記となり、『古事記』となり、長歌や和歌や反歌になって記録されていったのです。また、各地に語り部を散らせていくことになったのです。

以上のことは日本に文字がなく、そこに漢字が導入され、新たなリテラシーが急速に発展していったことと深く関係があるのです。日本は万葉時代以降、こうして語り部の脳裡の奥にある「場の記憶」を維持し継承するためにも、新たなリテラシーを開発しつつ、その基本構造を変更しない自立日本になろうとしていたわけです。

しかしここでも重要なことは、そこには場面の特徴をいかした「場の記憶」をたくみに継承する編集方法が活用されたということです。そのことを保証するためのひとつの編集術として、神名の綴りかたや枕詞の選びかたがあったのでしょう。——★16

けだし聞けらく、「上古の世に、未だ文字あらざるときに、貴賤老少、口々に相伝え、前言往行、存して忘れず」ときけり。書契より以来、古を談る(かた)ことを好まず。——斎部広成『古語拾遺』

話し、噺し、咄し。なぜわれわれはハナシを物語るのか。その物語はやがて自立し、転移し、そして譲渡もできる。神話から人工知能まで、そこには万国共通のモジュールがひそむ。——★06

ミコトモチ●古代王権時代において最大のコトを発揮できるのはむろん王自身あるいはその側近である。王のコト（言葉）をミコトと言った。王のミコトをもらってこれを所持できることは、それだけで他を圧する伝達者になったということである。これをミコトモチという。のちに国司とよばれる者がこのミコトモチとしての伝達者であった。王の言葉はたんに言葉であったのではなく、それを媒介させて使用する者に力を付与させることになったのである。ここにいわゆるコトダマが介在する。言霊だ。——★15

神代より　言ひ伝て来らく　そらみつ　大和の国は
皇神の　厳しき国　言霊の　幸はふ国と　語り継ぎ　言ひ継がひけり――山上憶良

文字霊到来

こうした「言霊さきはふ国」に、ある日めくるめく漢字が躍りこんでくる。それは世界でもっとも豊かな表情をもった表意文字であったが、むろんすぐには浸透しなかった。拒否もしなかったであろう。わが祖先たちはむしろその指示力に相当驚いたにちがいない。何ぶんにもミコトモチが走る国である。

そこへ「漢委奴国王金印」に象徴されるような言語の象形性による先触れがくる。

問題は音韻世界であった日本語にいかに漢字をあてはめればよいかということだった。ふたつの方法があった。ひとつは漢字の音をあてはめる方法である。万葉集冒頭歌でいえば「籠毛与美籠母乳布久思毛与」の「籠」以外がすべて漢字の音をあてはめている。これがいわゆる万葉仮名になる。もうひとつの方法は漢字の意味を知り、これをあてはめる。「美夫君志持此岳尓菜摘須児」の「持・此・岳・菜・採・児」などがそれである。これはいわゆる〝翻訳〟であるのだが、ここで古代日本語の不可思議がはじめて露出されることになった。

三輪山には古来よりオオモノヌシとよばれる神がいた。これを漢字で意訳してみると大物主と大霊主のふたつの該当漢字があてはまる。

モノという古代観念には「物」と「霊」という漢字ではまるで相反するかのようなイメージが含まれているためである。このオオモノヌシの子にコトシロヌシがいる。コトシロヌシに漢字をあてはめてみても事代主と言代主のふたつの該当名ができあがる。やはり古代観念のコトには、言語性と事物性のふたつのイメージがひそんでいるためだった。

このような例は枚挙にいとまがないが、いま一例として引いたようなモノやコトという普遍観念が、つい漢字をあてはめたために物質としてのモノと精神としてのモノ、事物としてのコトと言語としてのコトなどに特殊分割されてしまったのは、日本言語史上の大事件であった。けれども開化の歴史は容赦なく進み、それまでひそかに守りつづけられてきた言語世界にヒビが入りはじめた。そんな渦中に旧来の言語世界、すなわちフルコトを守らねばならないと考える一派が出現する。有名な豪族では物部氏や忌部氏や高橋氏などがその一派のひとつであったが、物部氏の場合はよく知られるように崇仏派の蘇我氏と争って敗退をする。しかし物部氏のように中央で権力闘争を仕掛けて敗れた〝旧言語派〟ばかりがあったのではない。

フルコトを守ってひそかに捲土重来を期す一族もいた。私はそのひとつがサヘキ一族やトモ一族ではなかったかと考えている。大嘗祭（おおなめのまつり）の儀礼にその残響が聞こえてくる。――★15

大嘗祭●大嘗祭のプログラムのおおかたは省略するが、夜の戌の刻から天皇が悠紀殿に進むにあたってはそれは面倒ないくつかのフルマヒをする。そのひとつに、廻立殿の東戸を開いて沐浴をしたのにち祭服に着換えて大嘗宮にいよいよ入るという局面があり、ここで大嘗宮の南門を開くのがトモとサヘキの第一の役割になっている。

南門が開かれると、宮内省の官人たちに連れられて吉野の国栖十二名と楢の笛吹き十二名が入ってきて〝古風〟を奏楽する。ついで同じように、その年の悠紀の国の国司が歌人を率いて〝国風〟を奏楽する。これがおわると東西の掖門を開いて語部たちが登場する。語部は東西それぞれの門から入ってくるのだが、その語部たちを率いて先頭を入場してくるのが、またもトモの宿禰とサヘキの宿禰各一名だった。ここでトモとサヘキが一対の恰好になっていることに注目しておきたい。トモ氏とサヘキ氏が東西の掖門から入って引率してきた語部はそれぞれ十五人ずつあった。その語部たちはいわゆるフルコト（古詞）を奏上する。——★15

擬死再生のための言語

フルコトとはまたヨゴト（寿詞）とも言われるが、簡単にいえば「擬死再生のための特殊言語」であろう（井上辰雄）。これを各地の語部たちはひそかに伝承し記憶しつづけた。各地の語部たちとはどういう一団であったのか。『延喜式』神祇七をみると、大嘗祭のフルコトを奏上する語部は、「美濃八人、丹波二人、丹後二人、但馬七人、因幡三人、出雲四人、淡路二人」となっている。これが『江家次第』では「語部古詞ヲ奏ス。其ノ音、祝ニ似タリ。又、哥声ニ渉ル。出雲、美濃、但馬ノ部、各々之ヲ奏ス」となって七か国が三か国にへっている。

この減少は古代王権の基盤の衰退を物語る。おそらくは奈良朝あたりから次第に語部の職業が希薄になったものにちがいない。――★15

漢字はその一字ずつ、一画ずつが神の依代づくりのプロセスであって、憑坐（よりまし）なのだ。――★17

物語の改竄

漢字による表記が登場し、それを万葉仮名で綴るという方法が生まれてくると、語り部たちの物語編集にも大きな変革がおしよせた。

まずは語り部の稗田阿礼（ひえだのあれ）よりも書記役の太安万侶（おおのやすまろ）の書記能力が重視されたように、しだいに語り部の発声能力よりも書記能力が偏重された。また、優秀な語り部たちの役割が中央政治にくみこまれ、中央の政治編集に与（くみ）しない語り部たちが中央から排除されていくということにもなった。中央政治は中央のために文字をつかった編集力を集中させていったのだ。

このとき、かつての各地の語部が伝承してきた生きた物語が改竄された。だいたい十世紀前後からはじまった。『竹取物語』『大和物語』『宇治拾遺物語』『今昔物語』が次々に形成された。最も代表的なのは盲目の琵琶法師たちによる『平家物語』の編集だったろう。

しかし、このことがとりわけ重要であるのだが、改竄以前の物語が発生した当時の、いわば〝ミームの構造〟のようなものは奇蹟的に保持されたのだ。

中国語や朝鮮語を理解する知識人が次々に登場したことも、大きな影響をもたらした。漢字で表記された中国文化の文献や意味の体系を、その作者や表現者の生き方をふくめて受容したり選択することが、そのまま新しい文化の力になったからである。

このことは古代以降の日本に「真」と「仮」という観念を育て、日本に「かりそめ」の美学の成長を促した。――――★20

原初の記憶を保存する

漢字到来による大変革は、日本文化における編集の役割が単一化していったことをけっして告げはしなかったのだ。むしろそこからこそ日本文化の独自な複合的編集文化の歴史がはじまったのだ。

その劇的な端緒とはまず「女文字」の出現にもあらわれ、ついで紀貫之の『古今和歌集』編集に萌芽した。貫之と淑望(よしもち)が真名序と仮名序をもって『古今集』の編集意図を綴ったことは、このあとの日本文化の言語編集史を大胆に象徴することになる。

結論からいえば、こういうことになる。

第一には、われわれの国は言葉と文字の関係を編集したときの原初の記憶を捨てることなく、その後の表現系の歴史を展くことになった。

たとえば「アマ」という従来からの和語を漢字の「海」とするか「天」とするかということそのこと自身が、われわれの表現系の共振編集状態をつくっていったのだ。アマを「天」と綴ろうと「海」と綴ろうと、また「麻」と綴ろうと、そこには天も海も麻もふくみあわされるミームのイメージが残響するようになった。

第二には、万葉仮名や女文字の発達は歌や歴史語りの記録のために発案されたものであったが、その歌や物語が発生し、成長していった〝現場の記録〟は壊されなかったということだ。

いや、むしろ、歌や物語の原型を互いに共有することこそが、その歌や物語に所属する言葉づかいや文脈のグルーピング関係やシソーラス関係を蘇りやすくさせたのである。そこには今日の機械語の翻訳過程からは想像もつかないような、それとはまったく異なった「語りの場」の記憶編集術ともいうべきが残ったのだ。

これはその後、世阿弥の複式夢幻能などとして顕著によみがえる。――――★20

文字とは出現するものである。
そして、交通するものである。
——★26

ふう

記紀万葉のモダリティ

●古代

袖振る万葉

「記紀」前夜

ふつうなら漢字伝来を起点に日本人の有識者のほうに中国語や漢字の読み書きに習熟する者が少しずつふえ、日本は中国語を汎用する国に向かってスタートを切ったという、そういう展開になってもおかしくなかった。文章を書けるようになったとしても、漢文のみで書くというふうになるはずだった。

ところが、そうはならなかったのだ。まったく別のイノベーションに向かった。『書紀』推古二八年(620)に次の記事がある。「是歳、皇太子・嶋大臣、共に議りて、天皇記及び国記、臣連伴造国造百八十部併せて公民等の本記を録す」。皇太子は聖徳太子のこと、嶋大臣は蘇我馬子のことである。二人が意を決して『天皇記』と『国記』を編述させ、一八〇部を臣や連、伴造、国造たちに配った。漢文に翻訳したのではない。そういうところもあったけれど、縄文以来の倭語の発音と意味をいかした表記を試みた。

残念ながら『天皇記』も『国記』も乙巳の変(大化改新)のさなかに蘇我蝦夷の家とともに焼き払われ

たので(『国記』は焼失する直前に一部持ち出された可能性がある)、いまのところいっさい中身やその記述ぶりがわからないのだが、それが日本人のための日本についての初めての重要な記録であったろうことは見当がつく。そして、これをきっかけに日本人は文字言葉に漬かっていくことになる。しかもそれはきわめて独創的なものに変じていった。

天武天皇のとき(681)にも新たな編述が試みられた。川島皇子と忍壁皇子が勅命によって『帝紀』と『旧辞』を編纂した。皇統譜とその関連語句集のようなもので、日本各地に君臨した日本人の名称や来歴を記述したものが組み立てられた。のみならず稗田阿礼がこれを誦習して、半ば暗記した。稗田阿礼は中国語で暗記していたのではない。日本語で誦んじた。

ついで和銅四年(711)、元明天皇の命で太安万侶が『古事記』三巻を著した。漢字四六〇二七字による仕上りである。漢字ばかりだが中国語ではない。一見すると漢文に見えるが、すべて日本語文なのである。目的は「邦家の経緯、王化の鴻基」を記しておくことにあった。

安万侶には、心強い協力者がいた。稗田阿礼だ。この人物がいまなお男か女か、個人か集団の名なのかがはっきりしないものの、『帝紀』『旧辞』を誦習していたというのだから、ありがたい。安万侶は阿礼の音読力を聞き確かめて文字を選んでいけた。ぼくは長らく阿礼(あるいはそのグループ)のことを神話や歌謡を諳んじていた超有能な語り部と思っていたのだが、最近の研究によって『帝紀』『旧辞』というテキストの読み方も暗唱していたアコースティック・リテラルな才能の持ち主とみる

べきだと思うようになった。――★31

端的なことだけいっておくのなら、われわれは『古事記』や『日本書紀』と各地の風土記を重なりあい、捩じれあった情報構造として理解しなければならないということだ。――★20

『古事記』『日本書紀』の意図と様式

『古事記』と『日本書紀』に書いてあることは、大筋は似ていますが、細部はかなり異なっています。登場してくる神々の名前などもかなり異なっている。なにより決定的にちがうのは、『古事記』は万葉仮名による日本語（倭語）で書かれていて、『日本書紀』は漢文だということです。つまりプロトコル（取り決め・手順）がちがっていた。

『古事記』『日本書紀』がつくられた目的のちがいがあったと考えられます。『古事記』は天皇家のルーツや王権の由来を、歴史を遡って明確にしておくためにつくられたものでしたが、『日本書紀』のほうは日本という国の正史をしっかりまとめようという意図でつくられた。すなわち、正当な日本の歴史を文字にして書き残そうとするときに、日本人は漢文という中国式の記述スタイルをつかったわけです。――★19

然彼地多有螢火光神　及蠅聲邪神　復有草木咸能言語

（然も彼の地に、多に螢火の光く神、及び蠅声す邪しき神有り。復草木咸に能く言語有り）――『日本書紀』

倭は国のまほろば　たたなづく　青垣　山隠れる　倭しうるはし――『古事記』

「神の遊び」から「人の遊び」へ

葬送の儀に仕える遊部が発展して分節化すると、葬送あるいは鎮魂のための挽歌を詠む専門家が出自してくる。こうしたなかで柿本一族の人麻呂のような宮廷歌謡専門の歌人も擡頭する。かれらの言語活動において注目しなければならないのは、とりわけその「代作性」であろう。天武や持統の感興をその者になりかわって詠む。エージェントする。まことに奇妙な行為であるけれど、そこには村落の共同幻想を詠む讃め謡や歌垣謡とは異なるナショナリティがきわまっていた。

これらの歌は黙って詠まれたのではない。まだ万葉仮名のころだから、昔ながらに朗々と節をつけて歌ったのだろう。そんなウタが交わされ、伝聞され記録されはじめると、いよいよ「神の遊び」が「人の遊び」に変ってゆく。巡遊伶人も発生する。ウタをもって諸国を巡るホカヒ人（乞食）の誕生もある。ともかくも、こうして遊部は一部はしだいに精神労働化して天皇の側近となって舎人にまですすみ、一部は流れて遊芸者の祖々となっていったのである。――★05

日本のアソビは神の出遊からはじまった。──★05

赤玉は緒さへ光れど白玉の君が装し貴くありけり──豊玉比売

沖つ鳥鴨着く島に我が率寝し妹は忘れじ世のことごとに──山幸彦（火遠理命）

万葉の呪術

日本最大の幻想文学というのは『万葉集』であるともいえる。あの中では、たとえば〝袖を振る〟という行為そのものが、非常に幻想的、呪術的行為として詠われている。それが謡曲などにうけ継がれて、たとえば「井筒」の井戸の前で袖を振ると鬼が出てくる、というようなパターンに結びつく。そうすると、最初に何をしたときに幻想が出現するのか、訪れるのか、ということが根本的に見きわめられないと、古代・中世・近世と続いて滝沢馬琴から風太郎へいくとしても、途中がどうしてもつながらなくなる。だから逆にいうと、現代においてもそれを見なおしていかないとダメだ。つまり花が咲いてるということを、なぜわれわれは見たりするのか、〝風景〟がなぜ成立するのかといった基本的なことを問いなおすべき時期がきているとおもう。──★06

万葉人の袖は世界です。
みんな袖の中に隠してあります。——★33

新しき年の初の初春の今日降る雪のいや重け吉事——大伴家持

『万葉集』●おそらく『万葉集』を編集したのは大伴家持とその仲間でしょう。その父の旅人は九州大宰府の長官です。その家持が二九歳で越中、いまの富山県に国司として赴任したときに、天皇を中心とする歌を集めた歌集を手にした。家持はその「原万葉集」ともいうべきものを見たとき、大和の心を永遠にのこす『万葉集』の編集を決心したのだと思います。

家持は『万葉集』をいったいどのように編集したのか。家持が最初に手にしたのは雄略天皇から奈良朝初期までの歌を集めた六巻ほどの歌集です。そこで、これを中心として奈良時代の官人、東国から来た防人の歌、地域の歌謡など十巻ぶんを付け加えました。そしておそらく、家持の死後に、家持とその同時代の歌を日付順に編集した四巻ぶんが付け足されたんでしょう。その全二十巻が、いま私たちが見ている『万葉集』です。——★21

風まじり　雨降る夜の　雨まじり　雪降る夜は　すべもなく

寒くしあれば　堅塩を　取りつづしろひ
糟湯酒　うちすすろひて　しはぶかひ　鼻びしびしに――山上憶良

万葉の部立●記紀には約一〇〇首の、『万葉集』には約四五〇〇首の「歌」が収められている。記紀歌謡は口誦性が強く、物語性に富んでいる。すでに枕詞や序詞が多用されていた。

記紀歌謡の音数や音律は、五音・六音・七音・八音がなだらかに林立していた。それがやがて万葉に向かって五音・七音に定着していった。いわゆる五七調・七五調である。

万葉集の詠作年代は四世紀の仁徳天皇期から八世紀中頃までの、約四五〇年間にわたる。部立(ぶたて)は主として「雑歌・相聞歌・挽歌」に分かれ、表現上では「正述心緒」「寄物陳思」「譬喩」などに、歌体は短歌・長歌・旋頭歌・仏足石歌などに分かれる。

「正述心緒(せいじゅつしんしょ)」とは「正(ただ)に心緒(おもい)を述べる」ということで、心に浮かんだ心境をその場にふさわしく述べ詠うことを、「寄物陳思(きぶっちんし)」は「物に寄せて思いを陳(の)べる」ということを、すなわちさまざまな「ものに」にことよせて気持ちを詠うことをいう。この「寄せる」という詠み方は、のちのちの数寄の感覚にまで続く重要な日本的方法だ。

「譬喩歌(ひゆうた)」はメタフォリカルな連想を尊ぶ方法である。見立て歌、アナロジーの歌といっていい。「相聞歌」の性格はずいぶん間違って解釈されてきている。単なる恋唄じゃない。そこには「ムスビ」

と言うか、魂をどう結ぶかという精神技術の奥義が詠みこまれているはずだ。——★01・17

取り寄せて生け取る——寄物陳思

万葉人はほとんど自身の周辺の風景から関心事を生け取ります。人麻呂も長屋王も防人も額田王も。ですから雪月花というのは、花鳥風月もそうですけれども、雪そのもの、月そのもの、花そのものじゃないんです。雪は盆に活けるし、月は水盤に水を張って月を映し、花はもちろん手折ってきて差すわけですね。こういうふうに何かを選んで取り寄せたというパティキュラリティとリプレゼンテーションが重要なわけです。

この「取り寄せる」ということ、それを万葉人は「寄物陳思」と言いました。「物に寄せて思いを陳べる」ということです。

取り寄せて生け取るということは、つまりは目の前に並べる、手元に引き寄せておくということです。万葉の和歌はそれをした。そして万葉歌だけではなく、多くの日本文化が何かを取り寄せて生け取り、それを愛でることを、その後も重視しました。それをまとめて「花鳥風月」とか「雪月花」というわけです。むろん料理や寿司にもそれは踏襲されている。

何かを取り寄せたということは、元の場所から手元にもってきたわけだから、その何か、花や月は別の新たなところに移ったわけです。たとえば花は一輪になって竹の花器に入り、それが柱に掛けられた。そうすると、その花は元の場所の風景や記憶をブラウジングしてきたものであるとともに、そういう花に託した古来の詠み人たちの記憶もともなっているということになります。それが、いまここにあるわけです。

そうすると、その一輪の花はここに特定できているけれど、そこにはさまざまな想像が可能になります。ここから「見立て」という方法が派生しうる。見立ては「ものをメタフォリカルに見る」ということですが、たんに比喩的になるということではなくて、目の前のものにディペンドしながら新たなメタファーをたのしんでいるところが特色です。

これは「類感」ということです。取り寄せた花というのは室内なり花器などを得て別の空間と時間の中に入りますから、ここに類感がおこるんですね。それが日本では「見立て」というものに転じていきます。私は「見立て」もペネトレーションだと思っていますが、方法日本においては、この〝見立てのペネトレーション〟の拡張感と浸透感こそが大事なんではないかというふうに思います。

――★24

一言で説明すれば、日本では「引き寄せ」が重視されてきたということだ。――★18

言葉と実景

リービ英雄が、若いころに『万葉集』と英文抄訳版をリュックに入れて大和路を歩きまわっていたときである。こういう体験をした。

山部赤人の歌「明日香の　旧き京師(みやこ)は　山高み　河雄大し(とほしろ)」の英訳では、山をマウンテンに、河がリバーとなっている。が、実際の大和の山は山ではなく丘のようなものであり、けっして雄大ではなく、河もまた河でも川でもない。リービはそのことにひどく失望する。そこにはあまりのズレがある。しかし、そこで考えた。そのズレにこそ実は古代日本人の想像力があったのではないか。万葉の言葉から実景を差し引かなければならなかったのではないか。――★17

リービ英雄の越境●リービ英雄が何をどのように「越境」しようとしているかということは、最近のぼくが考えつづけていることとかなり密接な関連をもっている。

この「越境」は西から東への越境ではないし、外国人が日本を理解するための越境でもなく、日本人が日本語の中で自分自身を越境することでもない。むしろ、あえていうのなら、日本人が日本語にならないと思いこんでいる世界観から、日本語を越境させることなのだ。

生易しいことではない。日本語を越境させるにはむろん日本語に精通している必要があるし、そのうえでグローバリズムの全質量をローカリズムの一支点をもって向うへ飛ばしてしまわなければならない。これには言葉の力学もいるが、愛情の熱力学もいる。なによりも自身の内な

る異人性を使わなければならない。これを日本人はどう引き受けるか。――★17

万葉仮名システム

『万葉集』の登場によって、日本人は新しい日本文字への第一歩を踏み出しました。それが万葉仮名です。漢字を音訓両読みにしたのです。チャイニーズ本来の読みをせずに、「やくもたつ」（八雲立つ）を「夜久毛多都」というふうに表記したわけです。まったく新しいフォントを発明したようなものです。

どういう使いかただったのかといえば、それによって時代が変わっていくような方法です。これを太安万侶（おおのやすまろ）たちが考案した。額田王に、次のような有名な歌があります。

あかねさす　紫野行き標野行き野守は見ずや君が袖振る

もとの万葉仮名では、「茜草指　武良前野逝　標野行　野守者不見哉　君之袖布流」と表記してあります。このなかの「紫野」というところを見ると、「むら」は漢字の音を借り、「さき」というのを訓読みからもってきている。「袖振る」のところも同じで、「振る」という言葉には「布流」とあてている。布が流れるという漢字のイメージを活かしている。一方、「茜」「標野」「君」「野守」は今日でも使えるような漢字の単語表記・熟語表記です。このように、言葉や意味によってさまざまに使い分けている。ちゃんぽんにした。さしずめ「先の後」と「後の先」のまぜこぜです。

たとえば、同じ「い」の音でも、八種類もの漢字のなかから選んでいる。『万葉集』で使用された漢字は四世紀から七世紀の、中国の南朝の音である呉音の読みかたが多い。その後、日本は呉音を排して、唐王朝が用いる漢音に変更します。「行」をギョウと読むのが呉音、コウと読むのが漢音です。結局、日本はこの二つの読みを両用できるようにした。「修行」と「銀行」というふうに。いや、それだけではなく、「行」は「いく」とも「おこなう」とも、行脚のように「あん」とも読んだわけです。中国では王朝が変わるたびに以前の音を捨てて新しい漢字の音に変えます。これが原則です。ところが、日本では中国で変化した新しい音をどんどん採り入れ、前の古い音も必要に応じて残した。こんなふうに複雑な漢字の読み分けをしたのは、日本人だけでしょう。――★21

万葉仮名は"半分中国、半分日本"です。でも、フォントとしてはすべて漢字を使っているので、日本文字とはいえない。日本人の気持ちや日本文化を表現するには、まだふさわしくはない。――★21

記憶のトポス

日本語の並べかたにも複雑なルールが生じてきた。このルールは、そもそもは神歌や呪詞のカタリのしくみから派生したとおもわれるが、それらはやがて「枕詞」や「係り結び」や「歌枕」といったアクロバティックなものになっていった。そのうえにのちにこれは「縁語（えんご）のネットワーク」としてさらに複雑になり、和歌や連歌のめざましい情報システムになっていく。

もうひとつ指摘しておくべきことがある。

それは、このような古代日本語をめぐる情報文化システムは、もともと無文字時代の語り部のアタマの中の記憶構造にもとづいていたわけなので、たとえどのような文字表記をしていようとも、多くの者はその語り部たちの原型記憶を共有するヴァーチャル・トポスといったようなものが、その後の日本の情報文化の随所に発揮されていったということだ。

つまりは、どんな情報もその情報を当初にもたらした者たちの原初の「記憶のトポス」を思い浮かべながら再生するようになっていったのだ。これは日本にだけあてはまることではない。すでに古代ローマのヴィトルヴィウスの建築術やキケロの雄弁術（レトリック）にも試みられていた。

このことを日本的に理解するには、能舞台や床の間を例にするとよい。

それらの大小のステージはまことにシンプルな構造ではあるのだが、それらのどこに、どんな情報の象徴がおかれるかということによっては、たいていの物語構造をたくみに包みこんでしまう万能の編集エンジンなのである。

歴史的にいうなら、その奥に「ヒモロギ」のような、もっとシンプルな〝結界型の情報アーキテクチャ〟

ともいうべきものが控えていたと考えてもよい。ヒモロギは情報をよびこむためのアーキテクチャだった。——★20

かくてヒモロギがヤシロ(屋代)を生み、ヤシロが能舞台や床の間や、さらにきっと囲炉裏端のようなものをも派生していったということが読めてくる。われわれが能舞台や茶室を見ると、ついついそこに語り継がれてきた先人たちの物語を想定したくなるのはそのためなのである。——★20

代作と枕詞

文芸にむかう呪詞

七世紀は真人(まひと)としての「天皇」が確立する時期でもあるが、それにともなって各方面にわたる儀礼の統合と改変が展開した。そのうち文化史上に特筆すべきは芸能と文芸である。そこには各地の土風(くにぶり)が中央の朝廷にとりこまれるという特徴、かつては神の遊びであったものが人の遊びに移りはじめるという特徴、また集団のパフォーマンスがしだいに個人のパフォーマンスとしても成立するという特徴がある。

呪能が芸能に、呪詞が文芸にむかいはじめたのだ。こうした展開の中から誕生した古代最大の文芸の精華が『万葉集』におさめられたウタである。

『万葉集』には歌謡から和歌への、集団から個人への大きな飛躍がしるされている。とくに柿本人麻呂に代表される「代作」という独特の表現法は、古代日本が真底にかかえているタマ(魂)の世界を言語を通してきわめて絶妙に涌出(タマフリなど)させるのにうってつけだったとおもわれる。そこには、モノが物であって霊であり、コトが事であって言であるという原則がつらぬかれていた。万葉人は日月を、草木を、恋を死をとらえつつ、すなわちエロスとタナトスをとらえつつ、古代観念がさまざまな依代（オブジェ）と振舞（パフォーマンス）によって支えられていたことをあかした。――★

05

代作●代作とは、相手の気持ちになって詠んでみせることをいう。万葉歌人は一人称の言葉づかいになって歌を詠むことも少なくなかったのである。寄り添うのではなく、なりかわる。それが万葉の代作だった。そういう代作の天才は額田王、柿本人麻呂、山上憶良である。額田王が近江遷都のときの天智天皇の心になりかわって詠んだ「三輪山をしかも隠すか雲だにも情(こころ)あらなむ隠さふべしや」（一八）など、絶妙だ。天智の立場になって国見歌を詠んでみせたのだ。

――★32

そもそも日本における「うた」とは何なのか。すべての日本的構想の起源なのではあるまいか。――★18

「うた」の変容

あらためて人麻呂が生まれ育った時代の「うた」というものを考えてみると、宮廷や村落という共同体の成員たちのアタマの中の「吹き出し」に浮かび上がっていた感興やメッセージの相似像を詠んだもの、あるいはその「場」が生み出す共通体験や共通感覚をコモンベースにして詠んだもの、それが「うた」だったと思う。そこには前代の天語り歌や神語り歌の脈絡が生きていた。

このことは、万葉中期までの「うた」には、寿詞（よごと）、誄詞（しのびごと）、誉歌（ほめうた）などすこぶる様式的なものが多かったこと、その奥には必ずや神謡・祝詞・賀詞・凶言・神呪・巫呪・隠能などのたぐいが記紀歌謡の記憶とともにマジカルに先行していただろうこと、こういうことを想定してみればだいたいの見当がつく。――★18

人麻呂の「安騎野の冬猟歌」

万葉的世界のなかでも最も雄大で、かつ最も難解だといわれてきた「安騎野の冬猟歌」は、「軽皇子（かるのみこ）安騎野に宿りましし時、柿本朝臣人麻呂の作れる歌」と題する長歌一首と、つづく四首の短歌（反歌）の構成になっています。人麻呂の作歌の代表作でもあります。

人麻呂が「安騎野の冬猟歌」を詠んだのはおそらく持統七年（693）のことで、「軽皇子安騎野に宿りましし時に」というその軽皇子はまだ十一歳の少年で、のちの文武天皇にあたります。安騎野は奈良の宇陀（うだ）にある高原で、飛鳥人（あすかびと）たちが格別の狩りをしていた場所でした。

ではまず、その冬猟歌を示しておきます。ここで、「日並（ひなみし）の皇子」とよばれているのは、軽皇子の父にあたる草壁皇子をさしています。

やすみしし　わご大君　高照らす　日の皇子　神ながら　神さびせすと
太敷かす　京を置きて　隠口の　泊瀬の山は　真木立つ　荒山道を
石が根　禁樹おしなべ　坂鳥の　朝越えまして
玉かぎる　夕さりくれば　み雪降る　安騎の大野に
旗すすき　小竹をおしなべ　草枕　旅宿りせす　古念ひて

短歌

安騎の野に宿る旅人うち靡き　眠も寝らめやも古念ふに
ま草刈る荒野にはあれど　黄葉の　過ぎにし君が形見とぞ来し
東の野に炎の　立つ見えて　かへり見すれば月かたぶきぬ
日並皇子の命の馬並めて　御猟立たしし時は来向ふ

この長歌と短歌が、日並皇子の鎮魂と軽皇子の魂の高揚とを同時に詠んでいることはまちがいない。きっと人麻呂は鎮魂と招魂とを同時におこせる歌を詠んだのであったろう。

それは人麻呂が十一歳の少年皇子を「やすみししわご大君　高照らす日の皇子」というふうに、天皇と同じ水準で扱っていることにもあらわれる。しかし、それだけか。そんなはずがない。この阿騎野行はおそらく「天皇霊の継承と受霊」のためだったはずである。

問題は、草壁の子である軽皇子がどのようにしてこの急逝した天皇霊をよび起こし、それを受霊するかである。それにはかつての天皇霊が、最もその生命的な活動の状態において回復され、その回復された状態において継体者に摂受されるということ、この両者がいわばオーバーラップされた状態において合一融即することが、最も望ましい方法であろう。

安騎野の冬猟は、そのような目的をもつものとして計画され、実行される。かつその受霊実修は、言霊に遷らせて幽冥の世界によびかけ、その感応をうるのでなければならない。人麻呂の従駕と作歌は、そのような意図のもとに命ぜられたことである。――★18

人麻呂集団●ところで、このような人麻呂はただの個人として突如として出現したと言っていいのかという問題がある。だいたい名前の人麻呂（人麿）からして、〝人丸〟のようで、変である。

そこで人麻呂は一人の歌人ではなくて「人麻呂集団」の代名詞だというような説も出てきたのだが、また人麻呂にはそれなりのコトダマ一族としての背景もあったのかもしれないとも思えるのだが、そのへん、なかなか確証がない。――★18

古代のリーディング・ワード

どこの民族の古代語もそうですが、日本語（倭語・大和言葉）もその発音のつながりによって、何かの言葉が何かの言葉を連鎖させたり、連想させるようにできていました。とくに日本は文字がなかった社会が長かったですから、語り言葉や歌い言葉のつながりぐあいによって、イメージやメッセージが組み立てやすくなっていたはずです。つながりぐあいの妙案を示す例を、二つだけあげます。

ひとつの例は神の名前です。『古事記』や『日本書紀』に出てくる日本の神名にはとても変わった名前がついています。たとえばタカミムスビノカミ（高御産巣日神）、ハヤアキツヒコノカミ（速秋津日子神）、タケミカヅチノオノカミ（建御雷之男神）というふうに。これらの神名には、それぞれタカ、ハヤ、タケという言葉が頭にくっついている。これらはおそらくこの頭の言葉を言うだけで、何かの基本的なプロフィールが浮かべられるようになっていたリーディング・ワードのような言葉だったと思います。つまり、そういう二文字を最初に言うだけで、神の面影の性質がおおざっぱに浮かんだにちがいない。タカ（高い）、ハヤ（速い）、タケ（建てる・猛る）という面影が浮かんだのです。

もうひとつの例は、枕詞（まくらことば）のような言葉です。今日では和歌の首頭につくものとみなされていますが、おそらくは重要な語りや喋りの場面でも使われていたにちがいありません。

枕詞はたくさんありましたが、その用途は、たとえば「ひさかたの」といえば「光」や「天」をめぐるイメージが見えたり、「たらちねの」といえば「母」や「親」に関するイメージが出てきたりするということです。なぜなら「ひさかたの」は「久方の」ですし、「たらちねの」は「垂乳根の」なのです。そこにはすでに面影を指示する方向がひそんでいた。「久」「方」「垂」「乳」などの強い字義も加わっていた。――★16

枕詞●かつて折口信夫は枕詞のことを「らいふ・いんできす」と言った。枕詞はライフ・インデックスだというのだ。ずばり「呪詞の生命標」だとも書いている。そこから枕詞が無文字社会から万葉仮名で記される定型歌謡に向けてどのように定着していったかを推理しようとなると、いささか途方に暮れる。それというのも、枕詞は万葉から古今に移るにつれてしだいにその効能を薄めていったからで、早い話が百人一首では枕詞を明確につかった歌は意外に少ない。このことは、百人一首に万葉の歌が少なく（天智・持統・人麻呂・赤人・家持）、古今から新古今への流れの和歌が圧倒的だったということを物語る。――★18

ひさかたの光のどけき春の日にしづ心なく花の散るらむ――紀友則

枕詞の自覚

古代の枕詞はおびただしい。そこには百人一首の選歌では浮上しなかった枕詞がいくつも動いていた。「あかねさす」といえば「照る・日・昼・紫・君」の枕詞、「からころも」（唐衣）は「着る・袖・裾・裁つ」の、「くさまくら」（草枕）は「旅・結ぶ・結う」の、「たまのをの」（玉の緒）は「長き・乱る・絶える・継ぐ」の、「ぬばたまの」は「黒・夜・ゆうべ・月・夢」の、「たまきはる」は「命・世・昔」の枕詞だった。定家は、こうした古語っぽい枕詞がつく歌をあまり選ばなかったのだ。

そもそも枕詞を「まくらことば」というふうに捉えたのは、中世の半ばからのことだった。万葉研究の先達となった仙覚が『仙覚抄』（1269）で、「古語（ふること）の諷詞（よそへ）」として枕詞を抽出して議論したのが先駆的な研究だった。ついで北畠親房が『古今集序註』（1324）に、「久堅（ひかた）のあめとは、惣じて天を久堅といふ。久しく堅き義なり。かやうの詞（ことば）は、古語の残れるを、今の世に枕詞と名付けぬ」と示したあたりで、やっと枕詞という言い方が定着した。

それまでは「発語（おこしことば）」とか「諷詞（よそへことば）」とか、ときに「次詞」とか「冠辞」とかと言っていた。枕詞という言い方は百人一首よりずっとあとで自覚されたのだ。ということは、枕詞のことはやはり記紀万葉に戻して、しかもその後の日本中世の方法意識を縫い取って議論しなければ話にならないということである。――★18

イツと枕詞

イツとは「稜威」と綴る言葉で、この言葉がわかる日本人は専門家や神社関係者をのぞけばほとんどいないのではないかとおもう。

日本および日本人の根底にひそむであろう潜在的威力のようなもの、とはいえその正体が容易には明示できないもの、それがイツである。明示はできないけれど、イツは伝播した。

たとえばスサノオが暴虐（反逆）をおこすかもしれないというとき、アマテラスが正装して対決を決意するのだが、そのスサノオとアマテラスの関係そのものにひそむ根本動向を感じる機関や第三者たちの自覚がありうること、あるいはそこに〝負の装置〟の発動がありうるということ、それがイツである。そこではしばしば「伊都幣（いつぬさ）の緒結び」がある。日本の面影の奥でうごめく威力のようなもの、それがイツだ。

稜威は折口信夫なら外来魂でもある。天皇霊に稜威をつかうこともある。ぼくには、枕詞や歌枕が「歌」という様式をつかって稜威に入るための比類のない装置であるように見えた。

どうみても「たらちねの」「ひさかたの」「たまきはる」といった言葉の呪力は歌のためにつかう言葉の蘇生というよりも、それらの言葉に託された意味の再生を願った「文頭の稜威」のための装置にちがいない。――――★30

触れるなかれ、なお近寄れ。これが日本である。これが稜威の本来の意味である。限りなく近くに寄って、そこに限りの余勢を残していくこと、これが和歌から技芸文化におよび、造仏から作庭におよぶ日本の技芸というものなのだ。——★30

「まにまに」の間

一般に、「間」は建物の柱と柱の隔たりのことをさしていたと考えられています。そのばあいの「間」は空間的なものです。いちばんわかりやすい例は、『更級日記』に「勢多の橋のひとまばかりこぼちて」とある例で、これは橋桁の間隔を一間と数えています。『源氏物語』空蝉に「われは南の隅の間より格子たたきてののしりて入りぬ」とあったり、『宇津保物語』に「間一つに臼四つ立てたり」といっているのも、あきらかに柱と柱の間隔をさしています。ところがそれがすぐに、その柱で囲まれた空間のほうをさすようになる。『枕草子』などに「次の間に長炭櫃にひまなく居たる人々云々」とあるのは、その区切られた空間としての「間」です。

しかし、私が調べてみると「間」という言葉はもっとはやくからつかわれていて、必ずしも平安王朝の居室空間をばかり前提にしていないのです。たとえば『万葉集』においても、「朝霧のおほになりつつ　山城の相楽の山の　山の際　行き過ぎぬれば」(高橋朝臣)などというように、「際」を「間に」

と訓ませて、すでに空間と空間の間の際というイメージでつかっているのです。これが、ついで「紀の国の雑賀の浦に出で見れば海人のともし火波の間ゆ見ゆ」（藤原卿）のようになり、その後は「波のまにまに」とか「神のまにまに」という、あの「まにまに」に変わっていく。

これはたいへんおもしろい用法がはやくからあったものです。私の見方ではかなり小さな空隙が「まに」というものであったということなのです。「まに」そのものがひとつの単位だったのです。

——★11

古代は「柱の文化」でうまっている。権力者たちは神殿を柱で飾り、梯子で高めた。だから神の数は柱で指折った。その柱と柱のあいだから「間の文化」がにじみ出してきた。 ——★06

「打つ」の感覚、「間」の感覚

では、「間」は空隙であれ、柱と柱の間をさすのであれ、いずれにしても空間的なスペースのことだったかというと、それがそうではない。「間」は最初から時間的なイメージももっていたのだから、そこがややこしい。やはり『万葉集』にすでに次のような用例があります。

蜷の腸か黒き髪に　いつの麻か　霜の降りけむ——山上憶良

夕闇は道たづたづし月待ちていませ我が背子その間にも見む――大宅女

前の憶良の歌の「間」は「麻」にかけられていますが、これはかぎられた一定の時間の広がりをさしています。二首目の大宅女の歌ではある動作が継続している時間のことを「間」とよんでいる。そういう時間的な間もあったわけです。

これらに加えて、雅楽や舞楽などの音楽につかわれる「間」もあります。これは拍子に近い言葉ですが、拍子と拍子の微妙な隙間にもつかわれます。とくに「打つ」という感覚と「間」の感覚は仲がよく、たとえば今日においてもミーティングや会議の意味でつかわれる「打ち合わせ」は太鼓方が打ちあいの方法を合わせるのが目的の言葉でした。この「打ち合わせ」で「間」が検討されたわけです。

――★11

真と間●実は、上代および古代初期においては、「間」は最初のうちは「あいだ」をさす言葉ではなかったのです。もともと「ま」という言葉には「真」という字があてられていた。「真」という言葉は、真剣とか真理とか真相とかというふうにつかわれるように、究極的な真なるものをさしていたのです。しかも、この「真」というコンセプトは、なんと「二」を意味していたのです。おまけにその二は、ここまた重要なところなのですが、一の次の序数としての二ではなく、一と一とが両側から寄ってきてつくりあげる合一としての「二」を象徴していたのです。

では、その二である「真」を成り立たせているもともとの「一」をなんとよぶかというと、それは「片」とよばれていた。「片」とは、片方や片一方のことです。そして、この一としての「片」ともうひとつの一としての「片」が合わさって「真」にむかっていこうとしていたのです。ということは、「真」はその内側に二つの片方を含んでいたということになります。

それなら、その片方と片方を取り出してみたらどうなるか。その取り出した片方と片方を暫定的に置いておいた状態、それこそが「間」なのです。別々の二つの片方のもののあいだに生まれるなんともいえない隔たり、それが一と一とをふくんだ「間」というものです。――★11

真行草の派生

「真」が「間」に移っていった流れは、さらにもうふたつの別の流れもつくります。

そのひとつは「真」と「仮」とが対比されていったということで、これは「真名」と「仮名」という呼称にあらわれているように、フォーマルな「真」にたいして、ややカジュアルな「仮」があるという感覚です。真名は漢字のことです。ちなみにカタカナを「片仮名」と綴るのは、さきほどの「片方」の感覚からきたものでしょう。

もうひとつは、「真」から「行」あるいは「草」がしだいに派生するという流れです。

いわゆる真行草です。

この「真」「行」「草」は必ずしもこの順番にはすすまないのです。すでに村井康彦さんが指摘したように、先に「草」が出て、それからあいだに入る「行」が認められていくというプロセスも多かったのです。たとえば、茶の文化や焼き物の文化では、まず中国から将来された唐物（からもの）が「真」とみなされますが、次にこの対極にある国焼きの和物が「草」となり、ついで、この中間にあるものとして高麗茶碗などの高麗物が「行」になるというケースがあるわけです。

いずれにしても「真」は「仮」や「行」や「草」に対比できる真一なるものであったわけです。——★11

誰そ彼●日本では夕暮をもっぱら「たそがれ」という。これは「誰そ彼」（Who is he?）である。文明本節用集にはそのほか「誰別」という綴りもあったとしるしている。これにたいして明方は「かはたれ」で、「彼は誰」（He is who?）と綴る。いずれも人の様子が見分けにくい刻限をいう。夕暮には辻や巷を行きかう人々の姿はなかばシルエットになり、それぞれの分別がつきにくく、表情や輪郭がぼけてくる。そこで「あれは誰だろう」という微妙な気配だけが行きかうことになる。その夕暮を万葉人はタマフリ（魂振り）のひとときとみなし、江戸の町人は夕涼みにあてた。日本ではこんなときに古くから夕占（ゆうけ）というものをした。のちには辻占（つじうら）とよばれたものである。——★13

万葉の夕暮

言霊の八十の衢に夕占問ふ　占正に告る妹はあひ寄らむ
玉桙の路行占にうらなへば　妹は逢はむとわれに告りつる

人麻呂の歌である。衢は巷（＝道股）のこと、道が分岐するところをいう。だから衢は辻であり、人々また市だった。人も賑わう。雑踏もある。それが巷だった。しかし、そこでは夕闇がせまり、人々の顔はわからない。いわゆる「帳が降りる」という情景だ。二つの歌は、夕暮にそんな巷や辻におもむいて夕占をすることをうたっている。――★13

日本の文化史は、この大伴的な万葉世界が藤原的な古今世界によって覆われていくことによって古代をおえる――★11

漢詩を少々

彼黍離離　彼稷之苗
行邁靡靡　中心揺揺
知我者　謂我心憂
不知我者　謂我何求
悠悠蒼天　此何人哉

彼の黍　離離たり　彼の稷これを苗す
行き邁くこと靡靡たり　中心揺揺たり
我を知る者は　わが心憂ふといふ
我を知らざる者は　我何をか求むといふ
悠悠たる蒼天　これ何びとぞや――「黍離」『詩経』

「興」の東洋

もともと『詩経』も『万葉集』も古代歌謡です。ということは、そこには何か、歌を詠むために「思いを興(おこ)す」という動機のようなもの、発想のようなものがそれなりに共有されていたはずです。それを「興(きょう)」といいます。「興」とは発想の手段のことです。

詩歌や歌謡では、謡(うた)ってみようと感じた「そのこと」「そのおもい」を詠むために、まず歌い手や詠み手が何かを思いおこすことがおこります。このとき先行するイメージや言葉の動きの初動が「興」

というものです。

そもそも『詩経』は、紀元前九世紀から八世紀あたりに謡われていた中国古代歌謡の集成です。古いものは紀元前十世紀以前にさかのぼる。一番古い中国の古代歌謡集です。それは「風」「雅」「頌」の三部に構成されていて、「風」は諸国の風俗を謡った民謡を収めます。「雅」は西周の貴族社会を謡った詩を小雅と大雅として収めます。「頌」は周王朝と春秋期の魯と宋の廟歌（祭祀に用いた歌）を収めているのですが、これらはその機能や属性がそれぞれちがっているので、このように分類されているのです。

これに対して、これらの古代詩歌をやや修辞的な技能面で分けていくという方法も、中国には昔からありました。それは古来、「賦」「比」「興」の三種類の修辞法になるとみなされてきた。日本でもこのことを流用して、紀貫之の『古今集』仮名序では、「賦」を「かぞへ歌」に、「比」を「なずらへ歌」に、「興」を「たとへ歌」にそれぞれ日本化して配分しています。――★22

「興」という発想手段こそが日中両国の古代に共通しているのではないか。――★22

陶淵明の「神」

四九歳のときの陶淵明に「形影神」という、とんでもなく大胆奇抜な詩があった。「形」と「影」とが「神」をめぐって問答をしでかすという内容だ。形は肉体、影は精神と見立ててよいだろうが、そういう解釈はともかくとして、言いっぷりがいい。

まず「形」が「影」に向かってこう豪語する。「天地は長えに没せず、山川は改まる時なし」「人は最も霊智なりと謂うも、独り復茲くのごとくならず」。すると「影」が「形」に応えるのである。

生を存することは言う可からず、
生を衛るすら毎に拙なるに苦しむ。

いつまでも生きていたいなどというのは論外、もってのほかのこと、当方、生を養うことすら拙劣で、いつだって困っている。こう言い放つのだ。

陶淵明はすでに五世紀にして、このことを喝破した。しかし、これはまだ「影」のセリフだったのである。ここでやおら「神」が口を開くのだ。これが、さらにいい。

大鈞無私力　大鈞は力を私すること無く、
萬理自森著　萬理は自ら森として著わる。
人為三才中　人の三才の中と為るは、

豈不以我故　豈に我を以ての故ならずや。

大鈞は轆轤（ろくろ）のことである。その大鈞は力を私（わたくし）していない。回せば、おのずと何かができてくる。萬理はもともと独創的なものとして現れていたのであって、何も誰かがオリジナリティを競ったわけでも、威張ったわけではなかったのだ。だからこそ天地の間に位置する「人」は（三才とは天地人のこと）、「中」を求めていまここにある。これらがこのようにあること自体が、ほれ、「神（しん）」というべきことではないか。――★17

先輩の匣中（こうちゅう）なる三尺の水
曾て呉潭に入りて竜子を斬る
隙月　斜めに明るく　露を刮（けず）りて寒く
練帯（れんたい）　平らに鋪（し）かれ　吹き起こらず
鮫胎（こうたい）　皮は老いて疾藜（しつり）の刺（とげ）
鸊鵜（へきてい）　花を冷やして白鷴（はくかん）の尾
直（た）だ是（これ）　荊軻（けいか）　一片の心
春坊の字を照見せしむ莫（なか）れ

妥糸団金　懸かって轆轤
神光は截らんと欲す　藍田の玉
提出すれば西方　白帝は驚き
嗷嗷として鬼母は秋郊に哭さん――李賀「春坊正字の剣子の歌」

李賀の「鬼」

わずか二七歳で夭折してしまったにもかかわらず、ぼくの好きな言葉で形容するなら、表現世界における「見えない刺客」とか「姿を消した暗殺者」という境涯に達していたといってもいいだろう。いやいやテロリストであったのではない。言葉の刺客に達していた。表現にテロルがあった。それもまことに静かな暗殺である。刺促という言葉がある。相手を刺すのに急ぎすぎたという意味で、転じてあくせくしてしまうことをいう。

李賀の『浩歌』はその刺促を歌っている。一読、「王母の桃花は千遍も紅に、彭祖や巫咸と幾回か死せる」というように、西王母や彭祖や巫咸が登場する幻想味も溢れるが、最終行は「二十の男児、那ぞ刺促たる」とあって、二十歳そこそこの男児が何をあくせくしているのかという激越な問いになっていく。

ここには、ついに行動をおこせなかった李賀の自戒があるとともに、行動をおこすことなく「精神の刺客」となる覚悟をした者の、一方では奇っ怪だが、他方では香りの高貴な横溢がある。

――★18

蘇東坡の「澄」

蘇軾は宋の元豊二年（1079）七月に朝廷誹謗の罪で逮捕され、御史台の獄に下ると、一二月には黄州に流された。四四歳になっていた。その直前までは徐州や湖州の知事だった。

流罪や流謫の身になることは蘇軾の人生の半分くらいはそういう宿命に出会うようなところがあるのだが、この黄州流謫はなかでも象徴的な転機になった。

黄州は漢口から遠く離れた長江（揚子江）河畔の寒村である。蘇軾はひとまず定恵寺に借り住まいすると、自身の日々をふりかえって九死に一生を得たことなどにあらためて安堵して、みずから下野して農夫として生きることを選ぶ。このとき自身を号して「東坡居士」を名のり、以降は「蘇東坡」とも署名することになる。

臥薪嘗胆でなくて、みずから身を転じたのだ。そうするしかないと思ったのだろう。こうして黄州で三年ほどがたったとき、何かの機会か機運でふいに即興詩を詠み、その卒意を澄心堂紙に認めた。それが『寒食帖』なのである。

我　黄州に来りし自り
已に三たびの寒食を過せり
年年　春を惜しまんと欲すれども
春去って惜しむを容りず
今年　又た雨に苦しむ

こんなふうに始まる其の一と、「春江　戸に入らんと欲し　雨勢　来りて已まず　小屋　漁船の如く」で始まる其の二とを、その場で続けさまに詠んで、さっと書いた。

二首の自詠自書の詩は、黄州に流されて三年がたち、寒食を三度迎えたのに雨の日々の寒村で何もできないでいる自分の身を自嘲しているかのようなので、かなりペシミスティックな心境を詠んだふうに読める。しかし、書筆のふるまいはそういうペシミズムを嗤うかのように躍如した。のちに『寒食帖』に偈を書いた黄山谷は「蘇東坡にもう一度これを書かせてみても、これほどものになったかどうかわからない。二度とは書けなかったのではないか」と言った。それは蘇軾が蘇東坡としての化け物を見せた最初であったからだ。

「石蒼舒の酔墨堂」（部分）

人生　字を識るは憂患の始め
姓名　粗ぼ記すれば以て休むべし
何ぞ用いん　草書の神速を誇るを
（中略）
我が書は意造にして　本　法無し
点画　手に信せて　推求を煩わす

これも文字や書についての詩であるが、ここでは蘇東坡はあんまり文字のことを知りすぎると面倒くさいことになる。楷書や草書の技法に溺れると、とんでもないことになる。もっと気楽に文字文化に親しむのがいいと言って、有名な「わが書は意造にして、無法なり」を訴えるのである。「意造」とは聞きなれない用語だろうが、これは「臆造」とも言って、アタマの中で勝手な格好をつくりだすことを言う。むろん謙遜しているのだ。――★18

みぃ

仮名とあわせと無常感

●平安

擬装する貫之

和歌という方法

たとえば、和歌という方法がある。

これは『万葉集』と『古今和歌集』の時代に一挙に成熟した一種の編集方法で、万葉古今的な世界を充分に熟知することで、かなり自在に情報を律動的に編集できるようになっている。

まずもって、枕詞や歌枕はパスワードとしてのプロトコルの能力に満ちている。「たらちね」のというパスワードは「母」という情報の束をひっぱり出すのだし、「ひさかたの」という言葉をクリックすれば「光」に関する情報が出てくるようになっている。

約五〇〇種以上ある歌枕もすばらしい機能をもっている。「宇治」という歌枕は、網代のようないりくんだ人生を背景に呼び出しつつ、そこに漂う川霧をイメージさせ、さらには「世を宇治山」（世を憂し）というはかなさまで表象できたのだ。

もっと大きなスキーマで情報を処理するしくみもあった。それは万葉集ならば「ながめ」、古今集なら「おもひ」というスキーマで、この二つの言葉がつかわれていさえすれば、オーサー（作者）の視

野が一定のスキーマにあることを正確にユーザー(読者)に伝えるようになっていた。――★10

さむしろに衣かたしき今宵もや我を待つらむ宇治の橋姫――よみ人知らず(『古今和歌集』)

さむしろや待つ夜の秋の風ふけて月をかたしく宇治の橋姫――藤原定家(『新古今和歌集』)

花鳥風月・雪月花●和歌の作歌編集にあたっては、「花鳥風月」や「雪月花」というデータベースが十全に用意されていた。そのデータベースを動かしさえすれば、つねに季節や月次(つきなみ)風俗や名所の情報がずらり開くようになっていた。これはなかなかすごいものである。一般には「花鳥風月」というと、日本の湿気のある自然風土をあらわす代名詞のようにおもわれているのだが、どうして、そんななまやさしいものではない。花鳥風月のしくみが理解できるには、正式には「古今伝授」という作法にのっとらなくてはならなかったほどで、そこにひそむ名所のすべての情報システムの理解から、歌語や縁語のすべての活用法(ようするに花鳥風月プログラミング言語とでもいうもの)の習得、さらには古今の歌読みの心境から作例までをすべてマスターしなければならなかったのだ。つまり花鳥風月とは日本語のプログラミング・システムの本質をほぼ掌握していたシステムだったのである。

おまけにそこには「そろひ」とか「きそひ」といったシリーズ化された〝スロット〟や〝レパートリー〟

がふんだんに待っていて、たとえば、「さくら」といえば、すぐに秋の「もみじ」の情報さえ潜在対比的に提示できた。

それだけではない。一首の和歌はつねに引用可能性をもっていた。どんな歌であれ、これを屏風に写すことも文箱の蒔絵に移すことも、また謡曲の一節に引用することも、着物の柄に転写することも可能なようになっていた。いいかえれば、「萩」という情報が和歌になり、襖絵になり屏風になり、着物の柄にも謡曲の光景にも蒔絵にもなるということは、この方法がもともとマルチメディアライクな情報構造をもっていたせいだとおもわれるのだ。おまけに「萩」というひとつの知識には、少なく見積もって数十のメタファーがひそんでいる。——★10

もともと『万葉集』で「ながむ」対象だった花鳥風月は、平安の古今・新古今になると「おもう」対象へと変化します。つまり描写される花鳥風月が、人物の心情を反映するものとなっていくわけです。——★25

仮名●日本人が仮名を発明したことは、日本語の歴史にとっても世界の言語史においてもすこぶる画期的なことだった。最初の兆候は天平時代の正倉院文書にも二、三の例が見られ、貞観年間にその兆候がだんだん拡大したのだが、草仮名が平仮名という新しい「文字」に定着していったのは、やはり一〇世紀になってからである。その記念碑的な結実が紀貫之を編集主幹として練

り上げた『古今和歌集』だ。以降、和歌は漢字仮名まじり表記に定着する。———★31

「日本文字」草創

ここで注目しておくべきなのは、経典や漢文書のような漢文的文脈からは片仮名が、万葉仮名で書かれた和歌や文章などの和文的文脈からは平仮名が、それぞれ別々に派生してきたこと、そのわずかな変化や派生を、当時の日本人の一部の才能がきわめて重視して、これを発展させようと思い立ったということです。

すなわち当時の日本人は、なんとかして漢字漢文を和文の文脈で書きあらわそうとして、一方では語順などに何度も変更を加えるとともに、他方ではそうした変更を通しつつ、そこからなんとか「日本文字」を作り出そうとしていたのです。これは、古代ギリシアがフェニキア文字などからギリシア・アルファベットを創出したことに匹敵するでしょう。われわれがもっともっと意識すべきことです。こうしたなか、新しい情報文化の旗手として登場してきたのが菅原道真と紀貫之でした。

———★16

歌合◉まず惟喬（これたか）親王サロンがあった。この和風文化の前駆体ともいうべき和歌サロンに、伯父の紀有常や有常女（むすめ）を妻とした在原業平がいた。遍照・小町などを加えて、後の世に六歌仙時代といわれる。けれども有常も業平も、また惟喬親王も、ありあまる文才や詩魂がありながらも、もろもろの事情で失意の裡に王朝文化を飾りきれなかった。

そうしたあとに宇多天皇が即位する。途中、阿衡（あこう）の紛議などがあり、それまで自在に権力をふるっていた藤原基経の横暴に懲りた宇多天皇は、いよいよ関白をおかずに親（みず）から政務をとって、前代の摂関政治に代わる親政を敷く。これが寛平延喜時代の開幕である。ここで菅原道真・紀長谷雄らの学者文人が登用され、宮廷行事のなかに「歌合（うたあわせ）」がとりこまれた。

歌合は「物合（ものあわせ）」に付随して始まったもので、前栽の花々や菊合（きくあわせ）や美しい小箱を合わせて優劣を競っていた宮中や院の遊びに、興をさらに募らせるべく和歌が添えられたのが最初であったとおもわれる。

だからこの時期の歌合はまだまだ揺籃期というべきで、のちの歌論めいた真剣な評定評釈の水準には至らないのだが、そのかわり、むしろその場の雰囲気や趣向にあうこと、あわせることを当意即妙に見せるのがおもしろがられていた。

宇多天皇もなかなかの文藻の持ち主だったので、この和歌の歌合は捨てたものじゃないということになり、それまで漢詩のずっと下にいた和歌の地位向上にも関心をもった。寛平五年以前の后宮（きさいのみや）歌合は実に百番二百首をこえる大規模な歌の宴となっている。

この歌合の場に若き貫之が列席できていたということが、すべての魂胆のスタートだったに

ちがいない。――――★17

貫之登場、道真退場

貫之の名が最初に記録に見えるのは、寛平五年(893)前後の是貞親王の歌合や有名な「寛平御時后宮歌合」のときだから、だいたい三〇歳そこそこか、二〇代半ばのことだった。このころは菅原道真の絶頂期で、道真が遣唐使の廃止を提案したときにあたる。このとき貫之は、若くして宮廷の歌合に招かれるほどの、かなり知られた歌人になっていた。

道真は親政を敷いた宇多天皇に抜擢されて、続く少年天皇・醍醐の右大臣をつとめた官吏で、漢詩の達人だった。それとともに、時代が漢詩主流文化から和歌主流文化に移行するのを支えた文人でもあった。その道真がかなり深く編集にかかわったとみられる『新撰万葉集』という興味尽きない和漢詩歌集があるのだが、これがやはり寛平五年あたりに成立していた。

『新撰万葉集』は和歌と漢詩を並べたもので、しかも他には見られない独得の真仮名表記をとっていた。和歌と漢詩を並べるとはどういうことかというと、たとえば和歌に「奥山に紅葉ふみわけなく鹿のこゑきくときぞ秋はかなしき」とあれば、それに合わせて漢詩は「秋山寂々として葉零々たり、麋鹿の鳴く音数処に聆こゆ……」というふうに、七言絶句にして併記した。それなりに実験に富んだ手法を駆使するものである。

ところが、このように漢詩と和歌をやすやすと対同的に並べることができた才能の持ち主でもあった道真が、貫之が昇殿するようになった寛平五年前後を最後に、突然に左遷された。この道真の没落は菅家そのものの没落であり、紀家の貫之にとっても他人事ではなかった。紀家も大伴家も、のちの歴史が証したように、すでに藤原一族によって追い落としを迫られていたからだ。しかし、貫之は歌人としては宇多天皇に認められている。和漢並立の才能を誇る時代は、道真とともに後退しつつある。紀貫之をめぐっては、まずはこういう「家の消長」と「歌人としての栄光」と「和漢の並立」という、そのひとつひとつだけでもかなり歴史的な意味をもった事情が互いに重なりあうような、そんな出発点があった。――★17

燭を背けては　共に憐れむ深夜の月　花を踏んでは　同じく惜しむ少年の春――白居易
春の夜のやみはあやなしむめの花いろこそ見えね香やはかくるる――凡河内躬恒（『和漢朗詠集』）

『和漢朗詠集』●菅原道真の『新撰万葉集』で漢詩と和歌を対応させた編集方法をさらに発展させたのが関白頼忠の子の藤原公任（きんとう）が編集した『和漢朗詠集』でした。

勅撰ではなく、自分の娘が結婚するときの引出物として詞華集を贈ることを思いついて作ったものです。当時、貴族間に流布していた朗詠もの、つまりは王朝ヒットソングめいたものに自分なりの手を加え、新しいものをふやして贈ることにした。それだけでは贈り物にならないので、これを達筆の藤原行成に清書してもらい、粘葉本に仕立てます。まことに美しい。

料紙が凝っていました。紅・藍・黄・茶の薄めの唐紙に雲母引きの唐花文を刷りこんでいる。行成の手はさすがに華麗で変容の極みを尽くし、漢詩は楷書・行書・草書をみごとな交ぜ書きにしています。和歌は行成得意の草仮名です。これが交互に、息を呑むほど巧みに並んでいる。

部立は上帖を春夏秋冬の順にして、それをさらに細かく、たとえば冬ならば「初冬・冬夜・歳暮・炉火・霜・雪・氷付春氷・霰・仏名」と並べています。すなわち時の「うつろい」を追ったのです。これに対して下帖は、もっと自由に組み、「風・雲・松・猿・故京・眺望・祝……」といった四十八の主題を並べた。最後はよくよく考えてのことでしょうが、「無常」と「白」というふうにすべてが真っ白になってしまうように終えています。

これをアクロバティックにも、漢詩と和歌の両方を交ぜながら自由に組み合わせたのです。漢詩が五八八詩、和歌が二一六首。漢詩一詩のあとに和歌がつづくこともあれば、部立によっては和歌がつづいて、これを漢詩が一篇でうけるということも工夫している。——★16

貫之の「日本語計画」

延喜元年(901)のこと、貫之は御書所預に選ばれて、禁中の図書を掌ることになった。

やがて宇多天皇は落飾して、帝位を一三歳の醍醐に譲る。けれども宇多院が文化の帝王であることは変わらず、各地への遊幸にも熱心だったし、歌の宴も煽っていた。なかでも『万葉集』以来の和歌集を勅選歌集として編纂したかった。この『古今和歌集』の計画には若き醍醐帝にもすこぶる心惹かれるところがあったらしく、そこで編集委員に選ばれたのが紀友則・紀貫之・凡河内躬恒（おうしこうちのみつね）・壬生忠岑の気鋭の四人だった。勅命が下ったのは延喜五年のことだった。

ここで貫之が持ち前のエディターシップを和歌の場を背景に、いよいよ「文」にも発揮する。『古今和歌集』の編纂はその絶好の機会を貫之に与えたのである。

むろん『万葉集』以降の和歌秀歌の選抜もたいそう苦心の作業ではあったけれど、これは「詔して各家集ならびに古来の旧歌を献ぜしむ」という第一編集段階と、それらを選抜分類して部立（ぶだて）をつくる第二編集段階とに分業できたので、どちらかといえば協同的なスタッフワークができた。「夜の更くるまでとかう云ふ」ような侃々諤々の議論もあった。

しかし、序文はどうか。これは貫之一人の才能に頼られた。

ここで貫之は、かねておもうところのあった仮名による和文の序の執筆に走る。貫之は綴った。おそらく一気呵成であったろう。

こうして貫之の「日本語計画」は発進した。

それは、中国的なるものに日本的なるものを対置するという方法を、「文」において初めて成功させた快挙であった。

漢文に和文を対比すること、さらにその和文をそれ自体として自身の文体をもって自己進化させることなど、誰もトライはしていなかった。だいいち古今集以前の時代では、まだ仮名文字の感覚がどのように世に伝わるかが見当すらついていなかった。いってみれば貫之の幸運は、ちょうど万葉仮名から草仮名への移行期にぴったり立ち会えたということでもあったのである。

このことは貫之がどのように「書」を書いていたかということに関係がある。

われわれは伝貫之の書を「高野切」や「寸松庵色紙」で見ることができるのであるけれど、それらは「書」の書風の出来栄えとしてもさることながら、それは当時、いったいどのように仮名文字の連鎖によって日本人のあいだにコミュニケーションが成り立つのかという「日本の言の葉」の伝達実験でもあったというふうに見ることもできるほどの、大きな試みでもあったのである。

貫之を語るときにいつも忘れられすぎてきたことなので、いささか注意を促しておきたかった。

——★17

分かち書き、散らし書きという書き方そのものが、日本語計画の一端に入っていたというべきなのだ。

——★17

やまとうたは、ひとのこころをたねとして、よろづのことのはとぞなれりける。世中にある人、こと、わざ、しげきものなれば、心におもふことを、見るもの、きくものにつけて、いひいだせるなり。花になくうぐひす、水にすむかはづのこゑをきけば、いきとしいけるもの、いづれかうたをよまざりける。ちからをもいれずして、あめつちをうごかし、めに見えぬおに神をもあはれとおもはせ、をとこをむなのなかをもやはらげ、たけきもののふの心をもなぐさむるは、うたなり。――『古今和歌集』仮名序

真名序と仮名序

天皇をマヒト（真人）とよび、真実や真理をあらわす言葉をマコト（真言）と、鉄をマガネ（真金）とよぶような、「真」のシステムの強調にもなっていく。ついで、こうした「真」のシステムの強調は、真名にたいするに「仮名」が仮のものであるような、そうした仮想の和文化をつねに胸中に認識させることにつながった。こうしてここに「真」と「仮」とが並行し、互いに別々の表現をとりながらも、相互に響きあうことになったのである。

紀貫之が『古今和歌集』に真名序と仮名序を併記したのは、その点において象徴的だった。ついでながら藤原俊成が天台教学を借りて「空・仮・中」の三諦を歌の道に仮託したことも、どこかに「真」と「仮」との平衡感覚が作用したのではないかとおもわれる。

一方、「真」と「仮」との文化的な並列は、平仮名や片仮名がそもそも漢字をくずした文字であった

ということから、中国の行書や草書の感覚をそのまま日本の仮名文化（和文化）に比定するという感覚を生んでいく。

これがのちになって、いわゆる「真行草」のうちから「草」の感覚がたくみにとりだされ、それが茶の湯の草庵のイデアに昇華していったことは、茶の湯の背景に唐物荘厳（からものしょうごん）という「真名（まな）の文化」が君臨し、それがくずれて「仮名の文化」としての草庵の茶の湯に進んでいったという点においても、見落とせない。――★20

宣長の二つの詞●本居宣長によれば、「ただの詞」は世のことはりをあらわし、「あやの詞」は心のあはれをあらわす。「あやの詞」は「ただの詞」のあらわす内容をより巧みに表現するのではなく、「ただの詞」ではあらわしえないものを語る。この「あや」をもってあはれをあらわす文学様式が、すなわち和歌なのである。たとえば、「ただの詞」はことはりしか書けないので、「こころ」を表現するには「あやの詞」を用いるのだが、それによって一つの歌が発表されると一つの「こころ」が文化のなかに共有される。『古今和歌集』が一千首の和歌を世に送り出したということは、一千の「こころ」を公共化したということなのである。――★30

和歌というものが「こころ」を詠めると実感できたのは、「あや」の言葉を扱えるようになってからである。――★17

付託の歌

紀貫之が「やまとうたは、人の心を種として、よろづの言の葉とぞなれりける」と書き、さらに「世の中にある人、ことわざしげきものなれば、心に思ふこと見るもの聞くにつけて、言ひだせるなり」と書いたのは、和歌が心に思うことを「ことはり」ではなく、言の葉によって物事に心が「つく」からであると考え切れたからである。その「つく」とは漢字であらわせば「託く」になる。

何がどのように託くかは、すでに中国の『詩経』に六義という先例があった。「風」「賦」「比」「興」「雅」「頌」だ。「賦」は事態を直叙することで「ただの詞」にあたる。「比」と「興」が物事に託けて語る技法であった。これを『古今集』仮名序は「比」を「なずらへ歌」、「興」を「たとへ歌」というふうに和ませた。いずれも付託の方法といえばいいが、貫之は中国の詩論を借りてきたとはいえ、このときすでに日本の「やまとうた」のための「あや」を意識していた。

貫之が何を意識していたかということを明確に取り出すことはむずかしいが、一言でいうなら、付託しかない、和歌は和歌であることそのことによって他の目的も価値も求めていない、和歌そのものが目的であって価値なのだ。そのことを意識したはずなのである。

むろん『万葉集』にもすでに付託の方法はあった。「譬喩(ひゆ)」や「寄物陳思(きぶつちんし)」や「正述心緒(せいじゅつしんしょ)」だ。このうち「正述心緒」はむしろ付託を避ける方法をいう。「譬喩」や「寄物陳思」は「なずらへ歌」や「たとへ歌」に近いともいえるが、正確には何かに付託するのはその通りなのだが、付託することで別のこと（生活や大君や時勢のこと）を歌っていくことに重点がおかれた。これに対して貫之以降の和歌は、付託そのものが歌の本質なのである。———★17

日本語は膠着語である。とくに仮名をつかいはじめて膠着性がますます強まった。その日本語をどうつかうか。これは日本語をつかう者にとっては最も愉快で最も冒険を誘うものになる。———★31

お手本二首

そもそも和歌は『古今和歌集』の仮名序に貫之が二首の歌を掲げているように、つねに「倣い」を「習い」としてきたものだった。しかし、その原点には容易ならざるものも秘められている。

難波津(なにわづ)に咲くや此(こ)の花冬ごもり今を春べと咲くや此の花
安積山(あさかやま)影さへ見ゆる山の井の浅き心をわが思はなくに

これが貫之が示した二首である。

前の歌は著者も「咲いた咲いた咲いたチューリップの花が」に近いような素直な歌であると言っているほど、素朴な歌である。後の歌はやや複雑で、「安積山影さへ見ゆる山の井」が「浅き影」を通して「浅き心」に複雑に掛かる修辞によって作られている。つまり言葉というものを直截にも曲折にも使いなさいという指示なのだ。――★31

影みれば波の底なる久方の空こぎわたるわれぞわびしき
見し人の松の千歳に見ましかば遠く悲しき別れせましや――紀貫之（『土佐日記』）

『土佐日記』●承平四年（934）、貫之は土佐守としての四年の任期をおえて京に旅立つ。一二月二一日から翌二月一六日までの船旅で五五日にわたる。

貫之はこの五五日間の出来事を、とりあえずは一日ずつすべてを記録にのこした。それが『土佐日記』である。いや、記録にのこしたのか、あとから書いたのかはわからない。当時は「具注暦」というものがあって、貴族や役人は漢文で日記日録をつける習慣をもっていた。貫之もそのような漢文日録をつけておいて、それをあとから仮名の文章になおしたのかもしれない。あるいは道中から和文で備忘録を綴っていたのかもしれない。

そういうことがいろいろはっきりしない『土佐日記』だが、問題はなぜ貫之は日記を仮名の文章にしたのかということである。なにゆえに「男もすなる日記といふものを女もしてみむとてするなり」という擬装を思いついたのか（実際には『土佐日記』は仮名のみの表記だが、ここではわかりやすくするために漢字仮名交じり文にする）。

女性の文章に仮託したため、もうひとつ、もうふたつの擬装にも徹することになった。冒頭から、「ある人、縣の四年五年果てて、例のことどもみなしをへて、解由などとりて、住む館よりいでて、舟にのるべきところにわたる」というふうに、自分のことを「ある人」とした。ある女が眺めている「ある人」の旅の道中というふうにした。挿入した歌も貫之がつくっていながら、別人の歌の引用に見せたりもしている。

二重の擬態擬装。三重の仮託。

漢字と仮名。男と女。それに加えて、日記と創作。地の文と歌の紹介。貫之は何をどのように考えてこんなことに走ったのか。そんなことは無自覚だったのか。

仮に無自覚であったとしても、このことはその後の日本文芸に、日記であって物語であるような新たな文芸様式の試みを次々に創発させたのである。『和泉式部日記』など、まさに日記であって物語であった。あのような様式は、貫之がすべて創発したものだったのである。だとしたら貫之が無自覚であるはずがない。――――★17

紀貫之こそが日本で最初の最大のジャパニーズ・エディターだった。——★19

浄土と女房

往生流行

文化はかならずしも生の讃歌からのみ生まれない。むしろ死の芳香がただよいつつ爛熟することがすくなくない。日本の古代から中世にかけて、とりわけ華やかなはずの平安王朝期、仏教を中心とした文化はまさにそうした彼岸からの文化をつくりあげてきた。一般に往生思想の流行といわれるもので、宇治平等院が建てられたころの〝末法到来〟をめざして、ひたすら「死ぬための努力」がつづけられた。

この異様な文化の流行には、かつては完全な外部性であった山が都に降りてきたという事情がかくされている。山とはここでは比叡山である。本来は天台本覚思想の牙城である比叡山は、その法華三昧のイメージのどこかから、いわゆる念仏と浄土を洩らしたのだった。

寛和元年(985)、比叡山の恵心僧都源信は全三巻十章にわたる『往生要集』を著した。第一章が「厭離穢土」、第二章が反転して「欣求浄土」、つづく第三章が「極楽証拠」……。

一〇世紀もおわりがちかくなると、平安の栄華をうたっていた京(みやこ)は、『往生要集』の章が進むごとくに変貌しはじめる。それは、仏法が力を失うという末法の時代が近々やってくるという噂が広まったからでもある。この世を「穢土」とみなし、この世ならぬ「浄土」を欣求すれば、そこに「極楽」がみえてくる。そんなニヒリスティックな思想が『往生要集』によってあっというまに広まった。すでに、多くの遊宴は仏道に縁を結ぶための結縁(けちえん)の会に変りつつあるころである。

一方、摂関体制の確立とともに進行していた荘園の地方化は、多くの没落貴族をつくりつつあった。権勢に直接かかわりあえない貴族は、みずからの家の家学や家業をベースとして、私的な呪法による往生の方法や末法をのりきる策を工夫した。平安中期に、本命星や本命曜などの星宿をもとにした星占い、衰日(すいじつ)や方違(かたたが)えの占法、また夢占などの陰陽道を中心とした信仰や呪法が進行したのはこのためである。それらの大半は、もともとはタオイズムと密教との習合によっていた。

このような貴族の一人に、陰陽道の名門賀茂忠行の第二子、慶滋保胤(よししげやすたね)がいた。幸田露伴が傑作『連環記』にえがいたあの保胤である。

保胤はエリート貴族として宮中で通った文人で、『往生要集』が出た寛和元年(984)、比叡山に文人貴族の学生を中心とした勧学会が催されるとただちに参加、往生思想に呼応した。あつまったメンバーは三善道統(みよしみちむね)、源為憲(みなもとのためのり)、橘倚平(たちばなのよりひら)、藤原在国(ふじわらのありくに)、高階積善(たかしなのもりよし)らのいずれも摂関貴族社会にたいするニヒルな批判精神をもった中流貴族だった。革命と死こそが議論されていたとおもわれる。――★05

「革命」は陰陽タオイズムのごくふつうのアイデアであったし、死は「往生」として当時の最大のロマンであった。――★05

大空の雨はわきてもそそがねどうるふ草木はおのがしなじな――源信

勧学会●勧学会は、宗教と文学を交感させたファンタジックなサロンのようにも見える。たとえば『扶桑略記』には「聞法歓喜讃の心に由りて法華経を講じ、経中の一句を以て基題と為し、詩を作り歌を詠む」とあるし、参加メンバーの一人であった源為憲の『三宝絵詞』にも、「この世と後の世に永き友として法の道と文の道を交感したかった」とある。実際にも三月と九月の一五日を定例として、その前日の夕から学生は白楽天の詞句を、僧は法華経の偈を唱和しながら集うたらしい。保胤も『本朝文粋』に、「およそこの会を知る者は謂ひて見仏聞法の張本となし、この会を軽んずる者はおそらくは風月詩酒の楽遊となさん」と書いている。――★05

『往生要集』と『横川法語』●源信の『往生要集』は、たとえば「夫往生極楽之教行濁世末代之目足也道俗貴賤誰不帰者」というふうに、立派な漢文で綴られている。「それ往生極楽の教行は、濁世末代の目足なり。道俗貴賤、誰か帰せざる者あらん」というふうに読み下す。しかし漢文では広く民衆に極楽世界の教えを伝えられないと見た源信は、やがて五〇〇字あまりの『横川法語』を示すのである。「それ一切の衆生は三悪道をのがれて、人間に生まる事、大なるよろこびなり。身はいやしくとも畜生におとらんや」というふうに。

このような仮名によって教えを伝えるという方法は、法然や親鸞の和讃によってさらに広まった。それも初期の漢文訓読調からしだいに和文調へ、七五調へと変化した。そこには今様に通じる親しみやすい歌謡性が芽生えた。他方、慈円の『愚管抄』がそうだったのだが、漢字片仮名混淆の文章を綴る者もあらわれた。「一切ノ法ハタダ道理ト云二文字ガモツナリ。其外ハナニモナキ也」というふうに。ちなみに「二文字ガモツナリ」の「が」の遣い方には近代的な用法が芽生えている。

定家と慈円は友人でもあったが、この二人が平仮名と片仮名をそれぞれ究めようとしたのは、まことに象徴的なことである。――★31

「日知り」ネットワーカー

慶滋保胤が勧学会を発展させて組織した二十五三昧会は、一言でいえば念仏結社である。比叡山横川の首楞厳院の住職を中心にしたこの結社には、天皇を退位した花山法皇も入会していた。テクストは源信の『往生要集』、念仏の実践をもっぱらとし、死をむかえるときのための「臨終行儀」の習得にもとりくんだ。それは同志たちの臨終のとき、協力しあって極楽から使者をむかえ、往生をまっとうする来迎のための儀礼であった。ヨーロッパ中世のダンス・マカブルとは比較できないが、まったく異様に静かな「死の流行」であった。こうして平安初期の天台法華の浄土観から出た浄土の思想は、空也の念仏宗をきっかけに、源信・奝然(ちょうねん)・保胤(寂心とも号した)らによって一挙に都大路にひろがる。とくに浄土観と往生観を庶民に伝えたのは、空也をはじめとする「聖(ひじり)」たちである。

「聖」とはもともとは「日知り」であったろう。日読み・月読みが「日知り」の原型である。かれらは各村にはたいてい一人はいた天を眺め海を見つめる気象観測者であり、またそれゆえに日常の些事をこえる超越者のおもむきをもっていた。しかし山の「日知り」はむしろ修験の者に代表されていた。空也に代表される「市の聖」はその都市部への流入を企てた者たちだ。——★05

ヒメたちの「あはれ」

「あはれ」についての正確な分析はまだ結論を得ていない。国文学者も民俗学者もこれからというところだ。だが、おそらく「あはれ」が詠嘆であって、また「ああ、我」などとも関連していただろうことはまちがいない。藤原貴族によって寝殿の奥に閉じ込められたヒメたちは、鎖にこそつながれていなかったものの、色目をあわせた動きのとれない十二単衣と屏風・壁代・御簾・几帳に囲まれた「空間的限定」によって、幽閉されていたも同然だった。そこで彼女らはどうなったか。居場所を固定されることによって、かえって幻想の中であらゆる場面におもむける様式を発見することになったのである。一年中、同じ場所から見る「月」や「花」を朝な夕なの光の差で、あるときは御簾ごしに、あるときは壁代ごしに、あるときは香の種類の匂いとともに、つまり、「我の側」の主観的条件を微妙に変化させることを発見した。これが後に女絵・女手の発生をうながした。

しかし、この「あはれ」の立場は寝殿様式が武家様式に移行するにつれて崩れることになる。というよりも、新興権力の武士たちからかれらを見れば、「あはれ」はしょせん「内攻の美学」にすぎなかったのである。——★03

あはれてふことこそうたて世の中を思ひはなれぬほだしなりけれ——小野小町

自然な感嘆の発声からアハレが生まれたのだろう。
『万葉集』にすでに「アハレの鳥」の例がある。
しかしアハレが哀感の興趣につかわれるのは、
そこに荒みゆくものの経過が見えるからだ。——★06

ウツロヒ小町

花の色はうつりにけりないたづらにわが身世にふるながめせしまに

百人一首にも入っている有名な小野小町の歌です。「ふる」は「降る」と「経る」の掛けことばになり、「ながめ」も「長雨」と「眺め」の両方の意味になり、「ながめ」は「ふる」にかかっています。あきらかに小野小町自身が花にたとえられている歌です。

その花の色がだんだん移ってゆくように、小町自身もだんだん自分が歳をとっていく。そこには、四季のうつろいとともに歳のうつろいがあるというウツロヒの感覚があります。

凡兆という江戸時代の俳諧師がいます。その凡兆が「さまざまなしなかわりたる恋をして」と発句を見せると、「浮世のはてはみな小町なり」と芭蕉がこれにつなげました。たくさんの恋をしても、みんなやがては小町になる運命にあるなあという句です。小町はひとつの代名詞です。すでに「小町」という言葉自体に、日本人の花に対する感覚、うつろい枯れていく感覚が象徴されています。

───★11

ヒメの力●もともと日本の女性の力に、最初の強い関心を寄せたのは柳田國男である。妹が村落などの公共の場で兄と自由にふるまっても非難がましく見られなくなったのは、大正時代がしばらく進んでからのことだった。柳田はここに注目し、兄というものが男ゆえにもつ孤独感や寂しさを、妹が快活にふるまうことによって慰められる関係こそは、本来の日本の家がもともともっていた関係がやっと社会的にも浮上してきたからではないかと見たわけである。

——★17

こういう女性の問題はヒメ(姫)という言葉に象徴されているとおもう。古代の女性はおおむね「ヒメ」と呼ばれていましたが、あれは「秘める」という言葉に通じます。平安時代には更衣という女性の役割があり、男の着替えを仕事とする。大嘗祭などで天皇が裸になって、あやしげなことをやり、ミソギをした後に、着物を着せてやる女性のなごりが更衣らしい。再生した天皇が最初にその言葉を聞き、モードを受けとるのが女性だというのは、なかなか象徴的です。更衣の歴史を調べると、なんと中臣や水の女を経て、衣通姫(そとおり)までさかのぼる。これは民俗学的には七夕の織姫とも重なります。さらに、中臣鎌足が藤原姓をもったときに、ついでにもらった役職が「大織冠」だったということにもつながる。——★06

ヒメの力はいろいろなものに転化した。櫛、笄、鏡、鏡台、櫛笥、匣。——★17

逆髪の謎

逆髪（さかがみ）という名の異形の女性がいる。生まれながらに髪が空に向かって逆立っている。醍醐天皇の第三皇女ということになっているが、そんな女性はどんな記録を見ても実在しない。謡曲の「蝉丸」だけに登場する。逆髪はまったくの虚構の人物なのだ。

では、なぜこんな異形の女性が想定されたのか。実は醍醐天皇の第三皇女だという設定にすべての想像力が発育していく要因がひそんでいる。醍醐天皇の第四皇子といわれている人物に、蝉丸とよばれている謎の人物がいるからである。そうであれば、逆髪は蝉丸の姉宮だということになる。

このことを物語にしたのが謡曲「蝉丸」で、盲目の蝉丸が逢坂山の藁屋で琵琶を弾いているところへ、逆髪怒髪の業ゆえに遺棄されて放浪をしている姉宮が立ち寄り、薄幸の姉と弟が束の間の奇遇をよろこび、なぐさめあい、二人が名残りを惜しみながらふたたび離れていくという筋書きになっている。ここでは蝉丸は盲人の琵琶の名手、しかも蝉丸もまた捨てられた宿命を背負っている。

——★17

これやこの行くも帰るも別れては知るも知らぬも逢坂の関——蝉丸

赤染衛門の大和魂

日本で最初に「やまとだましひ」の認知や認識を深めていったのは、哲学者や愛国思想家ではなかった。意外かもしれないが、女性たちが引き受けようとした。そもそも「やまとごころ」という言葉の初出は赤染衛門である。「さもあらばあれやまと心し　かしこくば　細乳につけてあらすばかりぞ」という歌だ。夫の大江匡衡（まさひら）が「はかなくも思ひけるかな　ちもなくて博士の家の乳母せむとは」と詠んだのに対して、妻の赤染衛門が「さもあらばあれやまと心し　かしこくば　細乳につけてあらすばかりぞ」と応えたものだ。

匡衡は文人である。そこで「ち」を「知」と「乳」に掛けたのだが、赤染衛門はそんな学知などを使わずとも「やまとだましひ」は子に伝えられるものです、と切り返した。そういう歌だ。

そういう歌を詠む女性たちが、「やまとだましひ」こそは自分たちが子供に教育できるものだと自信をもったのである。日本の女性がこういうことを引き受けたことは、もう少し知られていい。

——★29

私の考えでは、仮名文字が女手から生まれたように、多くの民族の言語の原型も、女性たち、とくに母親たちが育児の最中につくったものではないかということです。——★11

なまめかし●平安期の優美は「なまめかし」という感興にその典型をおいている。清少納言のあげた「なまめかし」とは、「ほそやかに清げなる君達（きんだち）の直衣（のうし）姿」であり、「柳の萌えたるに青き薄様に書きたる文つけたる」であり、「よくしたる檜割籠（ひわりご）」や「白き組のほそき」であった。まさに仮名の美につながる優美であるが、それが「三重がさねの扇、五重はあまり厚くなりて本などにくげなり」となってくると、その三重と五重のあいだにはかなり截然とした「なまめかし」と「にくし」の差が引かれていたことを知る。――★05

雛の調度。蓮の浮葉のいとちひさきを、池より取りあげたる。葵のいとちひさき。なにもなにも、ちひさきものはみなうつくし。――清少納言

清少納言の「あてなるもの」

清少納言のあげた美は、あきらかに、小さきもの、細きもの、わずかなもの、薄いものなどに集中していた。「なにもなにも、ちひさきものはみなうつくし」とはそのことだ。これをまとめてフラジリティといってよいかとおもう。――★05

そういう清少納言の感覚と美意識が、さらに研ぎすまされるのは「あてなるもの」や「うつくしきもの」によせる気持ちを披露するときである。「あてなるもの」とは上品な感じがするものといった意味だが、さすがに目が透明になっている。何をあげたかというと、薄紫色の衵（あこめ）に白がさねの汗衫（かざみ）、カルガモの卵、水晶の数珠、藤の花、梅に雪が降りかかっている風情、小さな童子がいちご

などを食べている様子、というものだ。完璧だ。「いみじううつくしきちごの、いちごなど食ひたる」といった、チゴ・イチゴの語調の連動もある。

もともと「小ささ」というスモールサイズに気をとめ、スケアシティを重視した人である。気象も現象も事象も「少なめ」にこそ目を光らせた。そこは「ほころび」や「足りなさ」に着目した兼好法師とはちがっていた。どちらにも軍配をあげたいが、まずは「小ささの発見」であるだろう。もしも清少納言がそこを注目しなかったとしたら、きっと兼好法師がそのことを綴っていたにちがいない。——★17

をかし◉おそらく「をかし」は「をこ」(尾籠・烏滸・痴)から出てきた言葉だろうと思う。「をこ」は文字通りは「滑稽だ」「ちょっとおかしい感じがする」という意味だったのだろうが、そのことを誰が言うかでイメージングの仕方やコミュニケーションの場に変化がおきた。わかりやすくいえばウケを勘定に入れて「をかし」をつくったのだ。

紫式部は、帝や光源氏や、光の好みが向かったあてなる女性たちなどに身をおいて「をかし」を使った。清少納言は女房たちの目にもとづいて「をかし」を発見していったのだ。この目のおきどころがちがっていた。これで『枕』が「をかし」の独壇場になった。『源氏』はそういうふうに「をかし」の襞に分け入るつもりがない。あくまで「もののあはれ」のほうへ深入りしていった。

物語となった『源氏』、あくまで随筆の愉快を追った『枕』というちがいもある。「をかし」を見せるにあたっては、『枕』は筋書きや登場人物の心情を基準にする必要はなかったからだ。次から次へ、世の中の風情をテイスト別やアディクション別にアーティキュレート（分節化）して、それをお題にしていけばよかった。

こうして清少納言は好きに出題をしていったのである。――★30

水鳥を水の上とやよそに見む我も浮きたる世を過ぐしつつ――紫式部

『源氏物語』●『源氏』が書かれたのは一一世紀の初頭のことでした。遅くとも一〇一〇年代にはほぼ完成しています。これは大変なことです。あのダンテの『神曲』にして一四世紀の半ば。それより三〇〇年早い。しかもべらぼうに長い大作で、それを一人の女性が書いた。前代未聞です。こんな作品は世界中を探してもまったくありません。わずかにペトロニウスの『サチュリコン』があるくらいでしょう。なぜこんな快挙が成立したのかということは、式部に比類ない文才や才気があったことはむろんですが、いろいろの理由が想定できます。

そのころの日本の宮廷文化の事情、『源氏』の物語様式が「歌物語」という様式を踏襲したこと、真名仮名まじりの文章を女性が先導できたこと、藤原一族の複雑な権勢変化が同時進行していたこと、平安朝の「後宮」がもたらした恋愛文化が尋常ではなかったということなどなどが、なんだか桃と桜と躑躅が一緒に咲いたように参集したのです。

とりわけ女君たちと宮仕えの女房たちが、今日では想像がつかないほどに格別な「女子界」をつくりだしていたことは、たとえば五〇〇年後にヨーロッパに開花した宮廷女性文化やロココ文化とくらべても、かなり風変りで奇蹟的なことでした。何でもありそうな古代中世の中国にも、こんな「女子界」はありません（中国には仮名文字がないのです）。――★18

物語の出で来はじめの祖なる竹取の翁に宇津保の俊蔭を合はせてあらそふ。「なよ竹の世々に古りにけること、をかしきふしもなけれど、かくや姫のこの世に濁りにもけがれず、はるかに思ひのぼれる契り高く、神代のことなめれば、あさはかなる女、目及ぼぬならむかし」と言ふ。――『源氏物語』絵合

「いろごのみ」の本来

本居宣長や折口信夫は源氏観として、その根本に「もののあはれ」や「いろごのみ」があることを主張しました。

『源氏』は全篇に男女の恋愛をめぐる交流と出来事がずうっと出入りしています。その浮気ぶり、不倫ぶりは目にあまるほどですが、だからといって『源氏』を好色文学とは言えません。そこで折口

は「いろごのみ」というふうに言った。

折口ならではの網打ちでした。しかし「いろごのみ」って好色のことだと思ってしまうと、これはかなり勘違いになるのです。まして源氏や男君たちを、芸能ニュースよろしく「稀代のプレイボーイ」として片付けるわけにもいかない。『源氏』はたんなる好色文学じゃないんです。

なぜなのか。これは「もののあはれ」や「いろごのみ」には、古代このかたの日本人の栄枯盛衰の本質にかかわる見方や観念形態が動向されているからで、それを『源氏』のテキストから引き抜いたセクシャルな人間関係だけから解読すると、あまりにオーバーフローするのです。

「いろごのみ」というキーワードは『源氏』まるごとにあてはまるコンセプトではあるんですが、そこには「色恋沙汰」といった意味にはとどまらないものがひそんでいます。

本来の意味は、古代の神々の世界において、国々の神に奉る巫女たちを英雄たる神々が「わがもの」とすることによって、武力に代わる、ないしは武力に勝る支配力を発揮するという、そのソフトウェアな動向のこと、ソフトパワーのようなもの、それが「いろごのみ」です。

つまり「いろごのみ」は、もともとはその人物の性的個人意識にもとづいたものではなかったのです。古代日本の神々に特有されているソフトパワーだったのです。それがしだいに宮廷社会のなかで宮人たちの個人意識に結び付いていった。それって藤原社会がそうさせていったからそうなったわけで、紫式部はそこを見抜いていたからこそ『源氏』のような物語が書けたのです。

一方、「もののあはれ」のほうは日本人の古来からのメタコミュニケーションにかかわる揺れ動く情感のようなもので、むしろ個人意識にこそ発します。

『源氏』でいえば巻三九「夕霧」に、雲居雁(くもいのかり)の「あはれをもいかに知りてか慰めむ在るや恋しき亡きや恋しき」という歌がありますが、この感じです。夕霧が柏木追悼にことよせて、ひそかに落葉の宮に近づこうとしているとき、その本心をはかりかねた雲居雁が詠んだ歌です。

この「もののあはれ」の感覚は「揺れ動くのにしみじみしてしまう感じ」というものです。こうした情感は『源氏』以前の古代歌謡にも万葉にも、むろん古今にも見られた日本的情緒の本質です。ただ、それは必ずもって「歌」によってこそあらわせるものでした。宣長ふうにいえば「ただの詞(ことば)」ではなく「あやの詞」でしかあらわせない。紫式部はそのへんも充分に感知していたんです。

――★18

垣間見●たとえば、『源氏』には「かいま見る」(垣間見)ということがやたらに出てくるんですが、どのくらい「覗き見の場面」があるかをピックアップしてみるのもおもしろい。

巻五の「若紫」では、北山に赴いていた源氏が美少女を垣間見て、この少女を連れ帰ることを思い立ちます。「限りなう心を尽くしきこゆる人にいとよう似たてまつれる」と感じたからです。そこで連れ帰ってすばらしい女性に仕立て上げ、自分の奥さんにしようというのです。いわばマイフェアレディです。この美少女こそ、のちの紫の上でした。ですから、この少女との出会いは源氏全篇に流れる「紫のゆかり」の系譜が、桐壺の更衣、藤壷をへて紫の上に及んで、さらに〝紫化(むらさきか)〟していったということの強調なのですから、この垣間見はたいへん重大なきっかけだったのです。ぼくは垣間見のことを「数寄見」とさえ捉えているほどです。

そのほか「野分(のわき)」では、夕霧(光源氏の長男)が紫の上、玉鬘、明石の中宮を次々に垣間見ますし、「橋姫」での薫が大君(おおいぎみ)を垣間見たことも、その後の宇治十帖の混沌を予告しています。垣間見は物語に「数寄の構造」をつくるんです。——★18

そもそも『源氏』はその全体が「生と死と再生の物語」として読めるようになっています。これは大切な見方です。それとともに「もののけ」を含めた「もの・かたり」の大きなうねりが脈動しています。——★18

虚構(そらごと)だからすばらしい

王朝期、「つくる」というと「物語を書く」ことをさしました。紫式部はその「もの」の「語り」をどういう作り方にするか、そうとう意欲をもって取り組んだはずです。そこで「本歌取り」ならぬ「物語取り」の手法もいろいろ工夫した。暗示や例示、仮託や暗喩の語りも駆使します。だから『源氏』からは驚くほど多様なナラティビティや趣向や属性を、今日なお読みとることが可能です。

式部はそうした「もの」に寄せたフィクションの力を確信していました。巻二五の「蛍」には、源氏の養女になった玉鬘（たまかずら）が物語に熱中していたので、源氏が自分がどのように物語について感じているかを述べる有名なくだりが出てきます。そこで源氏は「物語というのは虚構（そらごと）だからすばらしいんだ」という持論を述べてみせるのですが、これは式部が源氏を借りて自分の物語観を吐露しているところです。さらに「日本書紀なんてリアルで瑣末なことばかり書いていて、かなり片寄っている」とも、源氏に言わせています。――★18

アーカイブとしての『源氏』

見し人のかたしろならば身に添へて恋しき瀬々のなでものにせむ――『源氏物語』東屋

日本の言葉の奥行き、すなわち大和言葉や雅語の使い勝手をまさぐるために『源氏』を読むということも、得がたい作業です。これは国学者たちが挑んできた王道のひとつです。

たとえば「らうたし」とか「らうたげ」という言葉が夕顔や女三の宮に使われているのですが、これは「うつくし」とも「いとほし」とも違います。「うつくし」は小さいものや幼いものへのいたわりで、「いとほし」は相手への同情を含む気の毒な感覚から生まれた言葉なのですが、「らうたし」は弱いものや劣ったものを庇（かば）ってあげたくなる気持ちをもった「可憐だ、愛らしい」という意味なんです。

源氏読みや源氏体験にはいろいろのアプローチがあっていいのですが、でも王道中の王道は、やはり「歌」にカーソルを合わせつつ「歌物語としての源氏」を読むということだろうと思います。なにしろ七九五首の和歌が『源氏』に入っているんです。それを式部がすべて登場人物に即して歌い分けました。こんな例はほかにありません。

それだけでなく、「引歌(ひきうた)」というんですが、前代の和歌がおびただしく引用されてもいます。藤原俊成が「六百番歌合」の判詞(評判)で「源氏見ざる歌詠みは遺恨のことなり」と言ったように、『源氏』はそれ自体が歌詠みが必ず通るアーカイブだったのです。――★18

根生いのこころ●歌人であって、折口信夫の最後の弟子であり、ずっと源氏講義を続けられている岡野弘彦さんは、『源氏』を読むことは日本人の「根生いのこころ」にかかわることだと、ことあるごとに言われています。「根生いのこころ」、それが『源氏』すべてが持っていると言われるんです。だから一番気になることは何かといえば、それをまとめて言うと、この物語の時代構造や登場人物がすべて曖昧になりえたのはなぜかということです。それなのに訴えるものがあんなにも豊富な物語になりえたのは、またまたなぜなのか。

それはおそらく、ここに「母なる国語」とともに「日本という方法」が横溢しているからなんです。それが一一世紀にして世界文芸史上の最高傑作になりえた理由だろうと思います。――★18

主語のない物語

一言でいえば、『源氏物語』という作品は「うた」と「もの」による物語でできています。ただし、それは古代的なものではありません。平安王朝の、天皇と摂関が柔らかくも苛酷な鎬を削っている時代の「うた」と「もの」による物語です。

『源氏』はほとんど主語をつかわないで物語を仕上げるという快挙をなしとげているのですが、それは表現を曖昧にしたいからではなく、物語という世界に日本古代から継承されてきた「うた」と「もの」が変移変質していたことを訴えたかったから、そうなったんですね。

その「うた」と「もの」は古代を残照させてはいても、あくまでも醍醐・村上の聖代に近い「うた」や「もの」の物語でなくてはならない。たんなる摂関の物語にしてはならない。式部はそう考えたのだろうと思います。――★18

つまり『源氏』の主語は光源氏でも数々の登場人物でもなく、「うた」を通した「もの」だったのです。――★18

擬態する日記

日本の歌というものは、いたずらに文学作品として鑑賞するものではない。もっとその気になって読む。歌人のほうだって、ここにおいてそこを偲んで詠んでいた。ここにおいてそこを偲ぶのは、その歌が「ひとつの世」にひそむ「夢・うつつ」のあいだを通して贈答されているからだ。「ゆめ」（夢）から「うつつ」（現）へ、「うつつ」から「ゆめ」へ。そのあいだに歌が交わされる。贈り、返される。その贈答のどこかの一端にわれわれがたまさか佇めるかどうかが、歌の読み方になる。

そのような歌の読み方があるのだということを、歌を下敷きにして綴った擬似日記をもって和泉式部が教えてくれた。リアルタイムの日記ではなくて、あとから拵えた日記なのだ。『和泉式部日記』とはそういう擬態なのである。そういう文芸実験なのだ。それが、歌を偲んで歌をめぐる物語を綴るということだった。かつての『伊勢物語』がそうであるように。

けれども『伊勢物語』が男の歌を偲ぶのに対し、『和泉式部日記』は女の歌を偲んだ。そして、どういうふうに偲べばいいかということを告げた。まことにもってたいした実験だった。

和泉式部が日本の歌人の最高峰に耀いていることも言っておかなくてはならない。こんな歌人はざらにはいない。――★30

露むすぶ道のまにまに朝ぼらけ濡れてぞ来つる手枕の袖――帥宮

道芝の露におきゐる人によりわが手枕の袖も乾かず――和泉式部

和泉式部が日記をつくるのは、「夢よりもはかなき世の中」を自分の歌が示していると感じられたからである。――★30

「はか」の欠如

女房の文化が充実してきたころ、「はかなし」という言葉がさかんに使われるようになります。『和泉式部日記』や『建礼門院右京太夫集』あたりから頻繁に使われるようになった言葉です。

この言葉は「はか」がもとになっています。「はか」は、今日でも「はかどる」「はかばかしい」「はかがいく」と使うように、事態が進捗する単位をあらわします。漢字では「計」や「量」や「果」をあてる。積極的な単位です。その「はか」がうまく積めなければ、ふつうなら「はかどらない」ということになって、これは消極的で否定的な意味をもつ。

ところが、「はか」がないこと、つまり「はかなし」という言葉は、このころから少しずつ新しい意味をもちはじめたのです。「はかなし」はそれなりの美や深みや奥行きをもつようになったのです。「負」は負のままに終わらなかった。

次に、そのように「はかなし」の美がありうることを発見してみると、よくよく考えれば、いったいこの世に「はかなくないもの」なんてないのではないかというふうになっていった。「はかなし」は

人生の本質を発見した言葉だということになってきたのです。――★16

死にたい明恵

明恵はずっと死にたいとおもっていた人です。そんなことは少年時代からはじまっていた。しかし、はかなさというものをほんとうに極めたいのに、はかなさの極みまでいくと、もはやはかないことがなくなってきてしまうことにも出会います。

そのうちに、もっとはかなさを見極めたいために、剃刀で耳を切ってしまう。これはよくゴッホに並び称される話なのですが、何度聞いても恐ろしい行為です。それでもゴッホが絵を描きつづけたように、明恵もまた夢の記述をしつづけます。

見ることはみな常ならぬうき世かな　夢かと見ゆることのはかなさ

これは明恵の叔父の上覚が明恵に贈った歌です。明恵は文覚(もんがく)という上人につかえましたが、文覚は『平家物語』に描かれているように、頼朝に平家討伐を勧めたという怪物和尚です。例の西行をぶんなぐってやるぞと言っていた荒法師です。叔父の上覚もまた、たいへんな僧でした。

明恵はこの二人からさまざまな教育を受けていた。明恵は華厳を修めるほどの力を身につけていたくらいなので、二人の教育もたいへん高度なものだったのだろうとおもわれます。明恵は上覚から贈られた歌にたいして、次の歌を返します。

長き世の夢を夢ぞと知る君や　さめて迷える人を助けむ

この歌は夢の世界にいる者が覚醒し、醒めている者が迷っているんじゃないかという構図になっています。上覚は「夢かと見ゆるはかなさ」と歌って、夢とはかなさをつなげていますが、明恵は「さめて迷える」のは夢がたりないからだとしている。この「夢も足りぬ」というところが日本の思想のいささか独特なところです。――★11

夢と浄土◉古来より、夢は神や仏と人とがまじわる回路と考えられてきた。『蜻蛉日記』の作者藤原道綱の母が石山寺に詣でたとき、夢のなかで仏にあって感きわまったように、当時は夢の中のメッセージがかなり絶対的なものと信じられていた。その夢のヴィジョンは、時として『春日権現験記絵』にみられるような奇瑞の「判じ絵」としても親しまれた。こうして二人同夢、三人同夢が往生のための条件とさえされるにいたったのである。夢こそが「現(うつつ)」だったのだ。

こうして平安人は末法の不安を「浄土と往生」という超越的なヴィジョンを確信することで、

なんとかのりこえようとする。そのおもいは、多くの浄土教画にも結実して、おびただしい「阿弥陀来迎図」や「浄土曼荼羅」のたぐいともなっている。——★05

分散する「あはれ」

貴族中心の美意識に新興の武家社会が次々に介入してくると、「あはれ」と「みやび」はたちまち分散し、一方では「あっぱれ」的な感覚が生じてくるとともに、なんとか「あはれ」をさらに深くとどめようとする「余情（よせい）」や「有心（うしん）」が発達します。そのうえ、貴族でもなく武家でもない第三の道を選ぶ者も出てくる。それが「数寄（すき）の遁世（とんぜ）」とよばれている隠棲もしくは漂泊の様式です。たとえば西行や長明の登場でした。そして、これを機会に花鳥風月を友とする風合や風情といった「風」の文化が全国に散っていく。——★11

ここからさき、日本は縄文的でいささか荒々しいスサビ（荒さび）のエネルギーと、弥生的で静かなスサビ（遊び）という二つのスサビのストリームが交互に交差し、交じりあい、また分離自立していく。——★11

いろはと五十音

風の文字

　空海は風と呼吸と言語と文字の関係について明快な思想をもっていました。「内外の風気わずかに発すれば、かならず響くを名づけて声といふなり」と『声字実相義(しょうじじっそうぎ)』の本題ははじまっている。
　空海は風を微粒子的にとらえ、「六塵(りくじん)」というミクロコスモスの動向をとらえています。しかも、「六塵ことごとく文字なり」という表明にあらわれているように、宇宙の風気のなかにカリグラフィやタイポグラフィが踊っているというイメージを抱いていた。こんな詩が『声字実相義』にあります。

五大にみな響きあり
十界に言語を具す
六塵ことごとく文字なり
法身はこれ実相なり

これは空海の偈のうちでもとくに有名なものですが、宇宙の音響がひびきわたり、それがいつとはなく山川草木に共振してついに人の声となり、それが五体をくだいて言葉となりながらも、またふたたび時空に還っていくというような、そんな雄壮な風気の還流イメージが見られます。

その空海に『吽字義』という著者がある。「吽」の一字をめぐって風気の哲学を説いたたいへんユニークな著述です。その本のなかで空海は「吽」字を四つのアスペクト(相)に分け、たった一つの文字にすら宇宙的な共鳴の段階があらわれているということを強調しています。一陣の風にはすべてが含まれていて、その風を呑むわれわれは宇宙の風を呼吸しているのだということです。同じことは次の言葉にも強調されている。

一は一にあらずして一なり、無数を一となす。
如は如にあらずして常なり、同同相似なり。――★11

風は呼吸です。呼吸は風です。その風と呼吸によってわれわれの言葉というものが出入りする。それなら、言葉も風なのです。――★11

『秘密曼荼羅十住心論』●空海の『秘密曼荼羅十住心論』が第九番目に華厳をおいたということは、第十番目のマンダラ世界がほとんど華厳を認めながらも、そのなにか肝心な一点をひっくりかえしたかったということを象徴する。その「なにか肝心な一点」については、いろいろの説明がつけられようが、それをかんたんにいえば「真言力」ということにほかならない。華厳思想は重々無尽の法界縁起にもとづく相移相入の万葉化仏にいたっているとはいえ、やはり言語宇宙観についてては、これを生命の海とは見なかった。言語にひそむ生命プロセスには気がつかなかった。そこを空間は真言の裡に止揚しようとした。

私がいいたかったことは、すぐれた言葉をもとめ、これをみずからの声や書にすること――ここにも空海の求法をみるべきではないかということである。その徹底した姿勢、たとえば「あらゆる名句、これ真実ならずといふことなし」(『五部陀羅尼問答』)といった強力な姿勢は、ある意味ではエディトリアル・ワークの極意に通じるところである。しかも空海は、何気ない言葉にたいしてすら、これを加持することによって呪力を発揮することができる異才だった。日本文化史はこのような才能を空海のほかに、わずかに三浦梅園や幸田露伴らに見出すくらいのものである。――★05

形、義、音

文字には、形と義と音の三者が棲んでいる。これをいたずらに形や義の二者によってのみとりあげるのは文字の原郷に秘められた残響にわざわざ耳をふさぐようなものだろう。日本で初めて入木

道を拓いた空海は、このことを最もよく心得ていた〝文字の思想家〟であった。——★05

まったく眼球は人を欺くためにあるようだ。——★26

「書」の発揚

ここで、眠れるものが一挙にめざめることにもなった。それが、今日なお日本文化の一端を特徴づける「書」の発揚である。

文字の表記法の変化にまじってすこしずつ、カリグラフィック・パラダイムへの動向ともいうべきが息づいていたのだ。そうした書法に五智五大の呼吸がひそむことを大胆にとりだしてみせたのが、ほかならぬ空海である。空海によって王羲之と顔真卿が合流し、空海によって文字と言葉の意（意密）と音（語密）と形（身密）が統合された。その空海の右には最澄が、左には橘逸勢が、さらには嵯峨天皇の書があった。これら三者三様の書は、やがて小野道風や藤原佐理、行成によって典雅に仕上げられていく。

われわれのカリグラフィの歴史は、その後は古今集的世界の一挙的な展開とともに、あるいは散らし書きの妙（「寸松庵色紙」）へ、あるいは細心の極微の妙（「関戸本」）へと造形の振幅をみせつつ感性をみがきあげ、やがて、あでやかな粘葉装（でっちょう）の「三十六人家集」に集結する。そこにはもはや万葉仮名時代の苦闘はなく、爛熟しすぎた王朝感覚の審美のみが静まりかえる。ここまでが「書くこと」をめぐる奔流の分節化と一般化の期間である。――★05

仮名こそ日本文化史の謎である。空海の『三教指帰』に登場する仮名乞児とは、誰だったのだろうか。――★05

「常」ならむ

日本人がウツロイの感覚や無常感や「はかなさ」をまるで呑みこむように次々と受容していったのは、なぜなのでしょうか。私はここには、そもそも日本人が何をもって「常」と見てきたのかということがさらに見え隠れしていたと考えます。

古代人がすでに「常」と考えていたもの、それは「常世（とこよ）」というものでした。常世とはどこのことでしょうか。例によって、『万葉集』から拾ってみます。

やすみしし我が大君　高照らす　日の御子（ひのみこ）　敷きいます　大殿の上に
ひさかたの天伝（あま）ひ来る　雪じもの行き通いつつ　いや常世まで

柿本人麻呂です。天武天皇の子の新田部皇子の心によせて詠んだ歌で、大君はきっと常世につながる永遠性をもっているのだろうという意味です。大伴三依(みつより)には、「我妹子は常世の国に住みけらし昔見しより変若(をち)ましにけり」という歌があります。私の愛している人はひょっとしたら常世にでもいたのではないだろうか。だって、若返っているようだからというような歌意です。

もうひとつ、大伴旅人に近い近親の歌で、「君を待つ松浦(まつら)の浦の娘子(おとめ)らは常世の国の海人娘子(あまおとめ)かも」という歌もある。この歌はおそらくは海人の一族についての歌で、海の中には年齢もとらないような常世があるのだろうかという歌です。浦島伝説にもつながる歌です。その浦島太郎の昔話にもあるように、日本人は海中や遠くの海上に常世を感じたものでした。沖縄ではそうした海上の常世をニライカナイと呼んだ。――★16

無常は速い

最初に無常感を表明したのは聖徳太子(と伝えられる人物)でした。太子は『天寿国繍帳(てんじゅこくしゅうちょう)』の銘文に「世間(せけん)虚仮(こけ)・唯仏(ゆいぶつ)是真(ぜしん)」と書きます。「世間はすべて虚妄のものなのだから、ひたすら仏に祈って真実を求めたい」というメッセージです。日本における「世間無常」の最初の表現でした。また「世間にははかなくないものなんて、ない」の最初の表現でもありました。

ついで私が注目するのは空海です。二つの例をあげます。一つは空海の『三教指帰(さんごうしいき)』のラストに「十韻之詩」というのがあるのですが、その後半でこう詠んでいる。私の好きな詩です。

春の花は枝の下に落つ　秋の露は葉の前に沈む
逝水とどまることよくせず　廻風いくばくか音を吐く
六塵はよく溺るる海　四徳は帰する所の岑なり
すでに三界の縛を知りぬ　何ぞ纓簪を去てざらん

花鳥風月に「はかなさ」をおぼえる感覚がすでにあらわれています。それだけでなく、水の流れや風の流れも「常ならぬ」ことを示し、色・声・香・味・触・法の六塵さえうつろいやすく、人間の徳目さえ自分で縛りつけていては何にもならないという哲学が表明されています。

二つ目は「遊山慕仙詩」の一節で、ここにははっきりと「無常」が言及されています。

一身ひとり生歿す　電影これ無常なり
鴻燕かはるがはる来り去り　紅桃むかしの芳りを落とす
華容は年のぬすびとに偸まれ　鶴髪は禎祥ならず
古の人　今見えず　今の人なんぞ長きことを得む

無常というものはたいへん速いということ、しかもずっと昔からその無常は継続しているのだという認識が刻印されています。――★16

無常が速いという見方は、のちに「無常迅速」という言葉として多くの日本人の心を打ちました。――★16

「色は匂へと」「咎なくて死す」

「いろは」には魔力がある。その魔力をつくったのが空海で、これを浄化のきわみに書き示したのが良寛だった。良寛の「いろは」は、日本の書が示すひとつの絶巓である。もうこんな書はあらわれないかもしれない。古来、何千人何万人もの手が挑んだ「いろは」を、片田舎に一夜逗留した良寛が、主人に請われるままにやすやすと超越してしまった。

こうして「いろは」をめぐる空海の魔力と良寛の浄力は、たがいに拮抗してゆずることなく今日におよんでいるかのようだ。しかし実は、空海と「いろは」誕生の関係には、あやしい点がいくつかあった。

現存する「以呂波」の最古の例は、十一世紀末（承暦三）の『金光明最勝王経音義』の巻頭にある借字表である。借字と書いてカナと訓む。次のように表記される。

以（伊）呂（路）波（八）耳（尓）本（保）へ（反）止（都）＊
千（知）利（理）奴（沼）流（留）乎（遠）和（王）加（可）＊
餘（与）多（太）連（礼）曽（祖）津（ツ）爾（年）那（奈）＊
良（羅）牟（无）有（宇）為（謂）能（乃）於久（九）＊
耶（也）万（末・麻）計（介・気）不（布・符）己（古）衣（延）天（弖）＊
阿（安）佐（作）伎（畿）喩（由）女（馬・面）美（弥）之（志・士）＊
恵（会・廻）比（皮・非）毛（文・裳）勢（世）須（寸）＊

この借字表をめぐって、ずいぶんいろいろの推理がとんだ。

まず七五調ではなく七字区切りであることが目をひくが、これは以呂波字母表を旋律をつけて読むための工夫であったことが、筑波大の小松英雄教授によってつきとめられている。以呂波字母表には「声点」というものが一字ずつ四隅についていて、それによってボーカリゼーションの癖をよみとったらしい。

大胆な推理としては、これを暗号表とみなすという説がある。各行の末尾文字＊を右から左へひろうと「止加那久天之須」となる。「とかなくてしす」、すなわち、なんと「咎なくて死す」と読める。平易な「いろは」から忽然と出現した不気味なメッセージにおどろく人も多いだろうが、こういう暗号解読術は江戸時代中期には知る人ぞ知るであったらしく、竹田出雲の『仮名手本忠臣蔵』では四十七士と四十七字をひっかけて、しかもまさに「咎なくして死す」の宿命を負った赤穂浪士の物語をもどいてみせている。しかしいつしか、「以呂波」は次のような「いろは歌」になっていた。いや、どちらが先行していたかはわからない。

色は匂へど散りぬるを（諸行無常）
我が世誰ぞ常ならむ（是生滅法）
有為の奥山今日越えて（生滅滅己）
浅き夢見じ酔ひもせず（寂滅為楽）

ここには後白河法皇をも狂わせた今様のリズムと、なんとも哀切な無常感が出現する。「浅き夢見し」は「浅き夢見じ」の方がよりふさわしい。

この歌についてもさまざまな解釈がある。「色は」とするか「色葉」とするかなどはその最大の争点だ。真言宗中興の祖として知られる覚鑁（かくばん）は、これは『大般涅槃経』の偈（げ）と一致すると説き、空海の密教観の根底には無常がひかえていることを強調してみせた。もちろんここには、「いろは歌」の作者が空海であるという前提が生きている。覚鑁は十二世紀の人である。――★05

くさぐさのあや織り出す四十八文字　声とひびきとたてぬきにして――良寛

良寛の音韻論

あまり知られていないのですが、良寛は晩年になってかなり音韻論に傾倒していたようです。寺泊の百姓代だった小林一枝の日記にも、良寛が「和韻五十字」の注釈をしたという記事がある。どうも近所の知人の家で音韻についての講義をしていたらしい。本居宣長の『漢字三音考』が読みたくていろいろ聞き回っている手紙も残っています。――★07

色葉●〝いろは〟は「色葉」とも書くように、植物の葉っぱであると同時に、色づいた言葉のことです。だいたい言葉という文字からして「言の葉」と綴るように葉っぱなのです。ここに日本の独特な植物的な無常観にもとづいた言語観があらわれています。「万葉」という表現にも、木々の葉のようにすべて言葉がきらめいているようなイメージがこめられています。その無数の葉の一枚一枚に仏がいるという「万葉化仏（けぶつ）」という呼び方もありました。――★11

あの四十七文字のなかに、日本のすべてがあるのではないか――★21

羯諦(ぎゃてい)羯諦(ぎゃてい)。波羅羯諦(はらぎゃてい)。波羅僧羯諦(はらそうぎゃてい)。菩提薩婆訶(ぼじそわか)。――「般若心経」

悉曇学●もともと密教はインドのどこかで次々に発祥したもので、そこにはサンスクリット語やパーリ語が君臨していた。それらが仏教が中国に入るにつれて漢訳されていったわけで、日本ではその漢字だけによる漢訳経典をテキストにした。

漢訳経典にはインド伝来の「奥のボーカリゼーション」があった。そこは翻訳しなかった。たとえば玄奘の漢訳では、「ギャーティ・ギャーティ」などの陀羅尼(ダラニ)の部分はそのまま音写した。こういうことに最初に気づいたのが空海なのである。空海はすぐさま梵語や梵字の研究に入っていく。

このような密教的な梵字梵語研究が悉曇学というものになるのだが、その悉曇学が充実していったころに、他方で日本語の文字と発音の確立が時代的なテーマになってきたわけである。そこには日本人が初めて〝発明〟した日本文字である平仮名と片仮名の定着が待っていた。――★31

二つの声

日本の歴史的なボーカリゼーションには、基本的に二つの「声」がある。ひとつは倭人がつかっていた言葉の音である。よく大和言葉といわれる。いまでも祝詞などにそのイントネーションやリズムが残響する。

もうひとつは中国の漢字をどう読むかということがあった。正式文書も経典も漢字だらけであったからである。この漢字の発音に漢音（北方中国語音）と呉音（南方中国語音）、および唐音（新たに流行しつつあった発音）のちがいがあったため、僧侶たちは読誦のボーカリゼーションを「漢音で読むか、呉音で読むか、それとも流行中のモードで読むか」の選択をしょっちゅう迫られた。——★31

音の選択●そもそもひるがえってみると、日本にはずっとボーカリゼーションの悩みというか、文字と音（声）をめぐる多様な選択というものがあった。とくに仏教界にとって大きな課題だった。なにしろ僧侶は日々読経をしなければならず、そのたびに漢字の読みには苦労する。仏教界はボーカリゼーションの規則と例外をつくることに躍起になっていく。朝廷にとってもそれは見過ごせない。なぜなら当時の仏教は鎮護国家のための仏教であったからだった。

そこへ空海と最澄が入唐して、新たな密教体系とともに文字と発音のしくみを持ち帰ってきた。それが空海が招来した中天音（中央インド系の発音）と最澄が招来した南天音（南インド系の発音）である。

これを漢音・呉音にうまく適合させなければならない。
が、そうそううまくはあてはまらない。たとえば今日の真言密教で『理趣経』を読経するときに、たとえば「一切如来」のところを「イッセイジョライ」と読むのは、真言では珍しい漢音読みなのだが、そういう個別的な工夫もいろいろ組み立てられた。——★17

密教僧は漢字の読み方を工夫精通しつつ、新たな「真言」とは何か「真音」とはなにかということに取り組んでいく。このときに梵語が浮上した。——★17

心蓮の挑戦

五十音図の発生は従来から『金光明最勝王経音義』と『孔雀経音義』の二つにルーツがあると言われてきた。けれども、その後にいろいろのことを知ってみると、醍醐寺所蔵の『孔雀経音義』の巻末図は四十字しか並んでいない音図で、母音の順も「キコカケク」「シソサセス」というふうになっているし、『金光明最勝王経音義』は漢字に和訓をあてはめたもので、五十音図の原型ではあるけれど、五十音図ではない。もっぱら濁音借字に重心がおかれているところも、かなり不完全である。実際にも当時は「五音図」とよばれた。またその一方で「いろは表」の原型も提示されていた。

これらを声字音義システムとしての五十音図に一挙に引き上げたのは、明覚である。天喜四年(1056)

の生まれで康和三年(1101)ころに没しているから、ちょうど『源氏物語』が読まれ出したころにあたる。天台僧だった。

明覚を批判し、発展させたのが興福寺の兼朝と高野山東禅院の心蓮(しんれん)である。とくに心蓮は『悉曇口伝』『悉曇相伝』で新たな一歩を踏み出した。

心蓮でおもしろいのは、日本語の音の発生のしくみを順生次第・逆生次第・超越次第などに分け、これをさらに本・末に組み合わせているところ、さらに発音には口・舌・脣の三つがあると説いているところで(これを「三内」と名付ける)、こういう発想は世界の言語学を見てもない。密教的というか、日本的というか。

心蓮は梵語の発音を漢字や日本語の発音と結びつけようとして、新たな五十音図に挑戦したのだが、そこにはまだオとヲの発音のちがいなどを明確にする方法が出きっていない。こうして五十音図の完成はまた先にもちこされることになった。——★17

日本語システムの起爆

一方では仮名の登場が、他方では梵語の研究が、また別のところでは条例や官職に使用する漢字の意味の把握などが、さらに別のところでは和歌と漢詩の比較が一挙に進んでいった。

おそらく日本語の将来にとって、こんなにすごい時代はほかにない。

菅原道真や紀貫之や小野道風の時代は、まさに言葉と文字と発音（声）と書に関するすべての多様な事情を睨みつつ、新たな日本語の文字システムと発音システムを起爆させる必要があった時代なのだった。

このとき、密教僧たちの、とりわけ真言僧たちの独特の研究が次々に芽吹いたわけなのである。兼朝から心蓮への、そのあとの寛海（かんかい）から承澄（しょうちょう）への、さらには承澄から信範（しんぱん）への、その弟子の了尊（りょうそん）への五十音図の精緻化の努力は、そういう時代背景の波動のなかに位置づけられる。――★17

五十音図は奈良平安の苦闘を通過した日本人がつくりあげた文字発音同時表示システムなのである。つまりは空海の声字システムのひとつの到着点なのだ。――★17

読経の真行草

おおざっぱにいうと、読経には経典を見ながら読む「読」、これを暗誦してしまう「誦」がある。ついで、読経を行法としてマスターするには、経典を最初から最後まで文字に即して読んでいく「真読」、次々に大部の経典を読みこなしていく「転読」、仏の諸相を観相しながら読む「心読」、さらにはそれらの経典の教えを実行する「身読」などを通過することが要求される。

この読経のレベルにそれぞれ読み方が対応する。律動や抑揚が加わっていく。たとえば「直読」は単調だが力強い。その直読にも二つの読みがあって、しばしば「雨滴曲（あまだれ）」といわれるようにほぼ同じリズムで読経する場合と、なんらかの節をつけていく場合がある。これはよく「曲節（くせぶし）」とよばれてきた。天台の「眠り節」、三井寺の「怒り節」などが有名だ。

初心者の読経は「いろは読み」である。修験にはよくあるのだが、経典の最初と中央と最後を七行・五行・三行で略読するのは「七五三読み」などともいった。羽黒修験では「逆さ経」といって、般若心経をさかさまに読む。――★31

ようするに読経にも真行草があったのである。――★31

引音と間拍子●藤原氏の私学校にあたる勧学院で試験が行われるようになると、そこでは引音（ひきごえ）で読むというような指導も始まった。引音は試験官の笏にあわせて伸ばしたり縮めたりして読む工夫である。この笏によって引音を長短させることによって読誦するという習慣こそ、のちの能などで確立する「間拍子」を準備していったのではないかと、ぼくは推理している。――★31

「行」と「伎」

この時代は僧侶だけがボーカリゼーションを独占したのではなかった。貴族・庶民・職人・遊女たちも読経をたのしんだ。一条天皇の時代では、解斎の場でも管弦を用い、催馬楽・今様・朗詠をたのしんだだけでなく、「読経争い」「読経比べ」として経典読誦を遊びのように興じた。

こうして藤原公任のような朗詠名人・読経達人が公達のほうからも続々と輩出されてきたのである。公任と藤原行成と源為憲の三人が法華経を題材に詠みあい、漢詩を作りあい、書を交わしあったイベントなど、きっと絶妙のものだったとおもわれる。

こうしたイベントは、そのうちしだいに「型」をつくっていった。『元亨釈書』ではそのような音芸イベントが、「経師」による読経、「梵唄」による声明、「唱導」による説経、そして最後は「念仏」で締めくくられていたと報告している。ここでは「行」と「伎」はひとつだったのである。――★31

よ

百月一首

●うたの幕間（まくあい）

○

古代日本は闇夜を怖れた。たとえ糸月や弓張月のようなわずかな光でも、夜道を照らす案内の光として尊んだところがあった。

椋橋(くらはし)の山を高みか夜隠り(よごもり)に出でくる月の光とぼしき　――間人宿弥(はしひとのすくね)

万葉人は月光を愛したのである。その視点がやがて大伴家持のあたりでしだいに月夜への称讃に移っていった。折口が言うように、月の光を浴びる月代の半径がだんだんと広がっていったのだ。

雨晴れて清く照りたるこの月夜また更にして雲な棚引き　――大伴家持

万葉の月気の讃歌はこのころからである。それとともに「きよし」「さやけし」「かなし」といった月光から派生した言葉が流行するようになってくる。月下の景物もだんだんに興趣の対象となり、ついには「白露を玉になしたる九月(ながつき)の有明の月夜見れど飽かぬかも」(巻十)といったように、水に映る月にまで景気を盛る思想があらわれた。

万葉人は窓越しの月にも相聞の感興をおぼえていた。「何かを通して見る」という感覚的方法の萌芽、すなわち雪月花の端緒はここに開かれていたのだ。

窓越しに月おし照りてあしひきの嵐吹く夜は君をしそ思ふ(巻十一)。

一方、古今集には月の歌はおもったほど多くない。

『古今和歌集』の全歌数は一一一一首におよぶ。一千一夜のようで、不思議な数だ。そのうち、月を詠じた歌は古今ではまだ三一首にとどまっている。それがいつ花鳥風月といわれるほどにふえるかというと、『後撰和歌集』で四九首、『拾遺和歌集』で六〇首、『後拾遺和歌集』では一〇九首と少しずつふえて、『千載和歌集』が一五四首、そして『新古今和歌集』で一挙に三〇〇首に膨れあがる。

——★14

○

東の野に炎の立つ見えてかへり見すれば月傾きぬ——柿本人麻呂

これはたんなるイマジネーションではない。いわばハイパーイマジネーションあるいはトランスイマジネーション、もしくはそんな言い方があるとして、インターイマジネーションなのである。

——★18

○

天橋も長くもがも高山も高くもがも　月読の持てる越水（おちみず）
い取り来て　君に奉りて　をち得しむもの――――『万葉集』巻十三

江戸時代の国学者たちはこの万葉のオチミズを真夜中にそっと汲みに行く若返りのための水とみなし、その後、武田祐吉や折口信夫がその源流を古代中国の神仙タオイズムにもとめた。『淮南子（えなんじ）』の、昔、羿（げい）なる男が西王母にもらった不老長寿の仙薬を妻の嫦娥（じょうが）に盗まれて、その行方が月の国にあったという話、また『太平御覧』の「月死してまた蘇生するなり」の一句や、『楚辞』の天問篇の「夜光の何の徳ありてか、死すればすなわちまた育つ……云々」の一節などが、さかんに引用されたものである。――★05

○

牀前に月光を看る（牀前看月光）
疑うらくは是れ　地上の霜かと（疑是地上霜）
頭（こうべ）を挙げて　山月を望み（挙頭望山月）
頭を低（た）れて　故郷を思う（低頭思故郷）――――李白「静夜思」

短い五言絶句に「月」字が二つ入っている。その二字によって月光が二十字すべてに及ぶ。最初は窓外に霜が降りたかと見まごうばかりの月光を知り、次にふと顔をあげると山の端を離れた月が天を抜くように照っている。見下ろした拡張の月光と見上げた焦眉の月照。これを李白の一瞬の「挙頭」と「低頭」という動作が並んで分ける。——★17

○

私が気になる歌は『玉葉集』を含めて、たとえば次のようなものだ。

いまはとてたのむの雁もうち侘びぬおぼろ月夜のあけぼのの空——寂蓮
山たかみ嶺の嵐に散る花の月にあまぎるあけがたの空——二条院讃岐
ゆくすゑは空もひとつの武蔵野に草の原より出づる月影——摂政太政大臣
結ぶ手に影乱れゆく山の井のあかでも月のかたぶきにける——慈円
やはらぐる光にあまる影なれや五十鈴川原の秋の夜の月——慈円
有明の月の行方を眺めてぞ野寺の鐘は聞くべかりける——慈円
志賀の浦や遠ざかりゆく波間より氷りて出づる有明の月——藤原家隆

冬枯のすさまじげなる山里に月のすむこそあはれなりけれ――西行
捨つとならば浮世をいとふしるしあらんわれ見ばくもれ秋の夜の月――西行
月をみて心うかれしいにしへの秋にもさらにめぐり逢ひぬる――西行
都にて月をあはれと思ひしは数にもあらぬすさびなりけり――西行
おもかげの忘らるまじき別れかなごりを人の月にとどめて――西行
夜もすがら月こそ袖にやどりけれ昔の秋を思ひいづれば――西行
あばれたる草の庵にもる月を袖にうつしてながめつるかな――西行
庭のうへの水音近きうたたねに枕すずしき月をみるかな――藤原信実
庭しろくさえたる月もやや更けて西の垣ねぞ影になりゆく――従二位兼行
やよや待てかたぶく月にことづてむ我も西にはいそぐ心あり――法橋顕昭
梅の花あかぬ色香もむかしにて同じかたみの春の夜の月――俊成卿女

月には何もない。だからこそ、おもしろい。――★11

○

密教の月はすでに月輪観として定着していたといってよい。それがいったん浄土の月の洗礼をうけ、ついで密教の月を採りこむという順である。歴史の順序からいえば密教の月が最初に流布されそうなものなのだが、実際には高野聖たちが各地をめぐりはじめた時代になって、初めて密教の月が人々の胸に出た。しきりに高野山を訪れた西行にして成就しえたことでもあった。

いかでわれ清くくもらぬ身になりて心の月の影をみがかむ――西行

あきらかに月輪観の歌である。――★05

○

明恵が夢のなかで弘法大師その人に手を出したという夢はたいへん象徴的です。そのことによって、華厳から真言へのすべての道がその夢の一場面に集約されているかのようです。われら凡人にはちょっとまねできない夢です。そういうまねのできないようなところをよくあらわした明恵の歌があります。日本の歌のなかで最も単調で、最も簡潔で、しかも最も詠嘆に富んでいる月の歌です。

あかあかや　あかあかあかや　あかあかや　あかあかあかや　あかあかや月

なんという歌でしょう！　ただひたすら月を「あかあかや」とだけ詠んだ。ただただそれを歌うしかなかったというような歌です。あまりにこの歌が有名になり、明恵のことを月の歌人とよぶ人がいます。西行が花の歌人なら、明恵は月の歌人ではないかというわけです。——★11

〇

私が好きな歌では、清盛が福原に遷都したころ、京都に戻った徳大寺の左大将実定が皇太后多子のもとを訪れて、即興的にうたった今様があります。今様は流行歌といった意味で、後白河法皇が岐阜の青墓にいた乙前（おとまえ）という遊女に習って広まった当時のポピュラーソングです。こんな七五調の歌です。

ふるきみやこを来てみれば　浅茅が原とぞ荒れにける
月のひかりはくまなくて　秋風のみぞ身にはしむ——★11

〇

かつては盆に水をはり、そこに月影を映してひそかに不死の月の波動を受けとっていた古代が終り、月こそが彼方からの来迎のイメージ・シンボルであるとなると、それまでひたすら魂の背後に秘匿されてきた月への憧憬が一気に吹き出した。

阿弥陀仏ととなふ声に夢さめて西へながるる月をこそみれ――選子内親王

月はこれあはれを人に尽くさせて西へ遂には誘ふなりけり――藤原俊成

まさに欣求浄土のイメージが西進する月のイメージをもって代行させられたはなはだ典型的な例である。――★05

○

かなりはやくに「冬の月」に関心を示した人物は、フィクションのなかではありますが、光源氏です。

冬の夜の澄める月に雪の光りあひたる空こそ、あやしう、色なきものの身にしみて、この世のほかの事まで思ひ流され、おもしろさもあはれさも残らぬ折なれ――『源氏物語』朝顔

冬の月と雪とが煌々と照らしあっているのが「あやしう」と感じられていること、そのような月を見ていると「この世のほかの事」まで思い流されると言っていること、この二点がはなはだルナティッ

クです。

月さゆる氷のうへに霰ふり　心くだくる玉川の里――藤原俊成

雲をいでて我にともなふ冬の月　風や身にしむ雪やつめたき――明恵

これらの歌は「冬の月」に自分の身や心がくっついてきたという点で、たいそうおもしろい。歌としてはたいした技法のものではありませんが、その覚悟が好きになれるところです。しかし、いささかきびしいことを言うようですが、ほんとうはこの程度では月の徹底はうたわれていないのです。私が考えているルナティックな表現というものは、まだ、俊成や明恵では尽くされてはいない。これでは残念ながら「月に狂う」の第一歩とはいえないのです。いや西行も長明も兼好も、「冷えさび」の心敬でさえ、月については徹底していない。

くやしくぞ過ぎしうき世を今日ぞ思ふ　心くまなき月をながめて――足利義政

この『蔭涼軒日録』に載っている義政の歌は、どうみてもルナティックではありません。ルナティックではないのですが、しかし、月を見ていて悔しいと思うという感覚は北山文化以前にはまったく

なかったものです。しかも、この月は「うき世」に出た月です。――★11

○

雲のうへにかかる月日のひかり見る身のちぎりさへうれしとぞ思ふ――建礼門院右京大夫

○

春は花 夏ほととぎす 秋は月冬雪さえて 冷しかりけり――道元

○

大原や蝶の出て舞ふ朧月――内藤丈草

時も所も主題も十七文字の中にみごとに図柄として要約されている。――★09

○

あの中に蒔絵書きたし宿の月――芭蕉

さすがの芭蕉も宿の障子の外にぽっかりと出た月に驚いたのだろう。あまりの大きさについ俳諧が気色ばみ、「世の常に一めぐりも大きに見へて」と書いている。さっそく月を盆に見立て、そのなかに空筆で蒔絵を描いてみた。川柳のような句であるが、昇った月の大きさに呆れた様子だけはよく出ている。——★14

〇

良寛も月が好きだったが、どちらからといえば〝月の友〟のほうだった。

ささの葉にふるやあられのふるさとの宿にもこよひ月を見るらむ
月よみの光を待ちてかへりませ山路は栗のいがの多きに
風は清し月はさやけしいざともに踊り明かさむ老のなごりに——★14

〇

しかし長く月につきあいつつも、これを短く切って取るという俳諧感覚もあっていい。それを代表するのが蕪村の月である。蕪村の俳諧がすぐれて絵画的な月を残すことになったのは、この長くて短いという手法が成功したからだった。たとえば、こんな句がある。

薬盗む女やはあるおぼろ月

春雨やいさよふ月の海半ば

菜の花や月は東に日は西に

藻の花やかたわれからの月のすむ

夜水とる里人の声や夏の月

四五人に月落ちかかるおどり哉

花火せよ淀の御茶屋の夕月夜

水一筋月よりうつす桂河

身の闇の頭巾も通る月見かな

月天心貧しき町を通りけり

名月やうさぎのわたる諏訪の海

名月や露にぬれぬは露ばかり

山の端や海を離るる月も今

花守は野守に劣るけふの月

山茶花の木の間見せけり後の月

泊まる気でひとり来ませり十三夜
欠けかけて月もなくなる夜寒哉
寒月や門なき寺の天高し
寒月や鋸岩のあからさま
既に得し鯨や逃げて月ひとり

○

月影も見し春の夜の夢ばかり霞に残るあけぼのの空——本居宣長

○

ヴェルギリウスの『農耕詩』にも、農事と野良仕事とは切り離せないはずなのに、「万事は、月に従え！」と書いている。太陽に従うのは当然のこと、だからこそあえて月の指示にしたがうときに、人々は何か新しいことを知るはずだという意味である。同じような気配を、北原白秋は白秋の感覚で次のように謳った。

涌き来る狭霧　むらさきの
地球はかをる　土の息
月こそ神よ　まどかにて——★14

○白秋の詩はたとえばこんなぐあいです。月とともにスサビという言葉が出てくることに驚かされます。

色赤き三日月、
色赤き三日月、
今日もまた臥床に
君が児は銀笛のおもちやをぞ吹く、
やすらけき、そのすさびよ。——★11

○松瀬青々が「寝覚めして団扇(うちわ)すてたり夏の霜」と詠んだ夏の霜とは、真夏の月光のことだ。夏に霜が降りるわけではない。白楽天の「月平砂を照らす夏の夜の霜」から出て、季語となった。李白には「牀前月光を看る、疑うらくは是れ地上の霜かと」と詠み、晩唐の七言絶句の名人の誉れが高い李益には「受降城外、月、霜の如し」とある。

夏の月はたとえ夜半でも外は暑苦しく、いささか扱いにくい。

生き疲れただ寝る犬や夏の月――飯田蛇笏

では夏の月は記憶に残りにくいのかというと、そんなことはない。私はいまもなお少年時代に停電直後のアジサイが色鮮やかに眼の中に残像したことをはっきり憶えているけれど、まさにそのように祇園祭の宵山の夜、隣の町内の鉾町に組み上がった鶏鉾のズラリと提灯がぶらさがったその右肩に満月に近い橙色の気味の悪い月がポンと貼りついていた夜のことを、四季を通じてもなお充分に十指に数えられるべき光景とおもうのだ。――★14

○

蕪村の時代までは月がおとなしすぎたようです。そこに日本の新たなデカダンや、あるいはダンディズムとアナキズムを感じることも不可能ではありません。その月が白秋と朔太郎の系譜に全面的に出たのではないかと、私にはおもわれます。月はついに近代の時空を獲得したのです。中原中也はそこをずばり「失神」という言葉によって月の速度をうたいます。

燻銀なる窓枠の中になごやかに
一枝の花、桃色の花。
月光うけて失神し
庭の土面は附黒子(つけぼくろ)
あゝこともなしこともなし
樹々よはにかみ立ちまはれ

また、中也には「月は茗荷(みょうが)を食ひ過ぎてゐる」という名文句があります。これは中也があこがれていた姉妹が眠る紅殻格子(べんがらごうし)の家の上にかかる月を形容したもののようなのですが、私がとくに感心している文句です。――★11

○

それにしても、なぜ月光は青白いものと相場が決まったのか。そこが恋心に受けているところなのだろうが、ところが現実には月光をフィルター分析してみると、むしろ赤味がかっていることを知らされる。残念ながら青白く見えるのは夜空との対比による錯覚か、もしくは明るすぎる太陽との比較による錯覚なのである。いや、残念ではないのかもしれない。錯覚だからこそ、ミニスカートの歌姫たちは、今宵も月の光を青いスポットライトの中で歌い続けているともいえるのだ。

——★14

まぼろしは、月をきざんでゐる、薔薇の形に——大手拓次

○

安西冬衛と北川冬彦、この二人の〃冬の棲む詩人は〃は月を謳うにまことに冴えわたった詩魂を発揮した。ここは寒月にちなんだ冬彦と冬衛から月の詩を紹介してみたい。


「あたし、それを壁に掛けて毎日眺めたいの」。

「何を?」「あれよ!」。

彼女の魚のやうな指をたどると、昼の月が燻んだ街をうつすらと飾つてゐる。

「ねえ、とつて頂戴よ」——北川冬彦

これは『検湿器と花』に収められた「昼の月」と題する詩の冒頭で、この調子で男と女のかすかに退廃的な物語がすすみ、おしまいにこの「昼の月」が落ちてしまうことになっている。

もうひとつ、「豚」という新月の夜に関する奇怪な作品がある。私は稲垣足穂の小品「レーディオの歌」の導入部にこの「豚」のイメージが少しく投影しているように憶測するのだが、どんなものか。

冬彦の次の一節と読みくらべていただきたい。

新月。山間の隧道から貨物列車が出て来た。列車は忽ち、谿川に出逢つた。深夜の谿川は列車を引き摺つて二哩流れた。やがて、谿川が北に折れるときがきた。列車は小児の如くよろめいて築堤の上から転落した。暫くすると、谿川の真中に黒々と横たわつてゐる列車の腹が音もなく真二つに割れて、中から豚がうようよと這い出た！　豚。豚。豚の群れは二哩の谿川を一斉に遡り始めた。——北川冬彦

冬彦に較べると、冬衛のほうは「類推の悪魔を馭する男」と自称していただけあって、さらに鮮烈だ。

月の出がかすかに、私に妹のことを憶はせた
月はずるずる巴旦杏のやうに堕ちた――安西冬衛

もともと「てふてふが一匹韃靼海峡を渡って行った」の一行詩をもって当時の詩文界を震撼とさせた男である。そんな一行に急に出喰わしても驚くことはないのだが、ことが月球的なるものに及んでいて、それがしかも「ずるずる巴旦杏のやうに」などと一気に表現されると、やはり当方はどぎまぎとせざるをえない。冬衛の「巴旦杏のやうに堕ちる月」は、小笠原靖和の一句「自転車の構造を出る春の月」と並んで月の出入りに関する双璧の表現であろう。――★14

○

れいこんはごくきりようのわるい面貌ですが
蛍火のよな青いものとなり
ぬるぬるとなまぐさく
たかくひくく走り
暗い橋の方へ消えてゆく――岡崎清一郎「月光」

ごくごくわかりやすい言葉だが、月がとんでもない詩力をもっている。――★14

熟れ麦の中より月の上りけり
まんまるな月いでしむとし濛気する――岡崎清一郎

安西冬衛といい岡崎清一郎といい、かれらすぐれた月球詩人らは、ほとんどが一九〇〇年前後に生まれた詩歌人を中心とする。このでんでいくなら二〇〇〇年を中心にふたたび日本の短詩型文学はルナティックな振動磁場に突入できるということになるのだが、はたしてどうか。あまり期待はできそうにない。なぜなら、当節は月は科学の対象ではあっても、詩人の想像力の対象ではなくなってしまったからだ。

いや、いくつかの例外がある。たとえば福島泰樹が主宰する短歌誌「月光」だ。短歌絶叫コンサートで有名な福島には『月光』という作品集もあり、その苛烈なルナティック・ロマンティシズムには断固とした光跡が跳びはねている。雑誌「月光」一九八八年四月の創刊号にはこんな歌が載っていた。おそらく若い歌人たちなのだろう。かれらなら二十世紀末を少しおもしろくしてくれそうだ。

墨東を北に走りて四ツ木橋中川大橋馬橋三日月――福島泰樹

月光を浴びて佇む痩身の磯田光一に似たるその人――福島泰樹
夜に入り明月蒼然―梅匂ふかすめる春を徘徊したのだ――太田代志朗
くらぐらとわれを見据ゑし玻璃窓にうすく咲ひぬ冬の三日月――北原耀子
許さるるなにごともなき胸中を照らしたまふな青炎の月――篠原霧子
人形の首切り落とす誕生日鶏頭色の三日月になる――平辰彦
隧道に嘶くライトは荒ぶりて満月をさす天辺かけたか――有賀真澄
屈するを美しき論理といふならね夜天がいただく一閃の月――林多美子
この秋も蟹は無数の子を孕み月の光に透けてゆくかな――佐藤よしみ

――★14

○

いまさら強調するのも気がひけるけれど、『一千一秒物語』は古今に稀有な同時性の文学である。時間を追う文学の常識からいうなら、逆文学である。ここには時間が棲んでいないのだ。一千秒は一秒であって、一秒また一千秒の経緯を消化する。『一千一秒物語』には、空間もない。いや、空間はあるにはあるのだが、空間も追突し、縮退し、あたかもメビウスの輪かローレンツ短縮のようにどこかで風変わりな矛盾をおこしている。さらに主語さえあやふやである。『一千一秒』のなかで私が最も好んでいる話は「ポケットの中の月」であるが、ここでは、以上の時間と空間と主語がみごとに放逐されている。ひたすら論理を越えた感覚と主語の二重喪失が痛快なのである。

ある夕方　お月様がポケットの中へ自分を入れて歩いていた　坂道で靴のひもがほどけた　結ぼうとしてうつむくと　ポケットからお月様がころがり出て　俄雨にぬれたアスファルトの上をころころとどこまでもころがって行った　お月様は追っかけたが　お月様は加速度でころんでゆくので　お月様とお月様との間隔が次第に遠くなった　こうしてお月様はズーと下方の青い靄の中へ自分を見失ってしまった——★14

○

たった二十五歳でこの世を去った富永太郎の詩に『影絵』という作品があります。私が近代以降の日本人の月の見方を象徴している詩だとみている作品です。

半欠けの日本の月の下を、
一寸法師の夫婦が急ぐ。

二人ながらに思ひつめたる前かがみ、
さても毒々しい二つの鼻のシルエット。

生白い川岸をまだらに染め抜いた、
柳並木の影を踏んで、
せかせかと——何に追はれる、
揃はぬがちのその足どりは？

手をひきあった影の道化は、
あれもうそこな遠見の橋の
黒い擬宝珠の下を通る。
冷飯草履の地を掃く音は
もはや聞こえぬ。

半欠けの月は、今宵、柳との
逢引の時刻を忘れてゐる。

日本の尊大で事大な国民性というもの、それは庶民たちのまことに貧しい生活風土が支えてきたものです。富永太郎の詩は、そうした日本人を「一寸法師の夫婦」の上に輝く「半欠けの月」にとらえています。半欠けの月は、日々に追われる日本の夫婦を笑っているとも泣いているともわからない。しかしそれでも日本人は月を友としているのです。そこになんとも名状しがたい行方知らずの感覚が宿ります。——★11

○

鱗雲が月光を吸った瞬間にシグナルの青がバタッと変わったなどという表現は、宮沢賢治によって初めて出現した月の感覚です。月が冷たい果物で、その匂いが放たれているという感覚も、われわれが渉猟してきた万葉古今以来の文化史がとうていつくりえなかった感覚です。しかしそれでもなお、それは日本人が好む十六夜(いざよい)の月でした。

そのほか、賢治がいかに月にイメージを打ちあけたかったのか、いくつかの代表作を紹介しておきます。最初の三首は「赤い月」です。

われひとりねむられずねむられず　真夜中の窓にかかるは赭焦(あかこ)げの月

星もなく赤き弦月ただひとり　空を落ちゆくは只ごとならず
血ばしれるゆみはりの月わが窓に　まよなかきたりて口をゆがむる
弦月のそつとはきたる薄霧を　むしやくしやしつつ過ぎ行きにけり
三日月は黒きまぶたを露はして　しらしら明けの空にかかれり
あかつきのこはくひかればしらしらと　アンデルセンの月はしづみぬ
かたはなる月ほの青くのぼるとき　からすはさめてあやしみ啼けり
うすら泣く月光瓦斯のなかにして　ひのきは枝の雪をはらへり

最後の歌は「月光瓦斯」こそこの時代の表現ですが、それが檜の枝の雪を払っているという把握は、そのまま花鳥風月のモダニズムにつながります。それは「岩手病院」の詩にもあらわれています。

血のいろにゆがめる月は
今宵また桜をのぼり
患者たち廊のはづれに
凶事の兆を云へり

ここで賢治は富永太郎同様に、日本の半天に月がかかる禍々しい一刻を歌おうとしているのですが、そこになにも桜をわざわざ配することはなかったのかもしれないのに、あえて、まるで松林桂月の「春宵花影」の構図にあるかのような、桜にかかる月のサビを選ぶのです。このように賢治にして、花鳥風月は取りはずせない感覚なのです。――★11

○

月しろの　まもり　せだかさの　まもん
みかげ　照りわたりて　くにや　まろむ――「おもろ」

沖縄歌謡「おもろ」には「月しろは、さだけて」とか「佐敷、苗代に、あまみやから、すで水」といった言葉が多い。また聞得大君の御殿には日神と家屋神とともに〝かねの実おすじのお前〟とよばれる穀物に関連する月神も祀られている。穀物神と月神との関係はもともとオオゲツヒメ伝説にも詳しいことで、豊饒と月との因縁を連想させる（オオゲツヒメはウケモチノカミともよばれてツクヨミに殺されたことになっている）。さらに、琉球王尚氏の一族には苗代という名さえ伝わっていて、こういう暗合に出会うと、やはり月と琉球とは深い縁を結んでいるともおもえてくるのだ。――★14

○

『死者の書』だが、冒頭近く、「月は瞬きもせずに照らし、山々は深く眼を閉ぢてゐる」とあって、例の「こう・こう・こう」という絶妙な擬音とともに二上山の月が出てくる。天若御子の夢を見た郎女（いらつめ）が山越阿弥陀を想って水の幻想に遊ぶとあらわれる水底にさしこむ月、のちに当麻（たいま）曼荼羅として知られる絹布を織りあげた郎女とその布に白い光を清々と浴びせる月なども、いかにも繊細な文章とともに出てくる。

これなら歌にも期待が寄せられるとおもわせるのだが、実は折口にはあまり月の歌が多くない。それでも次のような歌がある。制作順に並べておく。句読点などの表記は折口こと釈迢空独特のものだ。

槐の実　まだ落ちずあることを知る。大歳の夜　月はふけにけるかも
月よみの光おし照る　山川の水　磧のうへに、満ちあふれ行く
水無月の望の夜。月は冴え冴えて、うつる隈なし――。地にをどるもの
如月ははつか過ぎたる空の色――。夕月殊に　色めきて見ゆ
野雪隠うるはし人を外にまちて緋桃の月を日の空に見る
朝すずの森にさゆらぐ紫陽花のかきほにゆらぐ有明の月

男鹿の岬　月夜ふけたる山のうへに、鬼の子あそぶ　音ぞきこゆる

折口は若いころから古代の海が好きだった。海に突き出るように枝をのばすタブの樹に海から寄る神を感受したのは二十代前半のことである。だから晩年の折口の作品にも、たとえば中大兄皇子の「わたつみの豊旗雲に入り日さし今宵の月夜さやけかりこそ」などの、また、万葉人の「能登の海に釣する海人の漁火の光にい往け月待ちがてり」などの、海に浮かぶ月のヴィジョンが共鳴しつづけていたのであったろう。——★14

○

山頭火には月の句がおびただしくあります。

山頭火が全部で何句つくったか、おそらく千五百句くらいだとおもうのですが、そのうち三割近くに月が出ているような気がします。こんな句です。

どうでもここにおちつきたい夕月

腹いっぱいの月が出ている

ふるつくふうふう月がのぼる

三日月、おとうふ買うてもどる
月があかるすぎるまぼろしをする
お月さまがお地蔵さまにお寒うなりました
月も水底に旅空がある

　最後の「月も水底に旅空がある」はまさに山頭火そのものです。私も何度か池や溜まり水に月を覗いてみたものですが、そうしている自分が空を旅しているように幻想したものでした。いや、月に何かがいて、それが月を走らせ、われわれを走らせているようにおもわれた気がしました。

——★11

○

泡立ちて月射す夜は白波も酒も醸せよマリヤナの沖——春日井建
他人を抱きし腕を河面にひたすとき緋いろの月のにじむ水照り——春日井建
月球のおもき翳りを負ひて立つ無宿となりし垢づける背に——春日井建
昼の月するどき匕首より冷たくて流血のつねに絶えざる地上——春日井建
母売りてかへりみちなる少年が溜息橋で月を吐きをり——寺山修司

月の下に海光りゐきゼラニウム夜の灯に見しゆめなりき——石川不二子
月の冬野走り来し汝ざっくりと光に刺され血しぶきたる——佐々木幸綱
夏の薛甘しわが目の日蝕といもうとの半身の月蝕——塚本邦雄
月光の泡だてる部屋紳士らが骨牌に興じあへり濡手で——塚本邦雄
月光のとどかぬ街をゆきかへる硝子賣りらの濡たる額——塚本邦雄
桐桔梗萩樒かぞふれば墓石に月のかげさす九紫——塚本邦雄
闇はやがて巖のごとく峙てり月の出よその巖の片明り——岡井隆
タイルに月射してをり手術台水平にありて半開のドア——葛原妙子
おそき月羊歯むらに射す青酸の匂ひしづかにかもしゐるらむ——葛原妙子
硝子戸に鍵かけてゐるふとむなし月の夜の硝子に鍵かけること——葛原妙子
屋廂に二十日の月はのぼりつつ畳の上に針は光れり——岡部桂一郎
人工のむらさきの月のぼりつつ羽根ぬかれたる鶏は走れり——岡部桂一郎
しびれ蔦河に流して鰐を狩る女らの上に月食の月——前田透
さそりが月を噛じると云へる少年と月食の夜を河に下り行く——前田透
青天に華は死にたり新月の菊一茎に少女を飼ひて——松岡洋史
耿耿と冴ゆるは剣弓張りの月の形影に愛されしかば——須永朝彦

刀身の月のごとしもわが修羅の首途に遇ひて去にし一人——須永朝彦
片瀬は月が視る故削げてをらむまたおもふわれの翳なる片面——森岡卓香
むませりのしろきつくよをけりけりとただけりけりとほかはづなく——高橋睦郎
ゆや（湯屋）のと（外）はよふけとおもふつきあかしすなはらうみにひたくだりつつ——高橋睦郎
悲しみの姿勢のままにわがみたる食尽の月の銅色の影——山中智恵子
ありとなきものの思ひも暮れぬるを二夜の月とひとはいひける——山中智恵子
午後一時空半円に夕映えて南に低し月の利鎌——高安国世
夜ふけて脳をついばむ月よみのさびしき鳥よ爪きめらかせ——前登志夫
しののめにむかつて走る縞馬に胎盤ほどの月など投げる——前登志夫

ここには蕪村も良寛もいない。白秋や賢治や冬衛ともちがう。この歌人たちはいっそう心理学的で、医療的である。月は一瞬の視線交差の対象なのだ。

現代短歌の特質は、そんなことをプラスチック・ポエムの北園克衛が言っていたことがあったとおもうが、つまりは「アマルガメーション」なのだ。——★14

いつ

数寄の周辺

●中世

消息の拡大

まったく中世は「消息の拡大」をめざしている。物語ばかりではない。和歌は詞書をふやし、寺社は縁起をふやしている。――★05

「女手の自覚」と「風の文化」

中世そのものが「消息の拡大」であった。そして、モノの消息よりもしだいにヒトの消息にたいする関心が広がりつつあった。しかしモノの消息の終焉こそ、古代の終焉だ。

こうした時代の変質に拍車をかけたのは、すでにのべた後宮の女房たちによる「女手の自覚」であった。仮名の普及である。これは人々に思考の速度を与え、イメージの検討の余裕を与えるアクセラレイターの役割をになった。そして批評が発生する。清少納言の批評力は、漢文的素養が仮名による表現の自由をえたときのすばらしい飛翔を示すものだった。十一世紀後半に成立したとみられる源隆国の『宇治大納言物語』もそうした一例だったろう。女手はまた女絵を生み、いわゆる絵巻の時代がはじまった。

『竹取物語』が読まれはじめたころは、ちょうど空也が都大路に念仏を説きはじめたころでもある。かつて山の民などによって管理されていたカタリの伝統は、遊行僧や聖が山から降りてくるにつれて新しいスタイルをともなって巷間ににじみだしたことでもあろう（井上鋭夫）。また、風とともに去るような遊芸の民が、かつてのカタリの世界をさまざまな芸におきかえて人々をたのしませたでもあろう。さらにいうならば、「風」こそカタリの隠れた本質を、時代をこえてはこんでいたともいうべきである。風景、風光、風趣、風流、風来……こうした「風の文化」の確立は、まさに物語や絵巻がになったもうひとつの見のがすことのできない動向であった。——★05

物語や絵巻が陸続と生まれた背景には、古代から中世にかけての「遊行」や「遊芸」の動向があったことも忘れることはできない。——★05

作り物語●建仁二年（1202）に成立したとみられる『無名草子』には、作り物語の論評がある。日本文学史上初の評論文学である。すでに鎌倉幕府が開かれていた。この時期に物語にたいする批評性が完成していたということは、武家社会の登場が物語世界に再度の変質をせまっていたことを示している。それでも多くの物語はつくられ、絵巻が描かれた。

けれどもそれらはおおむね「擬古」にかたむいていた。そして「擬古」の底から「無常」がのぞき、そろそろ『平家物語』のしらべをつくっていた。——★05

祇園精舎の鐘の声、諸行無常の響きあり。
沙羅双樹の花の色、盛者必衰の理をあらはす。
奢れる人も久からず、ただ春の夜の夢のごとし。
猛き者も遂にはほろびぬ、偏へに風の前の塵におなじ。――『平家物語』

振舞●中世は「振舞の季節」である。公家も武家も、禅宗も時宗も、猿楽も宮座も、それぞれがフルマイの誇張を重視した。そうした中に、やがてきたるべき近世の「数寄」が準備されていた。「振舞」というも「数寄」というも、このような感覚には、今日におよぶ「型（かた）」の創出力がある。しかしそれだけに、カタを決めればそれですむという〝紋切り型文化〟にも堕することになる。――★

05

準備される数寄

「武者の世」はまた「今様の世」でもある。クラシズム（先例）にたいするにモダニズム（今様）が流行し、法然、親鸞、日蓮、一遍らによる新仏教にも、運慶、快慶らの慶派による造仏にも「仏は昔は人なりき、我もついには仏なり」という人間なみの喜怒哀楽がみなぎった。

しかしその喜怒哀楽のリアリズムが、武士の日々の栄枯盛衰のはかなさと交差するにつれ、例の世も今の世もしょせんは有為転変をくりかえす「無常」であるというおぼえがひろがった。遁世あるいは出家を志す者もあとを断たなかった。このような無常感は、「かたかたにあはれなるべきこの世かなあるを思ふもなきをしのぶも」と詠じた西行、「目の前に無常を見ながら日々に死期の近づくことを恐れぬことは智者もなし、賢人もなし」と綴った鴨長明、「世の中を捨て出でぬこそ悲しけれ思ひ知れるも思ひ知らぬも」と『拾玉集』にのこした慈円らに、とくによく象徴される（目崎徳衛）。

こうしたよりどころのなさをあえて見つめようとする感覚と思潮は、鎌倉期を風靡して南北朝におよんだ禅林思想とともに、近世の「スキの感覚」（数寄）を準備する。すでに中世、「満足」よりも「不足」の美すら見えはじめていたのである。あえて情報を欠乏にさらすこと、これは日本文化の裏側に流れるスサビの観念によるものだろう。────★05

意味の場●日本の遊芸文化はこのあと多くの場面で独特の編集術の活躍をみる。その根底には必ず歌と物語があった。いいかえれば、歌人であることや語部であることが、まずもって相互編集型の和文化の促進装置をつくるための必須条件だったのだ。そこには古代につながる「語りの場」や「意味の場」の伝統がつねに息づいていた。

そしてまた、そうした「語りの場」や「意味の場」をふいにもどいてみせる者こそが、連歌や茶の宗匠だった。また、そのような「語りの場」や「意味の場」を再生してみせることが、日本の世

にいつも寄せては返す「好み」と「趣向」の波間をつくってきた。——★20

まず、遊んでいるものたちがいた。遊びはもともと出かけることだ。その遊びを管理することは不可能である。ノマドロジーの郷愁は、あえて止まろうとする意志をもはねつける。——★26

桜◉芭蕉は『西行上人像讃』で、「捨てはてて身はなきものとおもへども雪のふる日はさぶくこそあれ」という西行の雪の歌に付けて、「花のふる日は浮かれこそすれ」と詠んでみせた。まさに芭蕉の言うとおり、西行は花にばかりあけくれた。西行がいなかったなら、日本人がこれほど桜に狂うことはなかったと言いたくなるほどである。——★17

西行の花

いざ今年散れと桜を語らはむ中々さらば風や惜しむと

これが西行の「哀惜」というものである。「哀切」というものである。面影を「惜しむ」ということをしている。

哀しくて惜しむのではなく、切って惜しむ。そのことが哀しむことなのである。これは「惜別」という言葉が別れを哀しむのではなく別れを惜しんでいることを意味していることをおもえば、多少は理解しやすいにちがいない。

こうして西行の花は、一心に「花みればそのいはれとはなけれども心のうちぞ苦しかりける」というものになっていった。

おそらく西行にとっての桜の心はこの一首の裡にある。桜を見るだけで、べつだん理由（いはれ）などはっきりしているわけではないのに、なんだか心の内が苦しくなってくる。そう詠んだ歌である。その「いはれなき切実」こそが西行の花の奥にある。

西行にとって「惜しむ」とは、この「いはれなき切実」を唐突に思いつくことなのである。それが花に結びつく。月に結びつく。花鳥風月と雪月花の面影がここに作動する。なかで花こそは、あまりにも陽気で、あまりにも短命で、あまりにも唐突な、人知を見捨てる「いはれなき切実」なのだ。

もともと西行には「心を知るは心なりけり」という見方があった。歌において「有心（うしん）」とは風情に心を入れることで、それを「心あり」とも評するのだが、西行はそれでは満足しなかったのである。「心は心だ」というのは同義反復か自同律のようなものではあるけれど、しかし西行はそのようにしか言いあらわせないものがあることを早くから見定めていた。ぼくはこの「心は心だ」という認知論を高く評価するのである。『山家集』に次の二首がある。

心から心にものを思はせて　身を苦しむるわが身なりけり
惑ひきて悟り得べくもなかりつる　心を知るは心なりけり

これなのだ。ここに西行の根本があったのではないかと思う。
試みにこの二首をつなげてみるとよい。「心から心にものを思はせて　心を知るは心なりけり」。これが西行の見方の根本にあることなのである。

このように心を心に見て、その心を心で知ってみるというのは、何が「うつつ」で何が「夢」かの境界を失うことを覚悟することでもあった。いいかえれば、つねに境界を消息していく生き方に徹するということだった。そこを西行は「見る見る」という絶妙な言葉の重畳をつかって、次のようにも詠んでいた。

世の中を夢と見る見るはかなくもなほ驚かぬわが心かな――★30

はかなくたって驚かない。はかないのは当たり前なのだ。西行はそういうふうに見定めていた。ここでは夢と浮世は境をなくし、花と雨とは境を越えている。——★17

西行と歌枕◉平安貴族たちは、実際には歌枕となった場所にほとんど行ったことがなかった。それにもかかわらず、行ったこともない土地の歌を平気で詠んでいた。歌枕は貴族たちにとって、ヴァーチャル・ツアーに入っていくためのパスワードみたいなものでもあったのです。ところが西行は、この歌枕を実際に歩いてまわったわけです。リアル・ツアーをした。じつは西行よりも前に能因(のういん)法師という人が、歌枕をめぐって諸国を遍歴しており、西行はその能因法師に憧れた。——★19

「虚」から出て「虚」へ

歌というものは「虚」から出ている言葉のつながりであり、そこにはなんらの実体がないものです。歌とは有為転変ということです。「実」は求めない。その有為転変にうたかたの表現を託していく。そんな「虚」をひきうけられるのは自分の心だけです。しかし、いざ歌ってみると、そこには文字がつらなり、言葉が見えてくる。その三十一文字の言葉があらためて自分に返ってきます。

それをくりかえしていると、歌と心はしだいに透けてくる。そして歌ったときに見えていた景気だけが響くようになる。花鳥風月とはその「景気の響き」です。

まさにそれが西行の歌でした。自分をからっぽにすることによって、その隙間から洩れてくる何かをつかむ。つかんだところでしょうがないけれど、もうそれ以上の何もない。それが西行の歌のもつ響きでもあったわけです。それは執着のはてに出てくる「数寄」をおもう心でもありました。

――★11

春風の花を散らすと見る夢はさめても胸のさわぐなりけり――西行

古今と今様

流行する歌謡

今様とは新しい様式(スタイル)という意味だ。新しい趣向(テイスト)という意味だ。

アールヌーボーもそういう意味だったように、今様は時代を変えるスタイルとテイストをもって登場した。「今めかす」ということをおこし、そこから声が出て、曲が出て、節が出て、歌が出た。そのひとつの結実が『梁塵秘抄』だった。

中世、そのような結実のひとつひとつから、新しい国の、新しい言葉と新しい曲が生まれていった。とくに新しい言葉が節まわしによって生まれたのが注目される。

たとえば、披講(ひこう)というものがあった。講式ともいった。

披講は歌披講のことで、漢語調の歌を朗詠というのにたいして、和語による歌を披講といった。歌謡の性質が和風なのである。また、朗詠はだいたい楽器の伴奏をともなったが、披講はアカペラでよかった。だからだれにでもうたえた。平安中期のことだ。

このころ藤原長家が後冷泉天皇に「歌仙正統」の称号をうけていた。披講の誕生はどうもこのことと関係があるらしい。

長家の家系は、その後の和歌の道を仕切ることになる御子左家（みこひだりけ）である。いわば和歌の家元だ。御子左家は、長家から六代あとの為家のときに二人の息子が歌仙正統の争いをして分裂してしまった。これが今日につづく為氏の二条家と、為相の冷泉家の起源になる。家元は分裂したが、長家のころに始まった披講は広まった。歌謡とはいえアンサンブルになっている。

パートが読師・講師・発声・発声脇などに分かれていて、たとえば講師が和歌を詠みあげると、発声は歌の第一句を、発声脇は第二句から斉唱に入る。そういうぐあいだった。斉唱にも甲調・乙調・上申調があって、とくに上申調をどのようにうたうかによって、だいぶん歌の変化がついた。冷泉流は古式であったが、綾小路流は流麗を好んだ。

当時は仏教歌謡も流行していた。

これを和讃とも法文歌ともいう。浄土信仰のひろがりとともに普及していったもので、それ以前に広がりつつあった声明（しょうみょう）から分離していった。和讃は披講とゆっくりまじっていった。そのほか、神社にうたわれた神歌（かみうた）もあって、これもまじっていった。――★20

歌は　風俗（ふぞく）。中にも、杉立てる門。神楽歌もをかし。今様歌は長うてくせついたり――『枕草子』

今様●今様は披講、和讃、法文歌、神歌のあとに登場してきたポップスである。これらの流行歌をまぜあわせたものだった。今様はフュージョンなのである。

このようなフュージョンとしての今様を、最初のうちはもっぱら遊君（ゆうくん）、歩き巫女、傀儡子（くぐつし）、白拍子（しらびょうし）、瞽者（こしゃ）などがうたった。

そのうち貴族も口ずさむ。後朱雀院のときの記録には、藤原敦家という雅楽の名手が今様を気に入って、大円とか綾木とよばれた時の名人から今様を学んで、独自のスタイルをつくったということが書かれている。よほど今様というものには魅力があったのだろう。この手の雅楽っぽい今様を別して越天楽（えてんらく）今様という。かくて今様の爆発がやってくる。――★20

失われた「うた」

神楽歌や催馬楽は宮廷歌謡だったので、いまでも宮中楽部の楽人たちが当時をほぼ再現して継承している。それらを聞くと、いかにも雅びなのである。現在の今様の再現の節まわしも雅びすぎて、とうてい今様とは思えない。ということは、われわれは今様の音楽性だけではなく、身体性を失ってしまったのだ。――★30

遊びをせんとや生れけむ　戯れせんとや生れけん

道々の歌

一所に定住しないで、諸国をめぐり歩くような遊行の民、つまり漂泊の民たちも、たくさんいました。そういう人々は、西行のように美意識をもって旅をしていたわけではなくて、旅をしつづけなければならないような職業を生業としていたんですね。

たとえば、遊行しながら仏教を布教する僧侶たちや、白拍子・傀儡子・琵琶法師といった芸能者たち、また少し時代が進むと、さまざまな技術をもった木地師（きじし）やろくろ師といった職人たちも登場して、みんな定住しないで日本中を動きまわっていました。

こういう人々は、都で戦乱がおころうが、源平が戦おうが、ほとんど影響を受けることのないアウトサイダーです。自由勝手に各地をめぐって、いろいろな土地の情報を収集しては、それをまた他所（よそ）に運んでいくネットワーカーです。

とくに鎌倉時代になると、遊行の民たちが貴族や武家たちの関心を惹き、身分の差を超えて取りたてられていくということもおこります。たとえば源義経が白拍子の静御前（しずかごぜん）にぞっこん惚れていくとか、後白河法皇が遊女の歌う「今様（いまよう）」に狂っていくとか、そういうことがおこります。

そのなかにある有名な歌が「遊びをせむとや生まれけん、戯れせんとや生まれけん」というもので、しょせんはかない人間の一生なんだから、おおいに遊びましょう、遊び狂いましょう、といった内容です。

これに象徴されるように、遊行の民たちは都の人々の心に巣くっている無常観を、新しいスタイルの歌や芸能によって「遊び」へと転化してくれる存在だったんですね。

ただし、当時の「遊び」は楽しみのためだけにする遊びではなかったんです。そこには行きつくところまで行ってしまいたいという、人間の必死な思いがこめられていました。こういう状態のことを「遊び」と書いて「すさび」とも言います。――★19

芸能は境い目を好む。では、芸能が境い目に発生したのはなぜなのか。境い目は弱いものたちが集うところであったからである。では、なぜ、境い目には弱いものたちが集うのか。それは、境い目に強い神をおいたからである。――★13

歌謡曲の起源

今様の広がりのなかから、早歌(そうが)が出現してきた。

早歌は文字通りテンポが速い。今様が音を長くひっぱり、旋律の上げ下げを細かくしているのにくらべて、早歌は七五調で、一字に一音をあてた。明空や月江という名がのこる作詞家や作曲者も活躍した。この早歌は武士や僧侶のあいだに流行した。したがって漢語調である。カジュアルな今様にたいしてフォーマル派が対抗したとみればいいだろう。

が、ニューポップスとしての今様をうけついだのは、むしろ小歌のほうだった。さらにカジュアルになっていった。

小歌は江戸明治の小唄とはまったくちがうもので、もともとは平安時代からすこしずつうたわれていた多様な歌がショート・ヴァージョンとなって、室町に入ってたいそう流行した。『閑吟集』におさめられている。

これがいわゆる隆達節（隆達小歌）である。堺の高三隆達というシンガー・ソングライターが創始して広めたポップスだった。調べてみると、高三家は代々が法華衆だった。きっと法華のリズムがとりこまれたのだろう。そして、これをもって日本の歌謡は近世に突入するのである。

思ひ出すとは　忘るるか　思ひ出さずや　忘れねば
かはす枕に　涙のおくは　明日の別れの思はれて

これが隆達節である。

こんな歌詞はかつてはなかった。まことに俗っぽい。今様の歌詞に多かった神仏色もない。けれども、隆達節は流行した。そして、これが新しい日本語になったのである。

われわれの歌謡曲の起源のひとつがここにあるとみなしたい。——★20

急に日本語がつくられてきたのではない。いろいろな変容と工夫によって日本語は日本語になったのである。——★20

「空仮中」の歌の道

俊成はこう書いた。「かの古今集の序にいへるごとく、人のこころを種として、よろづの言の葉となりにければ、春の花をたづね、秋の紅葉を見ても、歌といふものなからましかば、色も香をも知る人もなく、何をかはもとの心ともすべき」。

これは、花や紅葉のもつ色香に心が感動して歌が生まれると貫之が書いたのに対して、あらかじめ歌というものがなければ、人は花紅葉を見てもその色香はわからないと逆転させた論法である。しかしたんに逆転させたわけではなかった。そんなはずはない。このように俊成は書いて、何を強調しようとしていたかといえば、「型」というものに従って価値の体験を反復することが、やがて必ずや花紅葉に新しい意味をもたらすにちがいない、それが和歌というものだということである。

この「型」は和歌そのもののことなのだ。しかし、それでは説明にならないので、俊成はそこで少々工夫する。もともと『古来風体抄』は式子内親王の求めに応じて書かれたもの、何らかの和歌の極意の説明をしなければならない。俊成はそこで天台智顗の『摩訶止観』を引いた。「歌の深き道を申すも、空仮中の三諦に似たる」というふうに。

天台教学では空仮中を三諦ともいうように、意識や心性が「空」に入り「仮」に出て「中」に進むという進行には、まさに「あや」にきわどい説得力がある。

当初の「空」では、世界の一切も目の前の一切も、一切は空なりと空じるのである。これはナーガルジュナ（龍樹）以来の空観である。それなら一切が「空」なら何も実在しないではないかというとき、次に、一切は「仮」であると見る。一切は仮に見えていると見る。これは「やっぱり実在がある」というのではなく、ただ「有としてたちあらわれている」と見る方法である。仮観にあたる。

ここまでは、あるいは「実在」と「非実在」や「無」と「有」を比較して説いているようにもおもえるかもしれないが、そうではない。続いて、いま空観と仮観をしたまさにその直後、そのいずれでもない「中」に来て、いまの「空」と「仮」をも読み替えているというふうになっていく。「空」でも「仮」でもないが、その両方の属性を孕んだところから世界を見るわけである。これが中観になる。つまり「中」においては「空仮中」は共相する。

これが「一心三観」ともよばれる止観の方法であるのだが、俊成はこのロジックをつかって、歌の道というものもこの一心三観に近いものがあるというふうに説明した。

たとえば歌枕の多くは都を離れて、これを詠んで歌を作る者もそれを聞いて感動する者も、実際にその光景を見たことがないか、仮に見ていたとしても、いまはそこにない。しかし歌とは、そのいずれをも共相しているもので、そこには現実のトポスや現実から生じるイメージ以上の「中」が入ってくる。そう説いた。

われわれは日常の日々では花と雪とを取り違えはしないけれど、花が雪として散り、雪が花として舞うことは、「空仮中」の一心三観においては可能になっていく。歌もそういうものなのだ。それ以外ではないでしょうと、そう、説いたのだ。——★17

こうして俊成以降、和歌は「心」「詞」「姿」の一心三観によって歌の世界観を広げていったのである。——★17

『百人一首』の真相

藤原定家が小倉の山荘で百人一首を編んだ。『明月記』によれば文暦二年(1235)の五月あたりだった。しかし定家は、それ以前にエチュードともいうべき『百人秀歌』(嵯峨山庄色紙形)を選んでいて、それを手直しして「小倉山庄色紙和歌」、つまり百人一首の原型にしたと思われる。

そういう定家の初期の編集経緯の真相はまだ研究者たちによっても突きとめられていないのだが、それはともかく、それがいつしか百人一首という〝歌組織〟になり、カルタになっていったことについては、結構な変遷があったはずである。

とくにアワセとカサネとツラネが意図された。そもそも巻頭に天智天皇（秋の田の仮穂の庵の）と持統天皇（春過ぎて夏来にけらし）の親子の歌が、巻末に後鳥羽院（人もをし人もうらめし）と順徳院（ももしきや古き軒端の）の親子の歌が、それぞれ配されたのが意図的である。あとはほぼ没年順に並ぶのだが、これらは定家の仕業ではないだろう。——★18

危うい技巧

『新古今和歌集』には、功罪相半ばするような危うい技巧が満ちている。あえて悪例として掲げるのは忍びないが、たとえば、俊成卿女の「風かよふ寝覚めの袖の花の香にかをる枕の春の夜の夢」は、寝覚め・袖・花・香・春の夜・夢という王朝歌壇用語が綺羅織りのごとく連打され羅列され、そのうえ「の」が六つにわたって結接するというふうになっている。

これではどこに歌の心があるかはわからない。よくいえば全部が全部、同調共鳴しているが、へたをすればそれぞれの歌語がバッティングをおこすか、さもなくばハウリングをおこす。そこを「の」のリズムだけで乗り切ろうというのだから、これはかなり危ういものだった。

一方、新古今ニューウェイブ派には、従来の歌い方を逆転してまでもなんとか新しい方法を確立していきたいという魂胆があった。

従来の歌い方というのは藤原公任が『新撰髄脳（しんせんずいのう）』の歌体論で指摘したようなこと、すなわち「古の人多く本に歌枕を置きて末に思ふ心を表す」というように、歌枕を先に置いて叙景を前に出し、そのうえで下の句で叙心に入っていくというものである。これをニューウェイブ派はひっくりかえすようにした。上の句の最初にまず叙心がのべられて、そのあとは心の出来事などにふれずに叙事だけをのべる。後鳥羽院を例にすると、「み吉野の高嶺の桜散りにけり嵐も白き春の曙」では、「み吉野の高嶺の桜散りにけり」で最初に詠嘆しておきながら、下の「嵐も白き春の曙」ではたんに叙事に徹するということをやる。従来なら「み吉野の高嶺の桜散りにけり」の詠嘆でおわるところなのである。それが王朝風というものだった。それで心が残った、心が残響しつづけたのだった。

それを後鳥羽院は「嵐も白き春の曙」というふうに景物の描写でおえた。ここには言葉と景物と歌心にまつわる上の句と下の句における変移というもの、ひっくりかえしというもの、転位というものがある。新古今にはそうした方法を徹して試みた。これがかなり成功した。

しかし、このようなことが何を意味していたかということは、定家ほどによくわかっていた歌人はいなかった。——★17

み吉野は山も霞みて白雪の降りにし里に春はきにけり——藤原良経

春の夜の夢の浮橋と絶えして峰にわかるる横雲の空——藤原定家

梅が香に昔を問へば春の月こたへぬ影ぞ袖にうつれる——藤原家隆

余情と有心●定家の時代、つまり新古今の時代、先にも述べた二条家と冷泉家の分裂以前は、御子左家と六条家とが「歌の家」の主導権を懸けて争っていた。定家・寂蓮らの「今の世の歌」（新風）は密宗あるいは「幽玄体」というふうに、また従来の「中古の体」「中比の体」（旧風）は顕宗というふうに見られていた。歌風が顕密（けんみつ）の宗派になぞらえられていたわけだ。

これらと離れて中立を保っていたのが歌林苑（かりんえん）の鴨長明だった。長明は歌風によって優劣を決めるのは意味がないという立場をとった。そのうえで中古体の風情主義が風情という美的現象の型に着想のすべてを懸けたのに対して、幽玄体は風情の型から見えない風情を取り出していると見た。この「風情の型から見えない風情」が、長明が『無名抄』で「詞にあらはれぬ余情、姿に見えぬ景気なるべし」と書いた、かの有名な「余情（よせい）」なのである。これはそれまでの和歌では表現されていなかった「隠された心」ともいうべきものだった。長明は定家らの歌には、その「隠された心」があらわれたと見た。「詞に現れぬ余情」「姿に見えぬ景気」とはそのことである。現代人がいう余情（よじょう）ではない。

一方、定家自身は『毎月抄』において「有心体（うしん）」というコンセプトに達しようとしていた。これは詠む心のことではなく、詠みつつある心のことをいう。その心の所有者は現実の歌人でもなく、その歌に指定された人物の心でもなく、その歌の外部からその歌にやってきて、また去ろうと

する心である。――★30

「達磨歌」への太鼓判

ふつう、文学史では定家についての議論は父親の俊成との並びで話をすることになっている。俊成の『千載和歌集』に「余情」という感覚の方法ともいうべきが展示されたのを端緒として、これが後鳥羽院の勅撰による『新古今和歌集』に及んで、定家の技量が全面開花したと見る。それがふつうの見方だが、これでは足りない。

こうした動向はもともと九条良経の「文芸サロン」に発端したもので、この良経のサロンがいまふうにいえば言語表現の実験室になっていった。その起爆となったのが、建久四年(1193)に良経邸でひらかれた歌合史上空前の「六百番歌合」であった。このとき俊成があやつる御子左家の良経・家隆・慈円・寂蓮そして定家らが、その難解なような奔放なような、勝手なような周到なような、ようするにすこぶる実験意図に富んだ作品を次々に披露して、それまでは主流であった六条家の歌風を圧倒してしまったのだった。まだ御子左家の凱歌とまではいえないが、前衛の登場といえばまさに前衛の登場だった。

そのニューウェイブの歌風は、そのころ興隆流行しつつあった大日能忍の達磨宗にあてこすられて、しばらくは「達磨歌」と揶揄された。昔も今もよくあることだ。ただかれらにとって幸運だったのは、このとき、いやいや達磨歌もいいじゃないか、それで結構じゃないかと太鼓判を捺したのが後鳥羽院だったことである。

ともかくニューウェイブ派はこれで勢いがつく。そして、その勢いの結実がいわゆる新古今調というものになる。しかし、定家の歌の方法をそのまま新古今調の基本骨格にすっぽり入れてしまうのは、ちょっと不可能なのである。――★30

見渡せば花も紅葉もなかりけり　浦のとま屋の秋の夕暮れ――藤原定家

風儀の継承

定家という歌人や定家が詠んだ歌を、いったいどのような言葉で言い当てるかは、これまでの文学史でも難儀してきた。仮に「無心」というも「有心」というも、また「幽玄」というも、それらの概念をかぶせるのでは修辞的すぎるのだ。

定家をとりあえず一言で射るとすれば、定家という存在の「風儀」そのものなのである。面影の去来をあらわすために、そういう風儀を好んだというしかない。定家の人生は、そして定家の歌は、そこに定家自身すら感じさせないために周到に詠まれた風儀そのものであったろう。

風儀は「なりふり」であり、ちょっとふくらませて言っても、「なり・ふり・ながめ」に尽きてしまうようなものだ。それを言葉だけで、文字だけで表現することにした。それが定家の風儀であった。よく知られているように、定家の歌、とくに「見渡せば」の歌は、武野紹鷗（たけのじょうおう）によって、千利休によって、さらに小堀遠州によって、茶の湯の心をあらわす最もぴったりしたものと最高の評価を受けた。このことをよく考えてみる必要がある。これは風儀を継承しようというのだ。

いま、日本人の多くは日本の伝統文化をどうして未来につないでいこうかと検討しているようだが、何もそんなことに腐心することはない。紹鷗が、利休が、遠州が、定家の歌に戻ったことを凝視すればよい。そこに風儀を見ることだ。「なり・ふり・ながめ」を介在させることだ。それにはまず、心が歩むことである。そこに言葉を添わせることだ。そして心で見渡してみる。そこにはいろいろなものがあり、いろいろな出来事がある。けれども、そこには「ない」ものもある。言葉も、その「ない」をあらわしたい。――★30

われわれはいったい、この現実の世に何が「ない」と思っているのか。そこを問うべきである。――★30

難渋を突破する歌

敷島の道は容易に広がっていったのではない。西行や定家の登場するころになると、世の中に保元の乱や後鳥羽院の承久（じょうきゅう）の乱のような一言で説明しがたい事態もしばしばおきて、歌の世界にも難渋を突破する必要が出てきた。

たとえば定家が源実朝に与えたといわれる『近代秀歌』には、「やまとうたのみち、あさきに似てふかく、やすきに似てかたし。わきまへしる人、又いくばくならず」というふうに、その容易ならざる事情が訴えられていた。さらに、歌をうまく詠むことはできずとも、悟ることはできるはずだという見方も提出されてくる。定家はそこを「心よりいでて、みづからさとる」と書いた。——★30

結局、言葉とは「そこになくてもそれが捕らえること」ができるような間主観的な極意なのである。あるいはそのようにそこに暗示された何かを見習うべきモデルなのである。——★17

「散らし書き」の発見●小池清治は、三七歳をすぎた定家が、次から次にさまざまな歌集や物語や経典などを書写していったことに注目する。ぼくはその夥しい数の書写一覧に驚いた。ほぼ毎日、書写に徹したのではないかと思うほどだ。

小池は、定家がこの作業を通して独自の「方法」に達したと強調する。その方法とは「定家仮名遣（ていかかなづかい）」というものだ。その頂点に定家が綴った『下官集（げかんしゅう）』があった。

縄文以来オラル・コミュニケーションに遊んできた日本語は、仮名の発明によってその表現性を「分かち書き」や「散らし書き」などの書にも示せるようになったのだが、それは法則や方式をもって出現したのでなかった。そのことに気づいたのが書写をしつづけていた定家だったの

である。――★31

世の中を思ひつらねてながむればむなしき空に消ゆる白雲――藤原俊成

鳥はくも花はしたがふ色つきてかぜさへいぬる春のくれがた――藤原定家

冴ゆる夜の真木の板屋の独り寝に心砕けと霰降るなり――藤原良経

建礼門院右京大夫●母が夕霧尼だった。箏(こと)の名人である。石清水八幡宮の楽人、大神(おおがみ)基政の娘だったから、さぞ箏が美しかったろう。建礼門院右京大夫の歌の調べはここから来ている。

父は『夜鶴庭訓抄』や『源氏物語釈』を著した能書で名高い藤原伊行(これゆき)。藤原の北家、伊尹(いいん)流に属し、書は世尊寺の流れをひいた。『和漢朗詠集』のみごとな写本がある。右京大夫はこの父からは物語と書を継いだ。これだけでも右京大夫の境遇はなにやらときめいているが、母の夕霧が藤原俊成とも交わって一男一女をもうけていたことが、のちのちに人生を複雑にする。一男は右京大夫の兄となる尊円、一女は式子内親王家の中将。右京大夫の生年は未詳であるが、だいたいは鴨長明や慈円、あるいは平知盛や木曽義仲と同じとみておけばよい。

われわれはこの藤末鎌初(とうまつけんしょ)の時代を源平武士の華麗壮烈な表舞台だからといって、ついつい「男」の社会文化としてみなしがちであるが、これは半分の見方であろう。この時代、後白河をとりまいた遊女や白拍子のほか、巴御前や静御前とともに、後鳥羽院の新古今時代の幕開けの女歌においては、後白河の第三皇女の式子内親王を筆頭に、『平家物語』に語られた小侍従、多作で聞こえた殷富門院大輔（いんぷもんいんのたいふ）、百人一首の歌から〝沖の石の讃岐〟の名がある二条院讃岐、その従姉妹だった宜秋門院丹後（ぎしゅうもんいんのたんご）、そして、とりわけ建礼門院右京大夫がいたことを忘れてはいけない。――★

17

言の葉のもし世に散らばしのばしき昔の名こそ留めまほしけれ
めぐりきてみるに袂を濡らすかな絵島にとめし水茎のあと
恋ひわびてかくたまづさの文字の関いつかこゆべき契りなるらむ――建礼門院右京大夫

歌恋の人

王朝女歌の系譜だけでわかりやすくいうのなら、清少納言と紫式部、ついで伊勢と赤染衛門の歌が続いて、そこでさしもの藤原文化が末法にまみれるかのように途絶えると、そのあとに源平騒乱の只中に建礼門院右京大夫の人生のリプリゼーションがひときわ孤立するようにやってくるという、そういう順である。

なかで歌の名手なら伊勢と赤染衛門だろうが、ただ右京大夫は、歌に生きたというより恋に生きた。〝歌恋〟をつくった。それも稔らぬ恋に生き、藤原定家に目をとめられるまで、その歌自身が忍んでいたようなところがある。そこが気になるのである。――★17

われこそは新島守よ隠岐の海のあらき波かぜ心してふけ――後鳥羽院

すさびと念仏

数寄の最後

長明はむしろ「数寄の最後」を最初から狙っていた。その「数寄の最後」が長明の発心なのである。いわば最後が最初であった。

兼好を見ていくと、「数寄」が好みを積極化していくのに対して、「すさび」はよしなごとであってなぐさみであるように、そこに受動というものがはたらいていることがうかがえる。それが兼好の「つれづれ」だった。だからこそ「あぢなきすさび」という奇妙な感覚も兼好の言葉になっていく。どうもそこには「質の変化」というものを観照する目がはたらいている。

『方丈記』や『平家物語』では、存在するもの、盛んなるもの、すなわち「有」が発想の中心にあった。それが『徒然草』では、存在するもの、有るもの、形あるもの、不動のものは、かえって「仮」なのである。それなら兼好にとっては「変化の理(ことわり)を知らぬ人」は「愚なる人」なのである。――★17

数奇●スキはもともとは「数奇」(『色葉字類抄』)と綴られ、のちに数寄屋づくりの「数寄」の字があてられた。おそらく藤末鎌初のあたりでふたつの表記がならび、やがて中世の一期一会の寄合（よりあい）の動向に吸いこまれるようにして、「寄（よる）」の字が強調されたのだったろう。鴨長明ではまだ「数奇」であって、たとえば『発心集』には次のようにある。

「中ニモ数奇ト云ハ、人ノ交リヲコノマズ、身ノシヅメルヲモ愁ヘズ、花ノサキチルヲ哀レミ、月ノ出入リヲ思ニ付テ、常ニ心ヲスマシテ、世ノ濁リニシマヌヲ事トス」——★05

非執着の執着

長明のスキについての考え方は、出家遁世の思想とかさなっている。延喜前後から院政期におよぶ遁世の世の者は、宗教心よりスキの心で世を離れようとした。これは考えてみればおかしなことである。本来はいっさいの俗世の縁をたち、執着をはなれて脱俗することが出家遁世であるはずなのに、〝スキの遁世〟では矛盾する。スキとはまさにやむにやまれぬ執着（しゅうじゃく）であり、下世話には色好みから離れられない心の呪縛の状況であるからだ。しかし、この矛盾、この二律背反にかえってスキの本質があるともいえたと熊倉功夫はいう。ワビ茶による数寄茶の村田珠光が『心の文』で我慢我執を捨てることを説きながら、最後にその我執我慢もまたなくてはならぬというとき、その捨てきれぬ悩みにスキがあらわれた。

スサビゆく対象に「好み」をおぼえ、スサビが破綻にまで行きつく前に、ここからアソビの様式の方へ転用してしまう。この〝転〟というところが例のウツから出るウツリということである。有為転変というか。

そこでスキはいささか自立する。自立をささえるのは能舞台や茶室などの構造性、およびナリとフリのパフォーマンスの様式性である。すなわちオーダーだ。これは執着していないとくずれてしまう。しかし、そのスキにむかう心は自身の執着からの逸脱からこそ発していたものだった。すなわちここで遊んでいるものは、自でも他でもないスキそのものの自己遊戯性なのである。そこにスキの自己透体性というべきがある。自己編集性というべきがある。———★05

はたしてスキは非執着の執着である。
無常の日常である。———★05

遁世●こうした事情のなかから「世の中を退く」という姿勢を表明する者がぞくぞくとあらわれます。これが「遁世（とんぜ）」です。が、それはただたんに仏門に入るというのではなく、世間無常をはかなみ、その感覚を捨てることなくそのまま「数寄の心」を抱きつづけようという花鳥風月による姿勢です。———★11

姿に見えぬ景気

長明は「ただ、糸竹花月を友とせんにはしかじ」と『方丈記』に綴り、もっぱら花鳥風月による「閑居の気味」を満たします。何度となく『往生要集』にも目を通した暮らしぶりからは、つねにアイロニカルな視点がのぞきます。『十訓抄』はそういう長明を「社司を望みけるが、かなはざりければ、世を恨みて出家し」と批評し、長明が人生計画に失敗したことを強調しました。

しかし、長明で注目すべきは、『無名抄』のなかで幽玄を説明して、「詞にあらはれぬ余情、姿に見えぬ景気なるべし」と書いている点です。そして幽玄の例として、秋の夕暮の空の気色には色も声もないのになんとなく涙がこぼれるような気持になることをあげていることです。

この長明の「姿に見えぬ景気」をさらに徹底したのが吉田兼好です。私には長明よりも兼好のほうがやや透徹していたように見えます。

それは『徒然草』下巻の冒頭、すでに次のように花鳥風月の心を綴っていることに躍如しています。

花はさかりに。月はくまなきをのみ見るものかは。雨にむかひて月をこひ、たれこめて春のゆくへ知らぬも、なほあはれに情ふかし。

兼好は「物」を見る美学ではなく、「心」を見る美学を徹底しているのです。たとえば葵祭の行列を見物している物見高い桟敷の連中を「ただ物を見んとするなるべし」と痛烈に批判しているのは、そのことです。では兼好は葵祭をどう見ていたのかというと、祭のあとの静まりかえった都大路にいましたが過ぎ去ったばかりの祭列の面影をしのぶことにゆかしさを感じているのです。そして「大路見たるこそ、祭見たるにてあはれ」と『徒然草』に書いている。いささかやりすぎのような気がしますが、なるほどと唸らざるをえないところです。——★11

『徒然草』●兼好は「もののあはれ」を思索するほうへは、あえて進まない。では無常思想を狭めているかというと、まさに限界している。しかし、そこに限界していることこそが実は『徒然草』の本懐だった。視界がつねに絞られていることが、何度でも『徒然草』が読める所以(ゆえん)になる。

これはきっと兼好にディマケーションがあるということだろう。ディマケーションとは「分界」ということであるが、大和絵でいえば画面に金雲をたなびかせて伏せ場をつくったり、絵巻に斜めの区切りを入れて転換をはかったり、等伯や宗達のように平気で余白をとって、他の事象との関係を自立させたりすることをいう。日本語にはこれを巧みにあらわす「配分」「配当」とか「割り当て」という言葉があった。日本に和歌俳諧などの短詩型文芸がおおいに発達したのも、このディマケーションによる。ここには律動と意味がふたつながらディマケーションした。——★30

「話す」とは、「放す」である。エネルギー放出だ。
「もの言はぬは腹ふくるるわざなり」と兼好法師が言う。――★04

風趣●たのしみの方法には極限があります。この極限にすすむことをもっぱら「数寄（すき）」といいますが、その方法にも二つある。

ひとつは自分の周辺に季節を呼び寄せて世事を離れて、花鳥風月と交わるという方法です。そしてそれを歌や書や曲にのせる。これは「遁世（とんぜ）」という方法です。「侘び住まい」ともいいます。正岡子規が「根岸の里の侘び住まい」と詠んだ、あの侘び住まいです。もうひとつは風雅を求めて旅に出る方法です。これは「漂泊」です。芭蕉が『奥の細道』に綴った「片雲の風にさそはれて漂泊の思ひやまず」という方法です。

しかし、もっと極限に走るというたのしみもありました。それが「風に狂う」という風趣です。――★11

「過差」と「遁世」

どんな時代でも異風異体にたいする人々の熱狂は抑えることはできません。
日本の十一世紀や十二世紀はそうした異風異体ブームをもはや上から抑えることができなくなっ

た決定的な時代です。そこに律令制の完全な崩壊をみることもできます。これ以降、異風異体ブームは念仏踊りなどの宗教性をふくみつつ、けっして衰えることなく、というよりも時代の水面の没することなく、ずっとつづきます。

とくに十二世紀は、田楽ブームをはじめ、後白河法皇もとりこになった今様ブームや白拍子ブーム、大日能忍が火付け役になった日本達磨宗ブームなどがかさなって、まさに「過差」の大パレードが進行した時代でした。貴族といえどもこの「過差」には無縁ではいられない。気取ったかれらは座敷なかでこっそりと歌合せに熱中したのです。そこにまた、こうした「過差」を離れる西行に代表される「数寄の遁世」が発生したのです。――★11

傾奇とバサラ●やりすぎ感覚の「過差」は、「傾く（かぶく）」とか「傾奇（かぶき）」というふうにも言われます。すでに長元五年（1032）の賀茂祭で、関白藤原頼道が小舎人童に派手な服装をさせ斎王（さいおう）渡御の供奉に立てたとき、『小右記』の筆者は「今日のこと、関白深く傾奇（かぶき）の気あり」と綴っています。「傾奇」はのちの「歌舞伎」の語源です。

風流、過差、傾奇がさらに度を過ぎ、さらに大がかりな格好をもちはじめると、これは「バサラ」というものになる。バサラは十二神将にもある「婆娑羅」（ヴァジュラ＝金剛）が語源ですが、金剛石が岩より堅いもののすべてを打ち砕くことから、転じて楽舞の調子はずれのことをバサラというようになり、さらに転じて無遠慮に放埓にふるまうことをバサラというようになったものです。このバサラが十四世紀になって流行したのです。足利尊氏が定めた『建武式目』(1336)はなんとその第一条で、「近日、婆佐羅と号して、専ら過差を好み、綾羅錦繍、精好銀剣、風流服飾、目を驚かさざるはなし。すこぶる物狂と謂うふべきか」と書いています。

バサラについては、バサラ大名こと佐々木道誉の名前ばかりが喧伝されていますが、たとえば義満も信長も出雲阿国(いずものおくに)も、まさらにバサラの典型でした。

バサラとは、つまりは自由狼藉なのです。——★11

数寄の背景

「スキ＝数寄」の背景には、さらにもうひとつの感覚が生きていた。スサビの感覚だ。これはもっぱら兼好があきらかにしたということになっている。

スサビの語義は「荒び」であって、かつ「遊び」である。そのスサビにまかせてその感覚に分け入ったまま、思索や歌や念仏にふけること、あるいは遊びにふけること、それが「スサビからスキへ出る」というものだった。このようなスサビとスキの密接な関係は、あまり指摘されてこなかった。けれども、とっくに『源氏物語』葵の巻で、「心のすさびにまかせて、かくすきわざするは、いと世のもどき負ひぬべきことなり」と解説されている。——★20

サビ●サビは「寂び」だった。寂しいことである。あるいは寂しくさせた感興の対象をさす。ただし、最初のころは「寂びつく」という感覚でつかわれた。これは「錆び」にもつながっている。たとえば沙弥満誓（しゃみまんぜい）の「まそ鏡見飽かぬ君におくれてや朝夕（あしたゆうべ）にさびつつをらむ」では、枕詞「まそ鏡」とサビが定着し、伊勢大輔の「塵つもり床の枕もさびにけり恋する人のぬるよなければ」は、たんに枕がさびてしまった意味でつかわれていた。

しかし時代がすすみ、俊成や定家の時代になると、サビはしだいに美学の範疇に入っていった。俊成は嘉応二年（1170）の住吉社歌合で、経盛朝臣の「住吉の松吹く風の音たえてうらさびしくもすめる月かな」を評して、「すがた、言葉いひしりて、さびてこそ侍れ」と書いている。

その後も俊成は何度もサビという言葉をつかって歌をほめている。承安二年（1172）の広田社歌合では、ある歌のサビの感覚を「にほひ」や「景気」にすらあてはめて評価した。余情や幽玄の感覚の一部の特徴をサビとよんだのである。同じような批評は『歌仙落書』にもあらわれていて、大原三寂で有名な寂超の歌が「風体さびたるさまなるべし」と評価された。俊成はさらに西行の歌にはも「姿さびたり」という評をあたえている。

サビは、スサビやスキから派生してきた感覚だったのだ。――★20

スサビがスキを支え、スキがスサビを冴えさせたものである。ここから、さらに一歩進んだサビ（寂び）やワビ（詫び）の感覚が編集されていく。――★20

時衆●時衆は、死を管理するとともに、また医療や、さまざまな芸能娯楽にもたずさわった。中世の生活全般にかかわった時宗は、福利厚生使節団としてのおもむきをそなえている。医療においては時宗の陣僧には金瘡（刀の切り傷）療治をするものが多く、重宝がられている。また、陰陽師の系譜をひく民間の聖の多くが、時宗に吸い込まれていったことも、かれらに医療に秀でる者が輩出した原因だった。

一方、「惣じて時衆の僧、昔より和歌を専らとし、金瘡の療治を事とす」（『異本小田原記』）とあるように、時衆といえば、すぐ連歌がむすびつくほど連歌をたしなむ者も多かった。そこには芸能ネットワーカーとしての時衆の動向が見えてくる。――★05

芸能ディレクター集団「時衆」

連歌や和歌の道に秀でた時衆の名声は室町将軍にもきこえ、歴代の将軍が、京都の時衆の四条道場や七条道場に参詣したおりに、遊行上人とのあいだに和歌の贈答がおこなわれている。また、陣僧として武将にしたがった時衆も、合戦のない時は、連歌や物語を語る「お伽衆」として主君に近侍した。それがのちの同朋衆(どうぼうしゅう)である。

時衆が「花下連歌(はなのもとれんが)」にかかわるようになったのは、おそらく死と葬送の管理者ということに関係があったろう。しだれ桜の下には祖先の霊が現れるという民間の信仰がある。そこでおこなわれる連歌には、祖先の霊をとむらう意図があった。そこで、葬送にかかわる時衆こそが花下連歌師として活躍するにようになったのであろう。かれらは芸能ディレクター集団でもあったのだ。——★05

同朋衆●同朋衆とは、もともと殿中の雑役に携わる者のことをいう。掃除、配膳、使い走りなどから、唐物奉行をはじめ、立花、和歌、連歌などの〝芸事〟に従事した。こうした同朋衆は、すべて阿弥号をもつ。元来は賤民の出身者たちだった。しかし同朋衆には芸能に秀でた者が多く、ことに、六代将軍義教から八代将軍義政につかえた能阿弥、義教につかえた芸阿弥、さらに義政から義晴につかえた相阿弥の親子三代の阿弥が、三阿弥としてよく知られている。

かれらの職務は、唐物の鑑定・評価・保管にあたる唐物奉行であり、連歌会や茶会のおこなわれる会所を唐物で荘厳する座敷飾りのディレクターである。会所の芸能の演出者として、欠かせない存在であったが、自身、書画や連歌をよくしたアーティストでもあった。また、田楽師の増阿弥などのばあいは、同朋衆ではなかったものの、義持のとびきりの寵愛をうけ、世阿弥の猿楽能にかわる田楽の隆盛をもたらした。義政の代には、作庭師の善阿弥が寵愛をうけ、室町御所や内裏学問所、興福寺中院の作庭などをうけている。

このように、元来は賤民出身の者でも、時衆となり阿弥号を称することによって、将軍近侍の身分になることすら不可能ではなかった。みずからケガレを転化する方策が、時衆によってもたらされたのだ。もっとも、同朋衆は原則としてみな阿弥号を称し、時衆に由来してはいるが、幕府の同朋衆制度として確立してのちは、かならずしも時衆のみが君臨したのではなかったようである。——★05

中世バロキズム

世阿弥は、躍動的な身振りによる鬼の演能を、「力動風鬼」として遠ざけ、おなじ鬼でも、細やかな所作による「砕動風鬼」をこそ演ずるべきだとしている。世阿弥が荒々しい振舞をきらったのは、中世のバロキズムの拒否であり、それゆえに中世の底辺におけるバロキズムの深さを暗示するものだった。「殊さら、大和の物なり」とまで尊重された激しい鬼の芸能を切り捨てることによってはじめて、世阿弥は貴人にあずかる自身の芸風を確立したのであろう。

それにたいして、一遍はバロキズムをとりいれることによって、いっそう民衆に溶けこむことができた。そして、一遍の教えが浄土教に根ざしながら、積極的に本地垂迹説を認めたのも、実はそのことと深くかかわっていた。

一遍以降の歴代の宗主は、各地の神社を手がかかりに民衆への仏教の浸透をくわだてている。中世の村落は、そこに鎮座している神社を中心に共同体の生活を運営していて、神社の信仰や行事に相反する宗教を布教することは困難である。

一遍が神仏習合を認めたのも、そのような事情によっていた。踊念仏のアイデアそのものも、村落の神社で里神楽や田楽などの芸能がおこなわれていたという、古来からの伝統にのっとったものにすぎなかったかもしれない。しかし、そこには賦算という贈与交換がはたらいていた。こうして、時衆の遊行上人や田楽法師などが各地へおもむき伝えた踊念仏は、各地のヴァナキュラーな芸能と習合して、今日のこっている盆踊、伊勢踊、業平踊、小町踊、風流踊などの民衆芸能をはぐくんだと考えられる。「やすらい祭」として知られる京都の今宮神社や八坂神社の鎮花御霊会もそうした踊念仏の習合である。――★05

すべての思量をとどめつつ、仰いで仏に身を任せ、
出で入る息をかぎりにて、南無阿弥陀仏と申すべし――一遍『百利口語』

踊念仏●「花下連歌」とおなじように、葬送儀礼に由来する時衆の芸能に「踊念仏」がある。『一遍聖絵』を見ると、弘安二年（1279）の秋に信濃の佐久の小田切の里で初の踊念仏があったことになっ

ている。以来、踊念仏は「一期の行儀」というものになる。

時衆の「踊念仏」は一遍がはじめた集団舞踊で、初期は食器を鉦にみたてて音頭をとり、数人ないし数十人で踊るという素朴なものである。それがやがて、胸に鉦鼓をつるし、鉦をたたいて合掌したりしながら右回りに整然と踊るというようにパフォーマンスの様式がととのえられていく。また、踊りをおこなうための板屋根の踊り屋も仮設された。周知のようにこの踊念仏は、一遍が先達とあおいだ平安末期の念仏聖、空也がはじめた念仏踊に由来する。その空也の念仏踊のルーツは、古来の鎮魂儀礼としての舞踊にもとづいていた。

一遍がファナティックな念仏踊をとりいれたことと、猿楽能の世阿弥が、躍動的な踊りをきらい、優雅で静的な舞を洗練させていったことは好対照をなす。「神は舞がかりの風情によろし」とのべているように、世阿弥にとっては優美な舞こそが神の気高さをあらわした。――★05

時衆の物語

時衆が、中世芸能にはたした役割としてもうひとつ見すごせないのは、口唱文芸である語り物とのかかわりであろう。『平家物語』や『太平記』をはじめ、中世にはさまざまな語り物が流行したが、それらを語り伝えたのは、琵琶法師や物語僧とよばれる僧侶たちだった。この物語僧に時衆が多かったのである。

陣僧として戦場へおもむき、武将の討死のさまを見とどけた時衆僧は、その悲惨な物語を遺族のもとに帰って伝える。やがてその時衆のもち帰ったエピソードが集成されて、『太平記』や『明徳記』などの語り物文芸をかたちづくっていったのだ。時衆は、エディトリアル・ネットワーカーでもあった。――★05

『曾我物語』●『曾我物語』は、謡曲や舞の本、御伽草子などさまざまな分野に摂取され、大きな影響力をもった語り物である。ここにも時衆がかかわっている。『曾我物語』は、曾我兄弟がさまざまな苦難ののち、父の仇討ちを果たすものの、兄は討死し、弟はとらえられ斬首されるというモチーフとなっている。なかで注目されるのは、悲惨な最期をとげた曾我兄弟の怨霊がたたり、そのため遊行上人に命じて、御霊としてまつり鎮魂したという挿話であろう。

このエピソードは、曾我兄弟の怨霊が稲の虫害を生じさせ、それを防ぐために鎮魂をおこなうという農民の信仰にもとづいている。時衆はこのような農民の信仰を利用し、時衆の遊行上人が鎮魂し、ケガレを祓うという物語にかえて、布教の手だてとしたのである。その『曾我物語』を聴く側の衆生も、その縁により念仏往生がとげられた。ここには賦算と物語という特異な交換関係がある。かくて『曾我物語』が関東を中心に根づよく分布しているのも、東国への布教を狙った時衆教団の進出と関連があったということになる。このほかにも『義経記』『大塔物語』『神道集』

などの語り物が時衆とかかわりがある。――★05

道元の山水

道元は山水を見ていれば、山水が内側を占めていくとみた。『正法眼蔵』冒頭に、「而今の山水は古仏の道現成なり。ともに法位に住して究尽の功徳を成ぜり。空劫已前の消息なるがゆえに、而今の活計なり」とあって、つづいて「朕兆未萌の自己なるがゆえに、現成の透脱なり」という名文句になる。『正法眼蔵』のなかでも最もおもしろい山水経の章である。この「朕兆未萌の自己」という観点がとびぬけてすばらしい。「まだ自分がはじまらない前の自分」ということだ。――★13

日本は長らく「冬」というものを見つめる深い文化をもっていなかった。意外なことに、『万葉集』から古今、新古今まで見ても、「冬」の歌はたいへん少ない。――★21

冬草も見えぬ雪野のしらさぎは　おのがすがたに身をかくしけり――道元

冬の美の発見

日本禅の時代の到来とともに、『ささめごと』を書いた心敬という連歌師と、そして道元とが「冬の美」というものを決定的に発見する。

ここから「冷え寂び」というとんでもないコンセプトが出てきます。心敬がつくったコンセプトです。この「冷え寂び」があったことによって、茶の湯も立花も能楽も生まれたといってもいいくらい、重要な感覚です。

道元は、禅の修行の中心に「只管打坐」というものをすえた人ですね。ただひたすら坐れ、黙って坐れというのです。また主著の『正法眼蔵』には「朕兆未萌の自己」という提示をした。未だ萌えいずる以前の自己、という意味です。「冷え寂び」といい、「只管打坐」といい、「朕兆未萌」といい、これらは従来の無常観をさらに深めたものを発見しているといえます。また逆に、安易な無常観に走らないことを戒めたともいえます。それは、厳しい修行を経た精神力でなければ見いだせなかった美の世界だったかもしれません。――★21

型●日本の文化はよく「型」の文化だと言われます。たしかに、そうです。

しかし道元以前の日本には、それほど「型」というものは重視されていなかったのではないかと思います。鎌倉中期くらいまでは「型」というようなものは意識されていなかったのではないか。あるとしても『延喜式』に決められた有職故実のようなものです。そこには身体的な型は加わっていない。

それが禅によってかなり「型」というものが身体的にはっきりしてきます。しかもそれは凍てつくような冬ざるる環境のなかで生み出されていったわけです。ただしそれは、さきほどの浄土観をすべて否定したわけではないんですね。それを継承しながら、「型」までもっていったわけです。しかし、「型」が生まれるには、ひたすらそのことがくりかえされる必要があります。そのためにいちばん重視されたのが坐禅です。——★21

まったく「坐る」とは
東洋の恐ろしい発見だったとおもう。——★15

連歌の時分

辻・道・門・庭・奥

祭りや芸能というものは、「中・奥・辺」の構造をたくみにシミュレーションするシステムのひとつである。「奥」からカミや威霊を招き、これをヤシロの「中」に充実させていったん守り、これをさらに神輿や山車に乗せて「辺」にめぐらせていく。そのための内陣や外陣でおこなう儀式もこの展開を模している。

深夜に若水を汲み、その水取りを合図にさまざまなオコナイを展開する修験型の祭りや行事も、おおむねは同様の仕組になっている。そのシミュレーション構造は、祭りだけではなく、多くの芸能の場面にも応用されていった。鏡の間で心を定め、橋掛かりを通ってシテ柱に向かっていく能の仕組にもつながった。

もともと芸能の発生構造が「中・奥・辺」の構造に対応しているのである。

日本の芸能の発生の手順はおおざっぱにいうのなら、「辻・道・門・庭・奥」の順に成立した。このことは、早逝した国立民族学博物館の俊英、守屋毅の独創的な〝発見〟だったとおもう。

まずは辻々に集まる辻芸能があり、それが道を一列となって行道する道中芸能となる。次に分散した道中芸能者が一軒一軒の門に立ち止まるようになると、そこに門付（かどづけ）芸能が派生する。千秋万歳（せんず）などはこの類だ。ついでこの門付芸能が門の中に入っていくと、邸内の中庭を舞台とした芝居になっていく。芝（柴）でおこなうから芝居であった。そしてその芝居芸が分離してだんだん断片的に内側にとりこまれていって、奥の座敷芸になる。そういう順序だった。

　このような芸能の発生をたどっていると、芸能の確立には「どこにでも中心を見立てられる機能」が重要だったということが見えてくる。——★20

茶や花などの日本の遊芸にとっての床の間の設定も、こうした「中心を見立てられる機能」にもとづいていた。——★20

此比（このころ）都ニハヤル物　夜討強盗謀綸旨（にせりんじ）
召人（めしうど）早馬虚騒動（そらさわぎ）　生頸還俗（なまくびげんぞく）自由出家
俄大名（にわかだいみょう）迷者　安堵恩賞虚軍（そらいくさ）
本領ハナル、訴訟人　文書（もんじょ）入タル細葛（ほそつづら）
追従讒人（ついしょうざんにん）禅律僧　下克上（げこくじょう）スル成出者（なりづもの）——「二条河原の落書」

物狂い――能の前景

観阿弥は風流やバサラの心の奥にひそむ「物狂い」にこそ着目した。そして、これを截然と「憑きものによる物狂い」と「物おもいによる物狂い」とに分けた。

さすがの切断である。そのうえで、物おもいを演じることの難しさを説くためにも、中世芸能の喧噪と別れを告げて、ひたすら幽玄の只中へ入っていった。「憑きもの」と「物おもい」に注目したのが観阿弥の独創的編集術だった。なぜ、観阿弥・世阿弥の父子がそうした芸当を先駆けて成就できたのかということは、歴史的に一言では説明できない。

まず、大きな流れとして神事芸能が勧進芸能にすすんでいったという動向がある。このとき、勧進の場が亡者供養の場の色彩を強くもったらしいことも関係がある。なぜなら、観阿弥・世阿弥の能は亡霊の能を多く作能しているからだ。これについては呪師猿楽が修正会や修二会でその結願の日に走りの儀式としての追儺式をしていて、それがかぶさってきたという見方もしておく必要があろう。

そこに「翁」の芸能の流れを重ねる必要もある。翁の芸能はだいたい『梁塵秘抄』の成立の時期と並行していて、猿楽の本芸の翁舞として知られているが、そのルーツは驚くほど古い。天台修正会の後戸神との関係もある。もっと古い催馬楽との関係を示す文句もつかわれている。それがなぜここにきて浮上してきたか、である。どうやら大和猿楽の円満井座・結崎座などが呪師ゆずりの翁舞をしていたとも考えられている。

謡曲の前段としての早歌(そうが)の出現も重要だ。七・五の一句を八拍子のリズムにうたいこんでいくもので、それまでの今様よりもはるかにスピーディな新歌謡だった。これを背景にして、ついで曲舞(くせまい)が流行するので、ここにも説明がなければならない。

曲舞はもとはといえば白拍子(しらびょうし)からおこっている。男ぶりの舞だ。だから院政末期の白拍子の華麗な男装性とリズミカルな拍子性をもっていたのだが、曲舞はその二つの要素をそのまま継承し、そこに叙事語りの要素を強化していった。イーダ・ルビンシュタインまがいの乙鶴という名人も出た。

そして実は、この乙鶴に曲舞をじっくり教え込まれたのが、ほかならぬ観阿弥だったのである。観阿弥は山田猿楽の小美濃大夫の流れにあるといわれている。

山田猿楽は伊賀に生まれた猿楽で、そこの小美濃大夫の養子に「おおたの中」という人の養子の子がいて、その三人の子のうちの三男が観阿弥だったということになっている。『申楽談義』に書かれていることだ。ただし、山田猿楽というものの正体はいまのところはまったくはっきりしない。出合の座というところに依拠したとも、大和磯城(しき)郡阿部村山田のことではないかという説もあるが、詳細はわからない。観阿弥の母親が楠正成の家の出だという憶測もある。

いずれにしても、そういうあたりから観阿弥が出た。

そして伊賀小波多で観世座をおこし、大和に進出していった。――★20

能の「翁」に象徴される様式や振舞の意図の背後には、日本の芸能の根源によこたわる「祭りの本質」がひそんでいたということになる。――★30

「翁」●能には「翁」という格別の演目がある。「父尉」「翁」「三番猿楽」で構成されるので、式三番ともいう。上演される「翁」は能であって能でない。狂言役者が出てくるが狂言ではないし、まるで神事のようだが神楽でもない。だいたい筋書きがない。もっと不思議なのはシテが舞台上で面を付けるところを見せて、それから翁の芸能になるという順だ。それまでは翁のための面は箱に入ったまま舞台に飾られている。おそらく鎌倉期のどこかで生まれた呪師による翁舞を猿楽師がやるようになり、そのうち寺社の法会や祭礼で舞われるようになった祝言の曲目だったのだろうと思われる。これまで「翁」についてはさまざまな推理がなされ、多くの研究が試みられてきた。しかしこれらを総じても、折口信夫が『翁の発生』で「翁は三番叟によって擬かれたのである」と喝破したことを超えてはいなかった。すべての翁論はこの折口のモドキ論に含まれている。

いまではこの折口説を疑う者はいない。日本の芸能は神を擬き、翁を擬き、乞食を擬き、世を擬いてきたのだ。とくに神楽や田楽や猿楽（申楽）がそうした擬きの芸能をあからさまにした。春日の若宮のおんまつりには「比擬開口（もどきかいこう）」という祝言のモドキがあるし、折口が感動した信州新野の雪祭りにもモドキが揃っていた。白拍子も傀儡もモドキの芸能だし、当然、世阿弥の物学（ものまね）もモドキの芸能だった。――★29

秘する花を知る事。秘すれば花なり、秘せずば花なるべからず、となり。この分け目を知る事、肝要の花なり。――世阿弥『風姿花伝』

こうして「せぬひま」という、すこぶる重要な機会が見えてくる。「せぬ隙」と書く。隙間なのだが、その隙間ですべてが決するわけなのだ。――★18

幽玄の本質

世阿弥は「幽玄」を強調したといわれます。しかし、何をもって幽玄というのか、なかなかつかみがたいものがあります。そこで世阿弥は幽玄の本質がよくあらわれている歌として、「余情（よせい）」の歌人、藤原俊成の次の歌を例にあげます。

またや見む交野（かたの）の御野の桜狩り　花の雪散る春のあけぼの

かつて物見遊山で訪れた交野の桜狩りの風情には忘れられないものがある。あのときは夜通しの宴もはて、もう夜が明けてきて花がまるで雪のように降りしきっていたが、それをなんとかもう一度見たいものだ、そういう歌です。俊成は一度見た夢のような景色を、しばし脳裏にうかべ、それを幻のようにふくらませている。そのふくらんだ景気のなかで、また当時の景色を静かに眺めているわけです。俊成得意の余情（よせい）です。

これでなんとなく世阿弥のいう幽玄の感覚のアリバイが伝わってくるのですが、どうももうひとつわかりにくいかもしれません。だいいち、幽玄は夢や幻のような光景をさしているのか、それとも見る心のほうが幽玄なのか、そこがわかりにくい。そこで世阿弥は『風姿花伝』の「花修」では幽玄なるもの、あるいは生得の幽玄として、次のような意外な説明をします。それは、「人においては、女御、更衣、または遊女、好色、美男。草木には花の類」というものです。

花が幽玄だというのはともかくも、同様に貴人の女性や遊女、色好みの美男子もまた幽玄だというう。これはどういうことでしょうか。風姿とは人の姿のことだったのか。『花鏡』にも似たような説明があります。「ことさら当芸（能のこと）において、幽玄の風体、第一とせり」と強調しておいて、ついで、こんなふうに書いている。

そもそも幽玄の堺とは、真には如何なる所にてあるべきやらん。まづ、世上の有様を以て、人の品々を見るに、公家の御たたずまひの位高く、人望、余に変れる御有様、これ、幽玄の位と申すべきやらん。しからば、ただ美しく、柔和なる体、幽玄の本体なり。
（略）見る姿の数々、聞く姿の数々の、おしなめて美しからんを以て、幽玄と知るべし。この理を我と工夫して、その主になり入るを、幽玄の堺に入る者とは申すなり。――★11

世阿弥の「花」のあくなき追求には、どこか仏教的な無常観やタオイズムからくる無為自然の感覚すらもがただよいます。――★11

花の境地

世阿弥は日本の文化がつくりあげた感覚のぎりぎりのところへ到達しようとしていたのです。世阿弥の晩年は足利将軍の寵愛から突き放され、佐渡に流され、理念の舞台化の仕上げには挫折するのですが、それだけに世阿弥がめざした理念はすごいものでした。そしてこの理念をどのように継承し、また変革していくかということが、その後の「花鳥風月に遊ぶ」というコンセプトの決め手になったわけです。世阿弥はうけつがれたのです。

まず、心敬が、また二条良基（にじょうよしもと）や一条兼良（いちじょうかねよし）が、ついで一休と金春禅竹（こんぱるぜんちく）と池坊専慶（いけのぼうせんけい）と宗祇（そうぎ）が、そして村田珠光と武野紹鷗と千利休が、これらを継ぎ、これを発展させようとします。この流れは、結局は江戸の芭蕉や良寛にまでつながっていくものです。

では、このような「花」の境地は世阿弥の独創なのでしょうか。むろん独創の要素も多々ありますが、世阿弥の前にこのような流れを準備した歌人がいたのです。

それはおそらく西行です。

西行こそは、このような「花鳥風月に遊ぶ」という精神の端緒をひらき、そこに生きる方法を示唆した張本人です。そして、西行こそは日本における「花」が何であるのか、その象徴的な意味を追求できた最初の歌人でした。すべては西行からはじまったといっていいでしょう。

その西行を起点に、まず藤原俊成や定家や鴨長明がつづき、ついで道元と一遍の思索と行動があり、さらに吉田兼好をへて良基、観阿弥、世阿弥、心敬へとつらなる系譜があるわけです。これが文芸上の「花鳥風月」の中世までの系譜です。——★11

能はある意味で、それまでの日本文化のすべてを再編集したものです。「もの」である霊（スピリット）が出てきて、物語を語っていく。そして「もののあはれ」を演じていく。——★19

複式夢幻能●とくに「幽玄」がみごとに表現されている世阿弥の能は、「複式夢幻能」といいます。現実と幻想という二つの世界が、複式に入れ替って舞台に展開するんです。その代表作のひとつが「井筒（いづつ）」です。「井筒」では、僧の見ている夢と現実との境目がなくなり、過去と現在、幻想と現実との境目がなくなり、また女と業平との境目もなくなっていく、そういう世界を描いているわけです。能の主人公をつとめる演者のことをシテといいますが、「井筒」ではシテが女性を演じながら男物の業平の衣装を着て舞っていく。舞っていくうちに、すべてのことの境目が曖昧になり、溶け合っていく。こういう舞を「移り舞」と言いまして、まさに夢と現のあいだをトランジットしていくわけです。「複式夢幻能」とよばれる演目はほとんどが、このようなストーリーになっている。これが世阿弥がつくった「幽玄」の世界なんです。――★19

狂言の言霊

昔から「狂言は言葉でせよ」「狂言は言葉でする」と厳しく伝えられてきたように、科白(せりふ)こそが狂言の真髄になっている。狂言を言霊の芸能だと見ることによって、そこから科白も発声にも「型」があるのだという見方が積極的に出てくる。「型」は舞や仕草ばかりではなかったのである。そのような「型」はそもそもどこから出てくるかといえば、謡(うたい)の文句から出てくる。すでに世阿弥の『花鏡』に「言葉より進みて風情の見ゆる」とあるように、そもそも申楽(さるがく)の真似の本質が謡の言葉を基礎にしているのである。

世阿弥はこのとき、謡曲の文句とぴったり同時に所作をしてはいけない、まして少しでも先んじてはいけないと戒めた。むしろ僅かに文句より遅れるように「先づ聞かせて後に見せよ」と言った。

いわゆる「先聞後見（せんもんごけん）」だ。今日でもちゃんとした能楽師たちはほぼ「二字遅れ」で所作をする。言霊が二字遅れで所作になる。なんとも香ばしい。――★17

風狂の源流がどこにあるのかといえば、それはすでに下克上の時代や戦国時代に芽生えていました。その代表者が一休禅師です。――★11

「仏に会うては仏を殺せ」

開悟した一休は、意外なことにまったく旧来の禅を顧みなくなってしまう。禅語録の『無門関（むもんかん）』に「仏に会うては仏を殺せ」という言葉があって信長が好きだったといわれている。これは、「仏に会うては仏を殺せ、鬼に会うては鬼を殺せ、親に会うては親を殺せ」という苛烈な禅の思想です。一休はこれが好きだった。禅者はイデアというものを殺さないといけないと考えていたのです。正面きってイデアを殺せるパワーがないとイデアが語れない。だから、まず仏を殺すという考えをもつべきだと考えた。これが一休の「風狂」の始発点です。このあとの一休は生涯にわたってこの「風狂」を突き進みます。――★11

楚台応望更応攀　楚台まさに望むべく更にまさに攀じるべし

半夜玉床愁夢顔　半夜の玉床に愁夢の顔
花綻一茎梅樹下　花は綻ぶ一茎梅樹の下
凌波仙子遶腰間　凌波仙子は腰間に遶る
――一休宗純「美人陰有水仙花香」

一休文化圏

一休は天真爛漫なのではなく、「毒」をもっていたのだ。毒だけではなく、「悪」がある。悪だけではなく、「狂」がある。そもそも自身であえて「狂雲子」あるいは「夢閨」と号したほどである。狂雲子は風来とともに風狂風逸に生き抜くことを、夢閨は夢うつつのままに精神の閨房をたのしむことを意味した。

これを偽善に対する偽悪の姿勢とみてもよいけれど、それだけではない。野僧であろうとしながら大徳寺をとりまとめたし、破戒僧でありながら一休文化圏をつくりきった。飯尾宗祇、柴屋軒宗長、山崎宗鑑、村田珠光、金春禅竹、曾我蛇足、兵部墨溪……、その後の文化を大成していった連中の多くが、一休文化圏の住人だった。――★17

「破格」への転換

私はこうした一休のすさまじい態度や生き方を見ていて、日本の歴史がつねに「格」と「様」と「礼」

にたいして、「破格」と「異様」と「無礼」が交差してきた歴史だったということをあらためて感じます。

おおまかにいえば、「格」から「破格」への転換がおこったときに、「様」が「異様」に対抗されたときに、そして「礼」が「無礼」に出会ったときに、歴史は大きな転換を迎えているのです。

格式はつねに権威の象徴です。これを破る者は必ず非難され、放逐される。しかし時代はいつしか破格に向かってすすんでいく。王朝政治にとっては武士は破格の者であり、徳川幕府からすれば薩長の藩士は破格です。書道の歴史にも「格」にたいする「破格」や「逸格」の逆転がある。その最大の変遷は「真名(まな)」（漢字）にたいする「仮名(かな)」の出現です。とりわけ仮名の「散らし書き」「分かち書き」などは、とうてい王義之(おうぎし)にはじまる中国書の正統からは想像もつかない破格の確立だったのです。——★11

道元は数寄を捨てて曹洞宗をおこしたが、
一休は同じく禅者でありながら、
その数寄をぞんぶんに弄(もてあそ)んだ。——★30

「座」の文化

もともと「座」は農村の寺社を背景にした「宮座(みやざ)」が先行していたのですが、それがさまざまな領域にも転化していきました。そうした「座」から生まれた文化で、その後の日本の文化に大きな影響を与えたのが「連歌」です。連歌というのは、それまでソロで歌っていた和歌を、集団で詠み合って次々につないでいくというものです。

連歌は日本文化のなかでも、とびきり重要な影響力をもっています。人々がつながりあって趣向を求めあったこと、そのために独特の「場」や「席」をもうけたこと、日本語のさまざまな特徴を磨きぬいていったこと、貴族と民衆とが同じレベルの楽しみを共有したこと、いろいろです。連歌師が格別なコミュニティ・ネットワーカーの役割を果たしたことも見逃せません。——★19

薄雪に木の葉色濃き山路かな（肖柏）
岩もとすすき冬やなほ見ん（宗長）
松虫にさそはれそめし宿出でて（宗祇）
小夜ふけけりな袖の秋風（柏）
霧さむし月も光やかはるらん（長）
おもひもなれぬ野辺の行く末（祇）
語らふもはかなの友や旅の空（柏）
雲をしるべの峰のはるけさ（長）——「湯山三吟」

有心無心の競詠

連歌は、和歌や歌合せをもとにしながら、そこに唱和と問答という片歌や旋頭歌といった古代からの編集の遊びの流れを加えて成立していったものです。最初は一句連歌（短歌連）で、縁語や掛詞などをたくみに駆使した「付合」が貴族や僧侶の余技の遊びのように流行し、およそ王朝和歌のもつ風雅に反した戯れがよろこばれます。

それが院政期になると、受領層から女房・遊女・地下層に広まり、東国・西国を問わぬ全国的なすさまじい流行となった、それに応じて鎖連歌（長連歌）が編み出され、一句連歌の競いあう戯れのおもしろみから技巧を凝らす歌の変化のおもしろみのほうに主眼が移っていった。

ここに「物名賦物」というすばらしい趣向が登場するのです。とくに十三世紀には、その物名賦物が「何水何木・何所何殿・唐何何色・物何何事」といったような、いわゆる複式賦物に変わっていって、かなり複雑に、かつおもしろくなります。定家の『明月記』によれば、そのようになっていったのははっきり嘉禄期（1225～27）をさかいにおこったことだと言います。

このころ（後鳥羽院失脚以降のこと）、それまでの「有心無心の競詠」のスタイルが退色して、連歌が公家などを借りて遊ぶ「一味同心する連衆」のものになっていきます。有心無心の競詠とは、「有心」が和歌の風尚をもつ句のことを、「無心」とは俳諧的でやや軽みのある句のことで、それを狙って詠むことです。それを連衆がたのしむようになった。みんなが集まってたのしんだ。また、春秋の仏会祭礼という場を活用した花下連歌（地下連歌）が台頭して、その宗匠に善阿や救済が登場してきますと、連歌の座に参加することが個性を磨く手段ともなっていきました。連歌は民衆の文化学習の場になっていくのです。

こうして堂上連歌を代表する二条良基と地下連歌を代表する救済が連携するという劇的な出来事がおこります。そして『応安式目』と『菟玖波集』という画期的な連歌編集にとりくみます。ここに連歌は一躍にして和歌界をリードする文化になったのです。それにつれて連歌師によって一座をつくる動向がさかんになりました。――★16

張行●連歌一巻を巻くことを「一座を張行する」といいます。この一座は宗匠、書記役の執筆、連衆によって成立します。二条良基の『連理秘抄』には、「一座を張行せんと思はば、まづ時分を選び眺望を尋ぬべし。雪月の時、花木の砌、時に随ひて変る姿を見れば、心の内に動き、言葉も外に顕はるる也」とあります。そしてさっき言った「賦物」というお題が出るのです。

この張行プランはすべて連歌師が組み立てます。そこに格別の趣向がかかっていた。一座がつくられると、そこに連衆が集います。連歌で重要なことはその連衆たちが「付合」をするということにあります。付合は、前に詠んだ歌や句を次にこれに連ねて詠む者が、その風趣を引き取って詠むことです。五七五の「発句」を七七の「脇句」で受け、これを五七五の「第三句」に転じて、以下を七七の短句と五七五の長句を交互に挟んで付句をつらね、ついに百句百韻に及ぶ。

これがスタンダードになっています。つまり連歌は十数人あるいは数人で百韻を詠むのが基本のオーダーなのです。ただし百韻とただ詠めばいいというわけではない。そこにはかなり複雑で、美しいルールがある。

百韻を一巻として、懐紙（かいし）全紙を横に半折して折紙四枚に書きとめます。折紙は折目を下に一句を二行に分けてしたためる。そこで第一紙が「初折（しょおり）」となり、その表の右端に張行年月日と場所を細字一行でしるし、句は全紙の三分の二のあたりから書き始めます。表に八句、裏に十四句。第二紙が「二の折」で、表裏に各十四句ずつ、第三紙「三の折」も同じくし、第四紙を「名残（なごり）の折」とみて、表に十四句、名残裏に八句を綴ります。三の裏と名残の表には、特別に「見渡し」などというはなはだ綺麗な言いかたがついています。

その初折の第一の長句が「発句」、名残裏の八句目すなわち一巻の百句目が「挙句（あげく）」です。それで挙句の果て、一巻の終わりのお開きになる。こうしたことを連衆あるいは会衆とよばれるメンバーが集まって、頭役の世話のもと、宗匠と執筆（書記役）の指南と記録によって一巻を詠みあうのです。のちに亭主役が台頭し、張行主となりました。やがて宗匠が亭主をつとめることも多くなっていきます。――――★16

連歌は季節・色合・歌枕・名物・本歌などをつかって、
いま連衆たちが詠みあげていく言葉に
さまざまな「見立て」を投じていく編集技法でできあがっていたのでした。――★16

なかば咲く萩のその木は草葉かな（なかはさくはきのそのきはくさはかな）
菊の枝（え）も名は花萌えの茎（きくのえもなははなもえのくき）――源意（回文連歌）

歌の本来

二条良基は連歌と和歌とを区別して、連歌のもつ「当座の興」に光をあてた。心敬は和歌と連歌はひとつのものであるというほうへ深まっていった。「心」「詞」「姿」は和歌も連歌も同じく胸の内にあり、連歌が多くの人のネットワークによって成立しているにもかかわらず、そのような一つの胸の内をもちうるということに気がついた。心敬が発見したのはそのことだ。

しかしこれは、心敬が発見したことの前提にすぎない。一座建立された連歌の座でも、一首一首の和歌の心は失われないという中世のコモンズの心を指摘したにすぎない。心敬が『ささめごと』で問うたのは、もっと過激なものだった。いったい自分がこれまで詠んできた歌というものは、人生の戯れ事ではないと言い切れるのだろうかという痛烈な問いなのだ。「このさまざまの跡なし事も、朝の露、夕の雲の消えせぬ程のたはぶれ也」と書く。

心敬は歌の本来を問いたかったのである。――★30

西行、俊成、定家、長明、兼好の上に世阿弥の「数寄の幽玄」が深まっていきました。けれども世阿弥はこれを達しきらずに終わります。このとき、これをもう一歩進めたのが心敬でした。――★11

心敬●心敬は京都東山の十住心院にいた連歌師です。一応、権大僧都までのぼっているのですが、冷泉派の正徹(しょうてつ)に習った幽玄をもって道の理念とし、もっぱら数寄の心に遊ぼうとした。『新撰菟玖波(つくば)集』には一二三句も入っています。応仁の乱の東の総師になった細川勝元とも親交があり、つぶさに応仁の乱の行方を見つめた人でもある。しかし、そのような都の荒廃に愛想をつかし、晩年は関東に下って漂泊をつづけたのち、相模の大山山麓の庵で没しているような、つまり旅に死んだ連歌師でもあったわけです。――★11

無常の艶

心敬は「あはれ」は詠嘆にとどまるものではなく、さらに心に深く滲み入って、さらに意味をも深まらせると考えたのである。その意味の深みを心敬は「艶(えん)」と名付けた。まことに意外なコンセプトである。一番意味が深いところに、なんと「艶」があると言ってのけたのだ。いったい「艶」とは何か。それがいったいどうして無常とかかわるものなのか。「艶」はどうしてあはれでありうるのか。

そもそも「艶」は『古今集』真名序にもあるように、中国六朝の艶詞(えんし)の盛行をうけて日本に入ってきた詩歌のコンセプトで、そのころは浮華(ふか)な官能美を意味していた。それが貫之の『新撰和歌』序で「花実相兼」「玄の又玄」といった曰く言いがたいニュアンスに入り、壬生忠岑(みぶのただみね)の『和歌体十種』では「高情体」のニュアンスに進み、さらに『源氏物語』以降は、俊成や定家によってしみじみと余情に深まっていく感覚をさすようになっていた。それを心敬は一歩も二歩も極限にもっていきたかった。

たとえば『源氏』藤袴では「月隈(くま)なくさしあがりて、空のけしきも艶なるに」なのである。これはほのぼのとしている。『更級(さらしな)日記』でも「星の光だに見えず暗きに、うちしぐれつつ木の葉にかかる音のをかしきを、なかなかに艶にをかしき夜かな」なのだ。これを定家らが歌の姿の官能にまで運んだ。後鳥羽院はその定家の「詞、姿の艶にやさしさを本体とする」と評価した。心敬はそれをなんと、枯木や冬の凍てついた美や氷結の様子にさえあてはめようとしたのだった。そのため心敬はみずから難問をかかえるのだが、その直後、まさに「空・仮・中」の止観のごとく、「氷ばかり艶なるはなし」とずばり言ってのけるのだ。

この「氷ばかり艶なるはなし」は日本の中世美学の行き着いた究極の言葉である。ここまで簡潔で、かつ最も面倒な深奥の美意識を表現しきれた例はない。あの冷たい氷が一番に艶をもつ。心敬の艶

は「冷え寂び」の出現の瞬間だった。――★30

冷えさび●「冷えさび」の「さび」はワビ・サビのサビですが、ちゃんと書くと「寂び」と書きます。つまり、寂しい、寂寞、寂寥という感覚のことです。「冷えさび」はそうした寂しさの美のなかでも、最も突き進んだ「寂び」です。この「寂び」がやがて江戸時代に芭蕉のサビになっていく。――★19

結局、ぼくが心敬に惚れるのは「面影を負をもって詠む」という方法に惹かれてのことだった。――★30

痩せるも有心、冷えるも有心

心あらば今を眺め世冬の山
　紅葉もすこし散りのこる枝
　　木枯のときしもあらく吹きいでて
こほるばかりの水ぞすみぬる

打ちしほれ朝川わたる旅の袖
　棹のしづくもかかる舟みち

世の中や風の上なる野辺の露
　迷ひうかるる雲きりの山
　　啼く鳥の梢うしなふ日は暮れて

月にも恥ぢずのこる老が身
　吹く風の音はつれなき秋の空
　　むかへばやがて消ゆる浮き霧

これらはまさしく「うしなふものの寸前」を詠んでいる。その寸前だけを詠みたくて詠んでいる。あるいは「消へるものの直前」の、それでもなお消え残って残響している「にほひ」や「ひかり」を詠んでいる。ナッシングなのではない。ナッシング・ビーイングなのである。それが「むかへばやがて消ゆる浮き霧」なのだ。が、ここまではまだしも古今・新古今の和歌の風雅や余情の延長でも語れるものがあった。まだ余人を許さないというほどではない。それがこのあとの心敬においてはさらに冷えてくる。痩せてくる。枯れてくる。

それでは、『ささめごと』とその後における冷え寂びていく口調を、ぼくなりの順でつかまえておく。

まずは、この一節。「心詞(こころことば)すくなく痩せたる句のうちに秀逸はあるべし」からである。これは草稿なのだが、それがのちの決定稿では「心詞すくなく冷えたる句のうちに秀逸はあるべしとなり」というふうになる。なんと「痩せたる」が「冷えたる」に移っていくのだ。

ついでは、このことを言い換えて、「有心躰(うしんたい)とて心こもりたる躰、たけたかき躰とてさむくやせたる方をまなび」とのべて、「たけたかき躰」と「やせさむき躰」とを重ねてみせていく。こうなると、まったく余人には手が出ない。「たけたかき」（長高き）と「やせさむき」（痩寒き）は重ならない。のみならず、『老のくりごと』では「たけたかく、ひえほこり侍る」というふうに出していく。これらの微妙な変化さえ、集約すれば、すべからく「冷え」なのだというふうに断言していくのだった。

痩せるも有心、冷えるも有心。寒きも有心なのである。無心ではない。有心なのである。それにしても心敬は「冷える」ということをどんな意味でつかまえたかったのだろうか。次の歌を知らなくてはならない。

秋きては氷をむすぶ清水(しみず)かな

山深し心に落つる秋の水
日やうつる木下（このした）水のむらこほり
日を寒み水も衣（きぬ）きる氷かな
とちそひて月は入（い）るまの氷かな
下葉行くささ水寒き岩ねかな
氷りけり瀬々を千鳥のはしり水———★30

私は連歌と茶の湯が、「人」と「席」と「趣向」の相依相入をはたしたのだとおもう。これは連歌と茶の湯でモード編集のしくみがにているということにあたっている。———★20

草庵の茶の湯●たとえば、村田珠光（じゅこう）がはじめた草庵の茶の湯は、京都の下京の町衆たちに支持されて、それが各地の都市の町衆たちにも広がり、ついに堺の町衆のなかから千利休のような大成者が登場してくることになります。

これを「下京茶の湯」から「草庵の茶の湯」に進んだというふうにいいます。珠光があらわれるまでは、茶の湯は唐物を飾り立てた会所で行われる儀式的なものだったんです。それを珠光は会所のような大きな場所ではなく、庵（いおり）のような小さな空間で、和物の道具を使って行う茶の湯に変えていった。———★19

連歌は趣向の連鎖なのです。「おもかげ」を求めた「うつろい」の文芸なのです。前句と付句の付合で二句一連、その単位で「おもかげ」と「うつろい」を楽しむのです。

したがって文芸様式からみれば、連歌は一種の唱和体というスタイルとテイストに掛けた文芸です。ただし唱和体ではありますが、その唱和の仕方が凝っていた。たとえば連歌師の宗祇は「のきてつづく」と言いました。「のく」は退くことで、離れていく言葉や近寄らない一句の風情のことを言います。離れる句を放ちながら、次に続けていくのが名人宗祇のいう連歌でした。

連歌から茶の湯へ

このような連歌を連歌師が組み立てていったわけでした。武野紹鷗はその一部始終を心得ていた。そしてその仕組みを茶の湯に転じていった。一座をしつらえ、道具をつかった作法で、〝茶の連歌〟を進めていくようにした。このとき紹鷗が重視したことがありました。賦物のルールをうまく取りこもうとしたのです。

連歌には押韻がなく、韻字がありません。その代わりに賦物の約束がつくられていた。『八雲御抄』には「賦物は連句の韻に同じ」と書いている。韻のかわりに賦があったのです。賦とは「分かち配る」ということです。何を分かち配るのでしょうか。「好み」を分かち配るのです。その方法を紹鷗は茶の湯に転用したのです。

茶の湯も主客が心をつなげて「取り合わせ」をたのしみます。その日の季節や時間にあわせて趣向を用意する。床に掛物を掛け、その日の趣向を暗示する花を活けておく。一輪かもしれないし、花のない草かもしれません。釜も選びます。茶入や茶杓にも賦物の意向が忍ばせてある。やがて亭主があらわれて茶を点て、用意の茶碗を客に差し出すと、そこに一番の「好み」があらわれ、その茶席の数寄の感覚がどのような賦物で見立てであったのかが、忽然と見えてくるのです。

茶の湯は連歌師の趣向と作分を梳いて漉いて、透いていきながら主客の関係を上品にとりこんだものなのです。紹鷗が茶の湯に入ったのは、連歌の寄合と茶の湯の寄合が、「雑談(ぞうだん)と遊芸の文化」として地つづきに連続していたからでした。紹鷗にとって二つの遊芸はことごとく隣りあい、重なりあっていました。――★16

ふりかえってみると、侘茶の趣向の発見は日本人がいよいよ本気で「和」に踏みこむにあたっての、格別の趣向を手にした最初の事件だったかもしれません。――★16

月も雲間のなきは嫌にて候――金春禅鳳『禅鳳雑談』による村田珠光の言葉

この道の一大事は、和漢のさかいをまぎらかす事、肝要肝要――村田珠光『心の文』

武野紹鷗●武野紹鷗は堺の資産家の出身です。茶を習った五、六年は京都の室町四条に住みますが、天文六年（1537）には堺に戻っています。

当時の堺は一座建立を同じくする茶道具数寄の一大センターでした。『山上宗二記』には、「紹鷗三十まで連歌師なり。茶の湯を分別し名人になられたり」とあります。紹鷗は連歌師だったのです。三条西実隆から定家の『詠歌大概』を伝授され、享禄五年（1532）には剃髪して禅門に出入りしたこともわかっています。なぜ紹鷗のような連歌師が侘茶のスタイルの確立に大きな役割をはたしたのでしょうか。――★16

私は、紹鷗こそが今日の茶の湯の原型をつくった作分の張本人ではないかと推理しています。――★16

道行三百年

●近世

俳諧の企み

近松の情と無常

近松門左衛門は言葉の創成術において群を抜いていた。このことに、誰も異議をはさむまい。まず、例を出す。たとえば世の評判に辛口だった荻生徂徠にして、近松のすべてはこの一節に如実であると言ったのは、お初徳兵衛がいよいよ心中道行に入る『曾根崎心中』の終盤の道行文だった。

どういうものかということは読めば一目瞭然だから、二連ばかり引く。下之巻の冒頭である。

この世の名残り　夜も名残り
死ににゆく身をたとふれば
あだしが原の道の霜
一足づつに消えてゆく
夢の夢こそ　あはれなれ

あれ　数ふればあかつきの
七つの時が六つなりて
のこる一つが今生の
鐘のひびきの聞きをさめ
寂滅為楽とひびく也

近松を英語に移したドナルド・キーンは、これは日本語で綴られた最も美しい文だと言った。そうでもあろう。ここには、日本思想の根幹を滲ませてきた無常が波打っていて、さらに近松独自の「情」が潤んでいる。それもそのはず、近松自身が『難波土産』のなかで、「道行なんどの風景をのぶる文句も情をこむるを肝要」と述べて、この道行文にありったけの「情」をこめていたことを自ら証言した。――★17

日本にも近松門左衛門の浄瑠璃で有名になった「道行」という永遠の継続を願う思想があったものです。――★11

浄瑠璃●浄瑠璃は日本文芸ならびに日本芸能の最高峰のひとつである。加わるに語りを聞かせ、太棹が鳴り、人形遣いを見せるとなると、もはやこの峰を超えるものは他にない。おそらく頂点にある。

いや、能の謡いもあるではないか、声明もあるではないかというかもしれないが、これらの特色はすでに浄瑠璃の中にみんな入っている。いや、清元や新内や小唄があるではないかというのなら、これはとんでもないこと、先に浄瑠璃があり豊後節があって、それがしだいに清元・新内になり小唄になった。なんといっても浄瑠璃がすべての母なのだ。――★17

たしかに美しい。が、美文というだけではない。近松には構成の相待妙というものがあった。――★17

小さくなって日本になる

万葉時代は長歌も旋頭歌もあったのである。それがだんだん短くなって五七五七七の和歌として広い裾野をもったと思ったら、古今の時代には五七五七七ばかりになった。つぎは連歌や連句のように短いままの「つながり」に変じ、その次は五七五の発句の自立やカットアップである。こうして俳句や川柳が一挙に広まった。これはいったいどうしてなのか。

詩歌だけではない。着物の袖も短くなって小袖が定着し、部屋割りには小間がふえ、茶室は四畳半から三畳台目まで小さくなった。長巻物がへって冊子に代わり、長い刀剣も小ぶりになった。調度もだんだん小さくなっている。節約などではない。スタイルの変化なのだが、そこにはそのよう

にしたほうが「日本になる」という志向が動いていると思われた。——★32

西鶴阿蘭陀流

西鶴の俳諧はオランダ流と噂されていた。

最初は貞門風で、しばらくしてその煩瑣で平板な古風に飽いて、西山宗因の談林風に走った。さっそく寛文一三年（1673）六月には生玉南坊で百人をこえる俳人を集めて萬句俳諧を興行した。その自序に、西鶴らの新風が巷間、阿蘭陀流とよばれていたとある。さしずめ「あっちから風」というものだ。この阿蘭陀流の評判に味をしめたのか、その先を見せるつもりなのか、延宝五年になると、西鶴は生玉本覚寺で一日一夜、一六〇〇句の速吟を見せている。いわゆる矢数俳諧。指合見と執筆を前に、一分間に一句を作りつづけたことになる。

三年後、それでも満足がいかなかったらしい西鶴は、またまた生玉南坊において多数の宗匠を招じ、かつ役人だけでも五五人を依嘱して一日一夜、今度は四〇〇〇句を独吟してみせた。

のちの四三歳ころのことになるが、貞享元年にはなんと二五〇〇〇句を一晩で溢れさせた。超人的というのか、ばかばかしいというのか、異常を極めるというのか、ともかく西鶴はそういう市場的方法で何かの秘密を体で掴んでしまったのである。

そういう矢数俳諧をざっと読んでみると、人間の生活や行為にふれた句が多く、日常さまざまな

あさましさが繰り返し詠嘆されている。――★17

されぱここに談林の木あり梅の花――宗因

おもてにしない俳諧

松永貞徳（まつながていとく）は俳諧の初めの何句かに詠んではならない言葉のルールを、「名所・国、神祇・釈教・恋・無情、懐旧述懐、おもてにぞせぬ」と詠んでみせて、さすがに達人ぶりを発揮した。――★17

芭蕉の革命

あらためてふりかえってみると、芭蕉が成し遂げたことは、やっぱり貫之、定家、世阿弥、宗祇、契沖に続く「日本語計画」の大きな大きな切り出しだったというふうに、見えている。

各務支考『葛の松原』によると、「古池」の句の上五を「山吹や」としてはどうかと言ったのは、そこに居合わせた其角（きかく）だった。才気煥発の其角は、きっと古今集の「蛙なく井手の山吹ちりにけり花のさかりにあはましものを」あたりを思い出したのであろう。その「山吹や」によって、芭蕉の「飛ンだる」は、まず「飛びこむ」になった。けれども芭蕉は、それを含んでまた、上五を「古池や」に戻している。推敲とは「推（お）すか」「敲（たた）くか」ということであるが、芭蕉は実に、この「押して組まねば、引いて含んでみよ」を頻繁に試みたのだった。

『おくのほそ道』の切り出しには、発句の自立といった様式的なことも、いわゆる「さび」「しをり」「ほそみ」「かろみ」の発見ということも、高悟帰俗や高低自在といった編集哲学も、みんな含まれる。

では、なぜ芭蕉がそれをできたのかといえば、あの、時代の裂け目を象る江戸の俳諧群という団子レースから、芭蕉が透体脱落したからである。さっと抜け出たからである。

それは貫之が六歌仙から抜け出し、世阿弥が大和四座から抜け出したのに似て、その表意の意識はまことに高速で、その達意の覚悟はすこぶる周到だった。

けれども、なぜ芭蕉にそれができたのかが存分に納得できるには、芭蕉の俳諧人生がその切り出しまでにどのようなスレッシュホールドに達していたかを知る必要もある。

芭蕉翁という「翁」の呼び名がふさわしいにもかかわらず、意外にも芭蕉は五一歳の短い生涯だった。しかも本格的に俳諧にとりくんだのはやっと三十歳をこえてからのこと、宗匠として立机したときは、もう三四歳になっていた。——★17

芭蕉は計画したことをほぼ成し遂げた。
そして日本語に革命をもたらした。——★17

松のことは松に習へ、竹のことは竹に習へ——芭蕉

漢詩文の鐘の音

初期の芭蕉のことで言っておかなければならないのは、最初は漢詩文の調子を取り戻すことが重要だと見ていたということである。

さかのぼれば、漢詩文には日本の詩歌を刺激した鐘が鳴っている。道真だって源氏だって公任だって白楽天なのである。それを貞門や談林は忘れた。

日本文化というものは、大きくはやっぱり「和」をどのように創発させていったかということが眼目になるのだが、それはときどき「漢」との熾烈な交差を含んでいないと、ものにならなかったのである。芭蕉はそこが見えていた。

そういう判断のもと、しばらく芭蕉は次のような句ばかりを詠んでいた。

夜ル竊（ひそか）ニ虫は月下の栗を穿ツ
櫓の声波ヲうつて腸（はらわた）氷ル夜やなみだ

芭蕉がそういう凍てついた句を詠んでいたとしても、しかし大方は漢詩に滑稽を加えて俳諧としていた。これではやはり佶屈晦渋（きっくつかいじゅう）を免れないものになっていく。これでは漢から和へのトランジットもままならない。

たしかに俳諧とは、そもそもは滑稽という意味をもっている。けれども「俳諧が滑稽である」のでは、「ロックはビートである」と言っているのと同じようなもので、必ず行き詰まる。漢詩の気分を交ぜたのは、その打開策だった。ロックに和太鼓が入ってきたようなものだ。

しかしこのやりかたは、漢詩調や和太鼓調というものがあまりに際立つ性質をもっているので、かえって十全にこなせない。

そこをどうするか。それを早くも芭蕉は考えた。――★17

「滑稽」から「風雅」へ

延宝八年(1680)、芭蕉は江戸市中を離れて隅田川対岸の新開地・深川に移り住んだ。泊船堂である。これが最初の芭蕉庵になった。杉風(さんぷう)が世話をした。

このときから、芭蕉に画期的な転機が連打されたのである。それは俳諧全史を眺めわたしても、まさに乾坤一擲の転機だったろう。

この転機は、結論からいえば、芭蕉が西行を学んだことが大きかった。漢詩文の調子に西行の『山家集』を交ぜたのだ。「侘び」に気が付いたのだ。

ここに芭蕉の俳諧は「滑稽」から「風雅」のほうに転出していくことになる。「俳諧といへども風雅の一筋なれば、姿かたちいやしく作りなすべからず」(去来)なのである。「いやしく」しない。つまり、卑俗を離れたいと、芭蕉は決断したのだった。

のちに芭蕉は服部土芳に、こう言ったものだった。「乾坤の変は風雅の種なり」(『三冊子』)と。そして『笈の小文』に、こう書いたものだ。「西行の和歌における、宗祇の連歌における、雪舟の絵における、利休が茶における、その貫道するものは一なり」と。

まったく同じ延宝八年のこと、西鶴は大坂生玉神社で昼夜独吟四千句を興行してみせた。なんと上方の西鶴と江戸の芭蕉とは対照的だったことか。――★17

芭蕉が芭蕉になるのは『野ざらし紀行』からです。――★11

歌枕の旅『野ざらし紀行』

貞享元年(1684)八月、芭蕉は初めての旅に出る。「野ざらしを心に風のしむ身かな」と詠んで、能因・西行、さらには杜甫を胸に秘め、東海道の西の歌枕をたずねた。

この「野ざらしを」の句は最初の芭蕉秀句であろう。これも、いよいよ「和」の位をとったのだ。『野ざらし紀行』(甲子吟行)では「貞享甲子秋八月、江上の破屋を出づるほど、風の声そぞろ寒げ也」と綴って、この句を添えている。

この句はよほどの自信作であったろう。「野ざらしを心に」「心に風の」「風のしむ身かな」というふうに、句意と言葉と律動がぴったりとつながっている。

しかも、そこに「野ざらし」というマイナスの生のオブジェがはたらいた。マイナスの生がはたらいたということは、定家や西行の方法を俳諧にできそうになってきたということである。

この句において、芭蕉は自分がはっきりと位をとったことが見えたにちがいない。けっして奢ることのない人ではあったけれど、この「負の自信」ともいうべきは、芭蕉をいよいよ駆動させたはずである。――★17

知覚と表現のあいだにはあきらかに一本の線がある。
それなのにわれわれは、この「あいだ」を安易に連続して見すぎている。――★17

芭蕉のサビ●そもそもサビの極致を表現できた芭蕉その人がサビについてはろくな解説をしていない。おそらく故意に避けたのでしょう。

わずかに『去来抄』に「さびは句の色なり。閑寂なるをいふにあらず」という去来の言葉があり、去来の「花守や白き頭をつき合せ」という句を芭蕉が「さび色よくあらはれ」と言ったとか、『野ざらし紀行』に雅良との付合で「われもさびよ梅よりおくの藪椿」と詠んでいるとか、そんな程度です。

しかし、芭蕉がサビとは何々のことだと説明していなくとも、時代ははっきりとワビだけではすまなくなっていたのです。オゴリと合体してしまったワビを越えるには、もうひとつ新たな境地をつくりだすことが求められたのです。

芭蕉以前、新たな境地をつくるその方法の一端は、大名茶人の古田織部の〃ひょうげもの〃の感覚による大胆で歪んだ「新鮮の意匠」として試みられ、ついで小堀遠州の「開放の意匠」にひらきます。これらは後世「綺麗サビ」と称され、この二人を受けた茶匠の金森宗和の「姫サビ」とも並んで過渡期のサビを表現します。風月を友とする方法は、いよいよ一人一人の創意工夫の段階に入ってきたのです。——★11

融通と「あはひ」

行く春や鳥啼き魚の目は泪

千住の渡しにかかって舟を前にした芭蕉が詠んだこの有名すぎる句は、私の好みではない。が、こんな句を詠もうとしたとして、さてどう詠むかと考えてみると、これはこれでたいへん微妙にできていることがわかる。「行く春」という季節があり、一方で鳥が啼き、他方で魚が見えている。それらが「や」と「は」だけでつながっている。「行く春を啼く鳥の魚の目に惜しむ」なんかではダメなのである。むろん「魚の目に泪」では一巻の終わりだ。

こういう句のできかたを「ぴたりと決まっている」などと見てはいけない。そうではなく、この言葉のつかいかたでやっと「融通がきいた」とみるべきなのだ。「融通がきいた」とは句のアーティキュレーションに「あはひ」が入ったということである。——★13

「あはひ」は合間という意味である。だが、たんなる合間ではなく、淡い合間のこと、まさにトワイライトな合間のことだ。だから、これをつなぐものも「や」や「かな」などのわずかなものがいいということになる。俳人は、その多くがトワイライト・シーンに賭けたのである。——★13

良寛の三千大千世界

僕のこの良寛談義はたった一首の歌から始まり、その一首の歌で終わります。なぜならば、僕はそのひとつの歌に入ったまま、そこから出ていくことができないのです。それは、次の歌です。

淡雪の中にたちたる三千大千世界(みちあふち)　またその中にあわ雪ぞ降る

さきほどから淡雪がちらちらと降っているという情景です。越後の淡雪はもともとは沫雪とも綴って固まらない雪です。それを良寛は手を休めてずっと眺めている。とめどもなく舞いつづける淡雪を見ていると、なにもかもがその乱舞の中に入ってしまうように思えます。ふと立ち上がって、小さな軒先から空を見上げると、大空は明るいわけでも暗いわけでもないような不思議な色を天に向かって広げている。その奥行のすべてを天蓋にして、雪はいかにも自由に舞っている。

眼前の山川草木はその淡雪の乱舞にすっぽりと包まれていて、どんな形の木々があろうと、雪はその動きを変えようとしない。良寛はその舞いつづける淡雪という大世界の中の小世界の、そのまた小さい世界の片隅にいます。そこで良寛に名状しがたい感慨が押し寄せてくる。あらゆるものが融通無礙に溶けあって、なにもかもが三千大千世界の雪の裡にある……。そんな歌です。

この歌は「三千大千世界（さんぜんだいせんせかい）」という仏教用語を「みちあふち」と訓ませ、その巨大な器世間が淡雪と戯れながらも、淡雪の一寸四方の舞い散る姿の中にもまた三千大千世界が見えてくるという、たいへん柔らかな相乗感覚を伝える歌ですが、ここでは降る淡雪と見る良寛がひとつになって舞いあっているのです。しかし、それだけではない。なんと三千大千世界たちも一つ、二つ、三つ、四つと舞っているのです。

降る雪を見ていると、あたかも雪女に誘われるようにその中に入っていってしまう感覚に襲われるのは、誰もが体験するところです。

けれども、そこに「幾粒の三千大千世界」を見たということはない。そして、そこで一緒になって区別がつかなくなるということもない。そこが良寛の歌のすばらしいところです。

僕が語りたい良寛は、この良寛です。――★07

一番書いておきたいことは、無常の速さをどこで見るかということである。――★17

寸前と直後

良寛が、三千大千世界の一点が全点となり、全拠が一隅になるようなめくるめく関係を、それらの旋回曲折のうちに眺めているというのは、むろん雪の日だけのことではなかった。おそらく全生涯全日にわたって、日がな終日(ひねもす)、そういう無常旋転を感じていた。

しかし、その無常迅速・無常旋転を、どこで見るか。外ではない。中でもない。すれすれに無常の活動とともに、見る。そこが良寛だったのである。

良寛には若いころから激しい無常感があった。「無常　信(まこと)に迅速　刹那刹那に移る」の詩句もある。良寛はどんな片々(へんぺん)の動向にも「永遠と瞬時の交代」を見た。

このような見方は良寛が最後の最後まで貫いた見方であって、そこには、どんなときにも「寸前と直後」を決して切り離さないという見方が躍如していた。

これは、書においては良寛の書が「手前の書」「渦中の書」「事後の書」に放埒されていることにあらわれ、漢詩や和歌にあっては、光景の前後や消息の前後をこそ詠じるという特徴にあらわれる。良寛は俳句も作っているのだか、この感覚の表現は俳句にもあらわれた。たとえば、「風鈴や竹を去ること二三尺」。このメトリック、このディマケーションなのだ。——★17

無常迅速●良寛にとっての無常は外観に吹き荒れる動向です。その動向はもちろん自分にもさしかかっているのですが、それはどちらかといえば一般的な人生の姿にすぎません。ただ良寛は「無常まことに迅速、刹那刹那に移る」ということを告示したかった。それにしても「無常迅速」とは良寛らしい言葉です。そして、ここで大事なことは、良寛が染まっているのは無常そのものというより、実は「無常迅速」ということだったという点です。ちなみに仏教者がしばしば使う「無常迅速」は徳本行者の歌にも見えていて、それはそれで僕の惹かれるところです。こういう歌です。なにごとも無常迅速あみだ仏とふよりほかはたのみなき身ぞ——★07

良寛は書くことで、書くことを捨てている人です。——★07

良寛の音、道元の音

良寛の詩にはときおり「知音（ちいん）」という言葉が出てくるのですが、良寛は音に対してかなり敏感な人だったと思われます。アコースティック（聴覚的）な回路に対する関心が絶妙に研ぎ澄まされていたなという感じがあります。

では、「冬」と「音」はどのように結びついているのか。その二つが結びつくような感覚の奥にあって共通しているのは、おそらく「心身脱落」また「透体脱落」という感覚です。

禅の修行に見られる冬を布一枚ですごすような体験、または瀧行や水ごり、若水汲み、お水取りなど、日本の宗教的な空間を考えるとき、そこにはつねに「冷たさ」に対する一種独特の清冽が底辺に流れています。これは年の始めが冬であること、また日本人が「禊」の習慣をもっていること、この二点に深く関係しています。

そもそも「禊」には若水が必要なのですが、これは深夜あるいは明け方の午前三時から四時ごろの井戸水を汲む。冬なら凍てついた水です。僕はお寺に泊まったり、その近所に泊まって行事に参加するときは、たいていこの若水取りを見に行きます。とても身がひきしまる。水を汲むとき、世界は静寂を破って水音だけになるのです。すると心身ともに峻厳になり、耳の底が異常に冴えてくる。そういう感覚と道元のいう「透体脱落」の感覚、そして冬に耳を澄ますという感覚には、それぞれのつながりを感じます。

道元の透体脱落も耳や音にダイレクトにつながっています。道元には『傘松道詠』という歌集がありますが、そこに「鏡清雨滴声」という題の二首の歌がある。

聞くままにまた心なき身にしあれば　をのれなりけり軒の玉水
声つから耳にきこゆる時しれば　我友ならぬかたらひぞなき

「鏡清雨滴声」というのは『碧巌録（へきがんろく）』の中にある禅話で、鏡清が「門の外に聞こえるのは何の音かな」と尋ねたところ、僧の一人が「雨だれの音です」と答える。そうすると、鏡清が「それはものの見方がひっくりかえっている」と言う。難しい公案のようなものですが、ようするに「門外の音」を自分の面門の外においてしまっていることを衝いた話です。

しかし、道元はこの程度ではおさまらない。いったん自己と雨だれは主客をすばやく入れ替え、一心に雨だれを聞くというその一心も消えて、そのうえでただただ雨が降りつづけているという世界があるばかり、そこを道元を提示したのです。「をのれなりけり」と「軒の玉水」は、そのように響きあっている。

良寛も「ただ聞く枕上、夜雨の声」と詠みました。まさに「冬」と「音」に耳を澄ませている七言絶句です。

冬夜長し　冬夜長し

冬夜悠々　何れの時か明けん
燈に焔なく　爐に炭なし
只聞く　枕上　夜雨の声

人に頼って生きてきた自分にもたまには旧友の訪れはある。でもその友とできることは、ただ枕を並べて五合庵で虫の声を聞くことだけだという五言もあります。

草堂ただ壁立す
人に傍って余生を送る
たまたま旧友の到るところあり
枕を並べて虫声を聞く

「ただ聞く枕上、夜雨の声」とは、まさしく道元の「をのれなりけり軒の玉水」そのものです。道元は『正法眼蔵』の中の有名な現成公案で、「身心を挙して色を見取し、身心を挙して声を聴するに、親しく会取すれども、鏡に影を宿すがごとくにあらず、水と月のごとくにあらず。一方を証するときは一方はくらし」と綴っています。そして「聞法」ということを強調する。

道元のいう「聞法」は、音になる前の音を聞くということです。また無情説法では「父母未生以前の音を聞け、威音(いおん)以前の音を聞け」とも書いている。未生(みしょう)以前ということは、生成こそが思想の大前提だと考えるギリシア・ローマ型の思想、オリゲネスに始まりヘーゲルに及んだヨーロッパ型の思想にとってはとんでもない発想ですが、そこを道元は断然として分け入っていく。そして「身先心後の聞法あるなり」と声を高めていくのです。身心脱落して、自他以前の端緒に音を聞くということです。『正法眼蔵』の山水経では、これらをひとまとめに一言「空劫(くうごう)以前の消息」とよんでいます。

――★07

この「空劫以前の消息」は途方もない未然です。いわれわれの容易に関知できることではありません。しかし、良寛もその意図をつねにもっていたように思われる。できるかできないかではない、そこへ向かいたいか、向かおうとするかということです。――★07

「つつ」

良寛の詩歌には「つつ」という言葉がたびたび出てきます。まず一例をあげます。「手毬つきつつ今日も暮らしつ」という誰もが知っている有名な歌です。

霞立つ長き春日を子供らと　手まりつきつつ今日もくらしつ

手毬をつきつつ今日も暮らしているというのは、単に手毬をついて今日も暮らしているということとちがいます。手毬をつくことが「つつ」で強調されている。手毬をついていることが暮らしに大きくかぶさっているわけです。しかもそこにはかなり積極的なずれもある。ずれて反復するものがある。たとえば、われわれが「飯を食べつつ今日も暮らしている」とか「自動車乗りつつ今日も暮らしつ」というと変な感じになり、うまく「つつ」がつながらない。良寛の「手毬つきつつ」は独特です。

もともと「つつ」はなにかをしながら他のなにかをしているということなのに、良寛の場合、AをしていてBをしているという関係が内側で近寄ってきています。そういう「つつ」の世界が良寛にある。「つつ」には時間的に前後があるのですが、空間的にそれらが同居しています。

もう少し微妙なことをいえば、この「つつ」は、「つ」ときて、また「つ」とあって、しかも二つの「つ」は同じ「つ」ではない。これはまさに良寛の書の点画を連想させるものです。

「つつ」はリズムの同期です。

そもそも良寛が詩歌を詠むことを選んだことが、音やリズムに関心をもっていた証拠です。良寛は禅僧への道を歩んだにもかかわらず、はっきりいってしまえば文芸の道による「禅を表現する方」へ方向転換した人です。そこには禅のもっている独自のリズム感を文芸にもちこみたいという意図もあったかもしれません。

そうすると、やがて和歌のリズムと禅のリズムが重なってくる。さらにそこに自分の「内なるリズム」が蘇る。手毬のリズムも加わってくる。万葉や古今や新古今のリズムからも何らかのヒントが与えられる。いろいろおもしろいことがおこってきたにちがいないのです。——★07

良寛の語感の言葉のリズムはまさに万葉的です。が、もっといえば万葉以前の、良寛が読んだか読まないかはわかりませんが、『古事記』や『祝詞』、あるいは古代歌謡のようなものを感じます。僕はそこに日本の「つつ」のルーツをとらえます。——★07

せつない良寛

良寛は強がりが大嫌いで、威張っている者をほったらかしにした。引きこもりも嫌いだった。そういうときは古き時代のことに耽るか、野に出て薺（なずな）を摘んだほうがいいと決めていた。

ものおもひすべなき時は　うち出でて
古野に生ふる薺をぞ摘む

かくて良寛はどんなときも、一番「せつないこと」だけを表現し、語りあおうとした。「せつない」とは古語では、人や物を大切に思うということなのである。そのために、そのことが悲しくも淋しくも恋しくもなることなのだ。それで、やるせなくもなる。

しかし、切実を切り出さずして、何が思想であろうか。切実に向わずして、何が生活であろうか。切実に突入することがなくて、何が恋情であろうか。――――★17

切実を引き受けずして、いったい何が編集であろうか。――――★17

古今をまたぐ「ありどころ」

凧きのふの空のありどころ――――蕪村

わが半生の仕事でめざしてきたものがあるとしたら、この一句に終始するというほど好きな句だ。ぼくの編集人生はこの句に参って、この句に詣でてきたといっていい。

正月の凧を見ていると一日前の空に揚っていた凧のことを思い出したとか、去年の大晦日や正月のことを思い出したとか、「きのうの空も寸分違わずこのとおりであった」などという句ではない。

蕪村は凧の舞う空の一隅に「きのふの空」という当体を「ありどころ」として掴まえたのである。不確実だが、これが蕪村が掴まえた「ありどころ」だった。空を仰いだところに「きのふの空」などあるはずないのだけれど、一点の凧のような何かがそこにちらちら動向していれば、そこから古今をまたぐ「ありどころ」にまで及べたのである。

蕪村はこの及び方に徹した。及び方は大きくも小さくもなり、「あたり」にも「ほとり」にもなった。「雨の萩山は動かぬ姿かな」「さみだれや大河を前に家二軒」というふうにぐんと巨きくもなれば、「うぐひすの二声耳のほとりかな」「蘭の香や菊よりくらきほとりより」というふうに手のひらや耳たぶのそばのようなサイズにもなる。――★29

寂として客の絶間の牡丹かな

散りてのちおもかげにたつ牡丹かな――蕪村

「言ひおほせて何かある」

蕪村は覚悟して芭蕉を継承し、芭蕉の二つのヒントを正面に掲げることにした。ヒントは一に「言ひおほせて何かある」、二に「高くこころを悟りて俗に帰るべし」である。

一の「言ひおほせて何かある」は、表現できたからといってそれでどうしたの、何かをまっとうしたのという問いだ。世の中の作家やライターやクリエイターやアーティストは、何かをつくってタイトルや値札をつけると、それで何かが表現できたと思っているようだが、そんなわけがない。表現というものは、そんなものじゃない。言ひおほせて何かある?

そんなもんじゃないとしたら、どうするか。蕪村は芭蕉に倣って、二の「高くこころを悟りて俗に帰るべし」を肝に銘ずる。表現するなら高きを知って俗に降りてきなさい。高みをめざすとは何かということはいろいろ説明があろうけれど、ここではそこは問わない。ともかくも高みや深みに行きなさい。心や志しはそうしなさい。そのうえで、そこから俗を纏って降りてきてみなさいと教えたのである。

自問自答する「言ひおほせて何かある」から自高自俗する「高くこころを悟りて俗に帰るべし」へ。芭蕉は晩年になってそこを「しをり」や「ほそみ」にまで絞ったが、蕪村はそうした方法をまるごと踏襲することにした。踏襲して広げていった。――――★29

一茶の大小

一茶は海外の力が日本に及んでくる情報にも耳をそばだてた。ぼんやりなどしていない。たとえば文化元年(1804)に、ロシア使節のレザノフが長崎に威容を着岸したビッグニュースが江戸に聞こえてきた。それを一茶は次のように詠んでいる。「春風の国にあやかれおろしや舟」「日本の年がおしいかおろしや人」「梅が香やおろしやを這はす御代にあふ」。俳句というより情報を織りこんだクリティックであり、ロシアに対して日本国の在り方を象徴的に問うているようなところがある。ロシア人に痛烈な文句さえつけている。こういう一茶は小動物を見守る一茶ではなくて、窮鼠、猫を噛むなのである。

さらに一茶を知らぬ者にはもっと意外だろうと思われるのは、「日本」を詠んだ句が多いということだ。それだけでなく「神国」や「君が代」を冠した句もかなりある。

君が世や風おさまりて山ねむる
桜さく大日本ぞ大日本
神国は五器を洗ふも祭りかな

まさに日本論。神国論である。このように、一茶は決してのほほんとした俳人ではなかったのである。むしろ逆に「蝿」も「日本」も同じサイズで観察できた俳人だった。ぼくはそのように見えている。たとえばの話、「これからは大日本と柳かな」「日本の外ケ浜まで落穂かな」「日の本や天長地久虎が雨」といったやけに大きな句は、実のところは「足元へいつ来りしよかたつむり」「寝姿の蝿追ふ今日が限りかな」「こころから信濃の雪に降られけり」などと同寸なのだ。――★17

虚実の南北

江戸中村座。文政八年(1825)の初演だった。『仮名手本忠臣蔵』と『東海道四谷怪談』が二日間にわたって入れ子に上演された。

二つの狂言は「実」と「虚」が互いに犯しあい、ひっくりかえりながら姦通しあっていた。いわば「鋳型」と「逆鋳型」の関係になっていた。これはヨーロッパの演劇史や近代演劇の観点からいえば、とんでもないリバースモールドな上演趣向だった。

二つをまたぐのは「義」の解釈である。『忠臣蔵』は御存知四七人の義士討入りの芝居になっている。その忠臣に入らなかった、あるいは入れなかった者が何人もいた。これを当時は義士に対して不義士といった。芝居の『忠臣蔵』では五段目「山崎街道」の斧定九郎と早野勘平が不義士にあたる。その不義士の一人であった民谷(たみや)伊右衛門という男を、『忠臣蔵』の〝外〟に引っ張り出してフィクショナルにフィーチャーし、これを名うての色悪(いろあく)に仕立てあげ、筋書きは四谷左門町につたわるお岩伝説を下敷きに、鶴屋南北は生世話の最高傑作『四谷怪談』を書いたのである。七一歳のときだった。

もともと『仮名手本忠臣蔵』は高師直(吉良上野介)が塩冶判官(浅野内匠頭)の妻の顔世(かおよ)に横恋慕して、これをにべなく拒否されるところが表の仕掛けの前提になっている。邪恋と拒絶が芝居の忠臣蔵のプロローグ・モチーフなのである。

南北はこの地上の「実」の出来事(表)を、地下の「虚」の出来事(裏)に照応させて、伊右衛門のお岩に対する邪険をモチーフに、表に出るところは伊右衛門が塩冶家の御用金を横領していた犯人であったというような〝でっぱり〟をいくつか作り、これらの虚実を巧みにつないでみせた。つまり、伊右衛門が忠臣蔵世界の悪を背負ったマレビトになったという仕立てこそが、南北の作劇の逆鋳型となったのである。――★17

これでおおかた見当がつくように、伊右衛門は、赤穂から東海道を江戸に向かってやってきた忠臣蔵を脱した異人（マレビト）だったのである。――★17

歌う国学

国学の原点

そもそも国学の原点や宣長の原点がどこから始まっているかといえば、契沖がその嚆矢を放ちました。宣長は師の堀景山に示唆されて契沖の『万葉代匠記』を読み、ここで最初のパラダイム・チェンジをおこしたのです。宣長がいなければ契沖を深く読むことができなかったし、契沖がいなければ国学はおこっていなかったといえるでしょう。

契沖は武家の出身で、出家して空海を慕う真言の求道僧となった。学僧です。そのため高野山で修行して、大阪生玉の曼荼羅院の住持になった。ただし、ありきたりな寺院生活に不満をおぼえて出奔すると、室生山で死のうとしたり、山村に隠棲したりしています。けれどもそのあいだ、つねに古典研究をしつづけた。その探究領域はすこぶる広く、和歌・歌論・源氏の研究から悉曇学・五十音図・発音論におよんでいます。契沖はそのような斬新を極めて、因習的な和歌の見方や国語の見方には決して与しなかったのです。

たとえば、徳川光圀に請われて万葉注釈をしていた下河辺長流が病気になったので、頼まれてそのバトンタッチを引き受けたのが契沖の代表作の『万葉代匠記』なのですが（だから「代匠」と表題した）、光圀が出仕をもちだすと、契沖はこれを固辞して、生涯を孤高におくります。契沖は「俗中の真」を求めた秋霜烈日の人、まさに無我無私の人でもあったのです。この契沖の研究態度に、のちの国学のすべてがアーキタイプを発見していったのです。

もうひとつ注意を促しておきたいことがあります。長流や契沖が武士の出身であったことが（契沖の家は加藤清正の遺臣だった）、国学準備の背景になっているということです。この時期の武士は宮本武蔵や由井正雪や丸橋忠弥がそうであったように、たとえ「武の魂」を求めても、それをもはや戦場に生かすことにできなくなっていました。そこで、それを内面に求めるようになっていきます。この「武の魂」が剣術や剣法に向っていったのが、宮本武蔵や柳生但馬守（たじまのかみ）や山本常朝の『葉隠』です。一方、「歌の魂」や「文の魂」に向って昇華していったのが、長流や契沖だったのです。——★16

きのふまで何とはなくて思ふことけふさだまりぬ恋のひとつに——契沖

契沖・春満・宗武●契沖には早くから「本朝は神国なり」とか「上古は神の治め給ふ国」という皇道的思想の萌芽があらわれていました。それを「神道」として歌学の中央に浮上させた研究者がいました。荷田春満（かだのあずままろ）です。

春満は伏見稲荷の祀官家の出身で、当然のことながら神祇をもって歌学にあたり、古語をもって精神教化にあたろうとした。その熱情にはただならぬものがあり、一種の国学の学校を起草した『創国学校啓』には、「神皇之教」「国家之学」という言葉がしばしばつかわれています。この学校は幕府に願いを出て許可もされ、東山の一隅に卜するまで計画が進んだのですが、あと一歩のところで病没のため実現しなかったものです。

春満の学は、甥で養子ともなった荷田在満に受け継がれます。その在満に声をかけたパトロンがいました。徳川吉宗の子の田安宗武です。宗武は古典を好み、有職故実に明るく、なんとか和学を復興させたいと考えていた。そこで在満に和学御用を務めるように命じます。

在満は自分は有職故実は専門にしたけれど、歌のことはよく存じませんと遠慮したのですが、宗武の切望に押され、それで書いたのが『国歌八論』になります。ところが、それが波紋を呼んだのです。国学はここで新しいステージに突入します。

宗武は在満の『国歌八論』が気にいらなかったのです。在満は歌源・翫歌・択歌・避詞・正過・官家・古学・準則の八項目をたて、それぞれで歌の役割を論じたのですが、その主張は、歌というものは六芸（礼・楽・射・御・書・数）とはちがって、天下の政務にはなんらあずからないもので、日用常行の助けにもならない。むしろ詞華言葉の翫びをこそ美とするので、それには上古の質朴な古語にこだわらずに、古今以降の優美な雅語によって風姿流麗な風体を深めればいいとしたのです。

万葉批判と美学主義にどっぷりはまった歌論でした。この主張は宗武を憤らせ、宗武自身に『国歌八論余言』を書かせるにいたります。こうして宗武はこれを賀茂真淵に提示して、その意見を求めました。これが国学運動史における最も大きなターニングポイントとなったのです。

――★16

真淵の「わりなきねがい」

荷田春満の門に、遠州の諏訪神社神官の杉浦国頭と五社神社の森暉昌という二人がいます。この二人に、同じく遠州浜松の賀茂真淵が出会います。国頭はすでに浜松の国学サロンの中心にいた人物で、春満の教えにしたがって「真心もて思をのみ述べる歌風」を育てています。真淵はその歌風の奥に没入していった。遠州国学の芳醇がここに発しました。

この真淵に田安宗武が『国歌八論余言』を示したのです。真淵をそれを読んで『国歌八論余言拾遺』を書き、そのまま在満の後任として和学御用を担当し、田安家に十五年にわたって出仕します。

真淵の所見はどういうものだったかというと、和歌の政教的意義についても、古歌や古語を重視することにおいても、おおむね宗武の見解を認めるものではあったのですが、ひとつ決定的なちがいがあったのです。それは宗武では朱子学的な「理」がなお強く残響していたのに対して、真淵では

「理」では解けないものがあるとしていたことです。朱子に対する陸象山の心学の批判に似たものが、ここにはあります。

真淵はどう考えたのか。真淵の学は「わりなきねがい」に発しようとしていたのです。

歌は「ことわり」ではなく「わりなきねがい」として生まれたもので、そこには治めようとしても治めきれない人の心があるとしたのです。「わりなき」とは「割りなき」で、「ことわり」が「言(こと)・割り」であることを前提にした見方です。まさにヨーロッパ的二分法を拒否した方法です。——★16

割れないものがある、割り切れないものがある、
分割しちゃいけない情報というものがある。——★16

「阿波礼(あはれ)」の詠嘆

もともと真淵は、新古今よりも古今を、七五調の古今よりも五七調の万葉を偏愛していた。その真淵が契沖の『万葉代匠記』に接したのが四一歳前後のときです。強い衝撃をうけて『冠辞考(かんじこう)』『万葉解』『万葉新採百首解』を、そして『万葉考』を著します。

そこに追求されたのは、集約すれば「まごころ」「まこと」「ますらをぶり」です。「ますらを」とは大丈夫と綴るもので、われわれもいまなお「大丈夫ですか」「大丈夫だよ」と言いあっている、その大丈夫です。その大丈夫の心底を真淵は考えた。それは万葉に戻れ、古代に戻れという叫びでした。

こうして真淵が到達した心境は、『にひまなび』と『国意考』にあらわれます。そこには、「おのがじし得たるまにまになるものの、つらぬくに高く直きこころをもてす」という直覚が貫かれて、その「高き直きこころ」には「ひたぶるに、なほくなむありける」という心情が傾倒されました。その新しい学びの到達点で見極められたのが、「阿波礼(あはれ)」の詠嘆なのです。

この万葉に学んだ真淵の「直き心」には対決すべきものがありました。それこそは「からごころ」というものでした。真淵は古言を求め、その奥に「直き心」を認めたのですから、異国の儒仏による言葉は排除されるべきものだったのです。『国意考』はその「からごころ」と対決するために、文意・歌意・語意・書意の上位にかぶるものとしての著作になっているのです。――★16

真淵は日本の面影にひそむ「あはれ」を感じるには、「からごころ」に惑わされない国意が必要だと考えたのです。――★16

善悪にあづからぬもの

本居宣長が約四十年をかけた大著『古事記伝』には、巻一の末尾に「直毘霊(なおびのたま)」という序がついています。「道といふことの論(あげつら)ひなり」という副題がつきます。

これは一言でいえば儒学批判にあたっています。この儒学批判こそは、のちに宣長が漢意(からごころ)を離れて古意(いにしえごころ)に投企していく最大の契機となったものです。が、このときはそこまで徹底していません。

それで平気だったのです。なぜなら宣長は漢語漢文を離れれば、それで古道に入れると決断するまでに、ある意味ではもっと重要な歌の本質や物語の本質についての用意周到な思索を練り上げて、それからの投企を実現するほうに向えるという方法的な自信があったからです。

たとえば、物語の本質には「儒仏にいう善悪にあづからぬものがある」というような洞察は、当時も今もびっくりするほどの洞察であって、こういう圧倒的な前提を積み重ねていたことが、『古事記伝』を不朽の記述にまで高める（深める）だろうことを予知していたからでした。――★16

歌の本体、政治をたすくるためにもあらず。身をおさむる為にもあらず。たゞ心に思ふことをいふより外なし。只その意にしたがふてよむが歌の道なり。――本居宣長『排蘆小船』

意味の初源へ

宣長が生涯を通して迫ろうとしたのは「いにしえごころ」というものです。「古意」と綴ります。それに対してその古意を失わさせるもの、それが「からごころ」です。「漢意」と綴る。

漢意といっても、必ずしも中国趣味とかシノワズリーということではありません。唐物数寄でもない。宣長は『玉勝間』に、こう書いています、「漢意とは、漢国のふりを好み、かの国をたふとぶのみをいふにあらず、大かた世の人の、万の事の善悪是非を論ひ、物の理をさだめいふたぐひ、すべてみな漢籍の趣なるをいふ也」と。多くの日本人は中国のことを引き合いに出しては、それをものごとを考える基準にしているけれど、その日本人の中途半端な編集の仕方が「からごころ」というものだと言っているわけです。

宣長は、世界に通用するような原理やどこにでも適用したくなるような普遍的な原則などをつかって思考したり説得するようなことは、思想の力とは認めたくないと言っている、そう理解してみることです。

では、宣長はどうしたいのか。宣長は和歌や古典の物語に日本人の思考の本来があるはずだと考えます。そこで歌論の『排蘆小船』を出発点にして『源氏物語』を研究しながら、「もののあはれ」という心情が発動していることを発見しました。宣長がいう「あはれ」とは、「見るもの聞くことなすわざにふれて、情の深く感ずる事」というものです。

この、「わざ」にふれて「こころ」が感ずるというところが宣長らしい図抜けた特色で、ここでいう「わざ」は歴史や文化の奥にひそんでいる情報を動かす方法のこと、またその方法を言い当てている言葉をしだいに実感しながら、それを使うことです。

使ってどうするのか。ふつうなら、そこで文芸に向かうとか、何かを表現することに向かうにちがいないでしょう。けれども宣長はそうしない。だいたい宣長は和歌を詠んでもヘタクソでした。

そういう文芸的表現では自分の思索や感情をあらわすことはできなかった。贔屓目にみてもそういう才能はなかった。では、どうするかというと、そのまま歴史の奥のほうへ、言葉のもつ意味の初源のほうへ降りていくのです。――★16

松坂の一夜●宝暦十三年(1763)、五月二五日、宣長は伊勢松坂日野の旅館「新上屋」で憧れの真淵に出会います。二人は託宣ともいうべきメッセージを交わします。「からごころを清く離れよ」というものです。宣長三四歳、真淵六七歳。

宝暦十三年は、宣長が真淵とまみえたというだけでなく、その一か月後に宣長が『紫文要領』と『石上私淑言』を書き上げたことでも、また翌明和元年の二月には『源氏物語和歌抄』を、さらにはその年中についに『古事記伝』の筆を起こしたことでも特筆されます。

ひるがえって宣長が松坂に戻って医事を開業したのは、真淵の『冠辞考』を読んだ宝暦七年のこと、二七歳のときです。すでに堀景山に入門して契沖を教えられ、和歌も古典も学びはじめていましたが、真淵の一書を手にするまでは素人同然だったでしょう。

それが真淵を読んだ翌年からは、宣長は源氏を、古今を、伊勢を、土佐日記を、百人一首を講じはじめた。真淵が「すべては源氏ですよ」と言ったからでもあります。それがすべての起爆となったのです。――★16

人の情の感ずること、恋にまさるはなし。――本居宣長『源氏物語玉の小櫛』

『源氏』が「もの」を「あはれ」とみなしていることを見破ったのは、なんといっても本居宣長でした。――★18

『源氏』の病

宣長は賀茂真淵に『源氏』の根本力を強く示唆されたのですが、師の解釈力をはるかにこえた見方を打ち立てます。

宣長は、『源氏』にはしばしば病いにかかった者たちのことが書かれているが、たいていは医者のことよりも験者のことが書いてある。それは病人のことを神仏の加護にたのみ、験者の加持祈祷などをあてにしているからで、それこそがとりとめなくて「あはれ」なところで、すばらしいと言うのです。そして、病人に薬を与えるなどというのはさかしらなことである、そんなことをするのは「あはれならず」ではあるまいか。そうとも、宣長は言っているのです。――★18

私は宣長の思想には、「触れるなかれ、なお近寄れ」というメッセージがあるように思っています。そこには普遍すら近寄れないというメッセージです。そこにはひたすら「清きもの」「稜威なるところ」「明き心」が覗いているだけなのです。――★16

宣長の命懸け

宣長は青春期には「私有自楽」をモットーとしていた人物でした。それが契沖を読んで「自然の神道」に惹かれ、和歌を道徳的道義的に見るのが誤りだと直感できました。

契沖は『勢語臆断』で伊勢物語を解きながら、従来の伊勢についての解釈を変更しようとしていました。たとえば細川幽斎の「伊勢は好色を綴ったのではなく、男女の情に託して政道の本を描いている」といった解釈を斥けた。契沖はむしろ男女の情愛こそ自然の神道なのであって、それを読まなくては伊勢など読んだことにはならないと喝破したのです。

これで宣長に「和歌と人間の本来的関係」ともいうべき問題を考えることの火がついた。いよいよ宣長は「もののあはれ」の面影に触れたのです。かくて『石上私淑言』において、「すべて何事にても、事にふれて心のうごく事也」「阿波礼といふは、深く心に感ずる辞也」と喝破する。このとき宣長は「わきまへしる」ということをメモしています。

この「わきまへしる」が「もののあはれ」を分断されないで一緒に動きまわってくれるかどうかとい

うことが、このあとの宣長の命懸けになっていくのです。――――★16

「天地初発之時……」をどう読むか

全四十四巻にもわたる壮絶な『古事記』解読の、その、たった一か所だけをここに案内するにとどめることにします。それでも宣長の「日本という方法」の独創は伝わるでしょう。たとえば「神代一之巻」の冒頭、「天地初発之時、於高天原成神名……」です。宣長は最初の二文字から考え抜いていきます。

いったい「天地」はアメツチで、万葉仮名は「阿米都知」であるはずなのに、なぜ天地と漢字のまま綴ってあるのか。それは文字をもたなかった日本が漢字を借りたからしかたないとして、しかし、それはあくまで借りただけなのだというふうに読んでいきます。

稗田阿礼はアメツチと声を出して誦んだはずでした。それなら「天」はアメであって、その意味はまだわかってはいない。それを「天」という漢字にしたのでは、また漢字の天の意味にしたのでは、本来の意味など見えてはこないのではないか。そういうふうに見ます。そこで宣長はアメは「そらの上にありて、あまつかみたちの坐ます御国なり」と読むことにする。

では、「地」はどうか。これはツチです。ツチは「ひじ」(泥土)がかたまって「くに」になった状態ではないか。そういうふうに、宣長は解釈して、なぜそのように解釈できるのかの例証を万葉・祝詞そのほかの資料を引いていくのです。

たった二文字だけでもこれだけの〝考証〟と〝推理〟をするのですから、これは壮絶です。こうしてあたかも虫が地球を歩むような思索歩行によって、やっと次の「於高天原成神名」にたどりつく。まだ『古事記』の数行目です。しかし宣長はここで「成（なりませる）」に注目をします。

宣長は、この「なる」には三つの意味があると考えます。第一には、なかったものが生まれ出るという意味、第二は、何かのものが変わって別のものになるという意味、第三は、なすことがなしおわったという意味。それぞれ、人が生まれること、一体の神が別の神になること、神が国を生んだこと、などにあてはまります。

宣長はそうだとすれば、日本本来の「なる」とはこれらのどれにもなりうることを意味する「なる」をもっていたと仮説したのです。いや、そう決めたのです。

このような方法で宣長は日本の面影をどんどん、どんどん、突き止めていったのです。むろん、すべては仮説でした。――――★16

『古事記』の再生

いったい、こういう宣長をどう見ればいいでしょうか。これは神秘主義なのでしょうか。それとも不可知論でしょうか。言語研究に打ちこんだだけでしょうか。そういう面もあるでしょう。しかし、ここで思い出すべきなのは、われわれはこの宣長の『古事記伝』によって初めて『古事記』が読め、初めて日本人として読めるようになったということなのです。

万葉仮名の羅列のなかで、宣長が初めて古代日本人の頭の中にあった意向と意表というものを想定して、ついに『古事記』を日本語で再生したのです。知的想像力で解いたのではありません。本来から将来に向かって日本語がそのようになろうとしたしくみを解明して、再生したのです。――★16

国学や皇学というもの、皇民の勇ましい「ますらをぶり」の武ばった精神ばかりを謳歌しているのだと解釈されてきてしまったのだ。これはおかしい。訂正すべきだ。――★18

「めめし」の称揚

こうして宣長は、人間の本性を「めめし」（女々し）と捉えたのである。「めめし」とは弱々しいということだ。これは「ををし」（雄々し）と対極するもので、歌論でいえば「ますらをぶり」に対するに「たをやめぶり」の重視にあたる。またここにはアニマとアニムスの交感もあるのだが、これはまさに「弱さ」を重視する思想の称揚であった。――★18

> 宣長にとって「もののあはれ」や「風雅」を感じるとは、「古」と「今」とを二重多重に結びつけ、「本来」と「将来」をつないだままに思索と行為に生きられることを意味した。——★29

富士谷御杖の「てにをは」論

江戸時代の言語学者すなわち言霊学者に富士谷御杖（ふじたにみつえ）がいた。歌論書の『真言辨（まことのべん）』（1811）をはじめ、いろいろ興味深い議論を持ち出した学者だが、その富士谷の父の成章（なりあきら）の一著に『脚結抄（あゆひしょう）』（1778）がある。この父子は言葉には「挿頭（かざし）」と「装（よそひ）」と「脚結（あゆひ）」の三具があると考えていたのだが、その脚結についてのべたものである。日本語の「てにをは」を議論した傑作だ。

私は小学生のころから俳句をつくっていたが、ごく初期にこんなことを教えられた。「手を洗う前に蛍が二三匹」というと、ホタルが手を洗っている前のどこかにとまっている。これが「手を洗う前を蛍が二三匹」というと、ホタルは手を洗っている前をふうっと飛んでいる。またそれが「手を洗う前へ蛍が二三匹」なら、そこへ蛍が飛んできたことになる。そういう話だった。

これだけでは単純すぎる話だろうが、俳句にはこの手の「あはひ」を出入りさせる方法がしこたま凝集している。助詞や切字のつかいかたひとつで、その俳句がこちらに寄ったりむこうへ離れたりしてくれるのだ。富士谷成章・御杖はそういう研究をした。——★13

脚結はただ一字にして無量の義をふくむものにして、
すべて歌一首はこの脚結の用なり———富士谷御杖

倒語●保田與重郎は国学的な言霊学者であった富士谷御杖(ふじたにみつえ)を高く評価していた。御杖は、世の中の顕事と幽事を人々がちゃんと受け取れないのは、神の言葉を直言とみなしているからで、そこには「倒語」があるとみるべきだと考えた。そのような倒語としてのアヤの言葉というものは「言ふと言はざるをの間」にあるもので、それをこそ言霊の機能だと捉えた。倒語とは「所思をいへるかとみれば思はぬ事をいへり、その事のうへかと見ればさにあらざる」というようなもの、「所思のうら」を「言」とする表現力のことをいう。御杖は日本の和歌とその心は、こうした倒語によってこそ成り立ってきたと見た。

御杖の言霊論は独特のものだったが、土田杏村を通して保田の心に響いた。保田はこのことと宣長が『源氏物語』に「もののあはれ」を看守したこととをつなげ、「もののあはれ」には言霊としての倒語性があらわれているはずで、その方法にこそ日本人の心性を読みとらなければならないと考えるようになった。———★29

よしや君昔の玉の床とてもかからんのちは何にかはせん——上田秋成「白峯」(『雨月物語』)

言葉に狂う

秋成を読むということは、中国と日本の言語文化の百年にわたるシーソーゲームを読むことでもあったといってよい。これが『雨月物語』を読むときの背景になる。しかしながら、これだけでは秋成は読めない。秋成には、こうした流れのどの位置に属した者をもはるかに凌駕する格別の才能があった。

そこで『雨月物語』である。九つの物語からなっている。それぞれ別々の物語であるにもかかわらず、裏に表に微妙にテーマとモチーフがつながっている。そこに秋成の自慢がある。

第一話、崇徳院天狗伝説を蘇らせる「白峯」で、不吉と凶悪が跋扈する夜の舞台が紹介される。読者はここでのっけから覚悟しなければならない。何を覚悟するかというと、幻想がわれわれの生存の根本にかかわっていることを覚悟する。なにしろ主人公は西行なのである。

そのばあい、『雨月物語』が日本文学史上でも最も高度な共鳴文体であることにも目を入れこみたい。問題は文体なのだから。

なぜ文体かということは、秋成の生涯にわたって儒学・俳諧・浮世草子・読本・国学という著しい変遷を経験してきたことと関係がある。とくに宣長との論争、煎茶への傾倒、および目を悪くしてからの晩年に「狂蕩」に耽ったことを眺める必要がある。それらは国学にしても茶にしても、むろん儒学や俳諧にしても、文体すなわちスタイルの競争だったからだ。

競争して、どうしたかったのか。秋成は狂いたかったのである。心を狂わせたいのではない。言葉に狂いたかった。スタイルを狂わせたかった。それは荘子の「狂言」の思想に深い縁をもつ。

――★17

秋成は日本を代表する幻想作家であるが、同時に名うての国学者でもあった。――★29

三味線の言葉

「歌いもの」と「語りもの」●伝統的な日本音楽（邦楽）は「歌いもの」と「語りもの」に分かれる。近世では「歌いもの」には長唄・端唄・歌沢・小唄と民謡などが、「語りもの」は中世の平曲・謡曲・説教節をへて近世の浄瑠璃・義太夫節・清元・常磐津から近代の浪曲などに及んだ。多くは三味線音楽である。

琵琶音楽は、歌と弾奏に分かれる。三味線のような弾き語りはない。歌うときは琵琶を弾かないし、撥で弦を鳴らしているときは歌わない。琵琶は「語りもの」なのである。——★18

「負号」の刻印

「おもかげ」と「うつろい」を持ち出す方法をあらためて見つめると、日本は「負」という見方をいろいろなところで使っているなということがわかってきます。見方だけでなく、「負号」の刻印を受けた人々が大事だったということも、たいへん重要な歴史としてあったとみていいと思います。

その代表的なものは日本の邦楽だろうと思う。もともと琵琶法師や三味線音楽をつくった人たちも、その大半が盲人でした。これはたいへん大事な歴史です。

私は、日本という民族音楽を代表するのは常磐津や長唄や清元だと思っているんですが、これらも最初はすべて盲人の検校たちによって作られたものです。そもそも三味線がついた曲なら、ほとんど検校と呼ばれる人が作曲してきたとみていいと思います。それが江戸から今日に伝わっているわけです。

いったいなぜ日本の伝統音楽の大半がこのようなところから出たのか。私はこういうことを、もっと世界に言っていいのかなと思っています。どう言ったらよいのか、言いかたは慎重になるべきかもしれませんが、おおいに誇りをもって伝えるべきだと思います。――★23

三味線は不思議な楽器である。ざっくりいえば中途半端なのだ。「加減」でできた楽器なのだ。――★18

天女の楽器

戦国末期の堺に琉球から中国の三弦や蛇革の三線が到来し、これがごくごく短期間に日本的な三味線になった。当道座の盲人が工夫した「和み」だったろう。

その初期の形状や機能は今日にいたるまで、ほぼ変わらない。そもそも棹が細くて長く、持ちにくい。絃は太い順に一の糸、二の糸、三の糸の三本しか張っていない。だから「三絃」とも言ってきた。天神（糸倉）でのチューニング（調絃）が難しく、ちょっとでも巻きすぎると糸がすぐ切れる。
棹にはギターのようなフレットがないから、奏者は勘所をおぼえて左手でそこを抑えたり離したりする。これを右手で銀杏形の撥で弾いたり、指でつま弾く。撥をつかうのは琵琶法師の流れを汲んだ当道座のアイディアだ。三味線とは、かように中途半端なのである。ところが、その中途と半端こそが、みごとに絶妙な加減の音楽世界をつくりあげていったのだ。ぼくは天使の楽器ではなく、天女の楽器だと思っている。

西の天使は翼をもっているが、それは体から生えている。体とつながっている。東の天女は翼がなく、そのかわり羽衣をまとう。羽衣はすべらせば落ちるけれども、翻えしていけば、雲居を翔べる。三味線は東の天女の楽器なのである。

新たに強調されたこともある。一の糸の糸倉付近のサワリ山と谷にサワリを入れた。ノイズ含みにしたのだ。これはインドのシタールのジュワリのようなものだから、他の民族楽器にもあるのだが、三味線では一の糸が上駒からはずれているので、糸がサワリ山に触れてビーンという倍音が生じる。チューニングさえできていれば、一音をテンと弾けば、ポンという音と同時にテーエンと響くのである。勘所を強く叩いてもビーンと響く。

ともかくもこれらの中途半端がみごとに相俟って、三味線に独自の趣きをもたらした。経過音も

微妙になって、西洋音階にくらべて半音を狭くとるようになった。——★18

楽譜●今日のわれわれはあまりに五線譜というものだけを重視しすぎている。

五線譜というのはヨーロッパ中世の「ネウマ譜」とよばれる楽譜が発展して、グレゴリオ聖歌やオルガンの発達とともに、ルネサンス以降に確立したものです。ということは、それ以前にはいろんな民族やいろんな国のいろんな楽器ごとに、もっと多様な音楽のスコアがあったわけです。日本でもびっくりするほど多様なスタイルの楽譜がいろいろ使われていました。それがいままではどんな楽器もどんな音楽もほとんど五線譜で書かれることになってしまった。——★23

スコアというのは文化のプロクセミックスそのものですから、邦楽がすべて五線譜になってしまうと、何かが変わってしまう。——★23

端唄と小唄●端唄は広い意味の「はやりうた」のことだから、厳密な定義などない。いわゆるポップスであり、巷間のヒットソングなのだ。すでに室町期の『閑吟集』に三百あまりの「端唄のもと」が集められているし、堺の高三隆達が扇拍子や一節切で始め、慶長期に広まった隆達節なども、その後の多くの日本歌謡の「もと」になった。うんとさかのぼれば『梁塵秘抄』の今様にまでルーツが辿れるだろう。

江戸時代、こうした端唄が料理屋や遊郭などの小さな空間で、旗本御家人や江戸屋敷に来ていた各地の留守居役によって、また町人や商人たちによって親しくうたわれた。細棹の三味線を撥で弾いた。ぼくは風俗絵や浮世絵の風情はこのような端唄から生まれていったと思っている。英一蝶(はなぶさいっちょう)の絵を見ると三味線が聴こえてくるのは、そのせいなのだ。

これらの端唄のうち、武士がそれなりに洗練させたものが「歌沢」で、唄を中心にした。歌沢には少しく武士の気概と弱みが見えている。

一方、明治になって少し技巧が加わりアップテンポになったのが「小唄」である。最初のうちは早間(はやま)小唄などと言われた。撥ではなくて中棹の三味線をつま弾いた。爪を糸に当てるのではなく、人差し指の先の腹で弾く。

端唄も歌沢も小唄も、歌詞がいい。粋でせつなく、日ごろの心の綾が軽妙に描かれる。「ちょっと」「あんまり」「その気になって」の情景なのである。だから「おかしな気分」も添えられる。コケットリーでユーモラスでもあった。そこに四季の風物や花鳥が出入りした。やがてこのユーモアは都々逸(どどいつ)などになっていく。――★18

「心中」弾圧と新内

まず豊後節が弾圧された。大坂の竹本座や豊竹座ではすぐに心中浄瑠璃の新作を打ち切った。元文元年（1736）の禁止令では江戸の市村座の上演中の演目に問題があるとのことで、興行中止令が出た。さらに上方節を語ることも、自宅で稽古をつけるのも禁止した。これでは豊後節は広がらない。

ともかくもこれで仕方なく劇場音楽が割れていくのだが、そのとき劇場に残ったのが、豊後節（宮古路節）の名を常磐津文字太夫などと変えた一派で、ここに常磐津節が自立した。延享四年（1747）のことである。すぐにその常磐津派から小文字太夫が脱退して、富本節を名のった。宮古路薗八も宮薗節になった。のちに文化期、富本の語り手であった延寿太夫によって、以上の大きな浄瑠璃節の流れのなかで最もニューウェーブでイナセな清元が出た。

一方、劇場を捨てたのが新内である。ただし新内が自立するまでには二段階半がある。最初は豊後掾の高弟の宮古路加賀太夫が富士松加賀太夫となって富士松節を旗揚げし、ついでそこから作曲名手の鶴賀太夫が出て鶴賀若狭掾となり、その若狭掾が客分に迎えた加賀太夫が本名の岡田新内の名をとって、ここに富士松も鶴賀も合わせた新内が確立したという順である。新内は吉原で大流行し、二人連れで連弾しながら唄われた新内流しは、遊里の華となっていく。その新内をさらに中興したのが富士松魯中である。――★17

燕も軒の棲家に帰る　君はなにゆえ帰らぬぞ（伊賀）
谷の小藪に雀はとまる　止めてとまらぬ色の道（丹波）――『山家鳥虫歌』

春のことほぎ

鳥追(とりおい)はもともとは田畑の害鳥を追い払うことで、能にもそのテーマの「鳥追舟」という名曲があるのですが、各地の村の正月に鳥追といえば、これは小正月の鳥追行事をさしています。若者や子供たちがささら、杓子、槌などをもってガチャガチャ打ち鳴らし、家々を巡り歩くことです。虫送りと似ていなくもありません。

しかし、この鳥追はその後に転じて、新年に人家の門に立ち、扇を手をたたきながら祝いの歌をうたっては米飯を乞うた乞食(ほかいびと)のことをさしましたし、またそこからさらに、江戸時代に女太夫が新服に編笠(いわゆる二つ折りの鳥追笠)、日和(ひより)下駄の姿で三味線をもって道を流した門付(かどづけ)芸そのものをさすようにもなったのです。

このような門付の発端は、京都悲田院に住む与次郎という者がはじめたらしく、そこでこの芸を「たたきの与次郎」ともいいます。ようするに、鳥追といえばすぐに与次郎や女太夫の「春のことほぎ」が思い浮かぶわけです。

ということは、鳥追は千秋万歳ともつながる日本の庶民的な正月芸能の骨格をつくった起源のひとつだということになります。つまりは、今日の漫才だって、もとをたどれば鳥追にまで戻るということなのかもしれないのです。——★11

リズムと拍子

「追分」や「馬子唄」はどう分析しようとしても西洋のリズム理論でも西アジアの例でも解けないものがある。「箱根八里は馬でも越すが、越すに越されぬ大井川」を尺八と民謡で聞けばわかるように、ここには自由リズムとしかいいようのない「ひっぱり」と「つめ」があって、どうにも理詰めで解釈できないものがある。では、それはどこから来ているのかというようなことを考えていったのだろうとおもう。

そこで小泉文夫さんは能の「序破急」を音楽の序破急に拡張して研究したのではなかったか。前の音や音程が次の音を有機的に結びつけていくという方法の研究だ。しかし、この有機性がなかなか正体をあらわさない。しかも日本音楽には、インドのようにテンポを基本的には二つに分けるというような、見かけはあるにもかかわらず、どうも見かけとは別の進行がある。

こうして、しだいに日本における「拍子」とは何かというすこぶる興味深い問題に突っ込んでいったのであろう。つまり「間（ま）」の問題だ。

いまではよく知られたことだが、日本音楽の拍子では西洋のような強弱の拍ではなく、表の拍、裏の拍というふうに捉えるところがあって、それを「表間（おもてま）」「裏間（うらま）」とよび、この二拍子でひとくくりしている。これが一組の「間拍子（まびょうし）」なのである。ということは「追分」や「馬子唄」では、この間拍子をきっと馬の進み方や旅の急ぎ方によって、さらに自在にしているということなのである。

――★17

構えから生まれるフリ

井上さたは「動かんやうにして舞ふ」（『京舞名匠佐多女芸談』）と言った。日本の踊りはまず動かないことから始まるのである。世阿弥はそこを「動十分心、動七分身」と言った。まずは動かないという否定があるわけなのだ。そこからちょっとだけ「程(ほど)」というものが出る。その「程」を少しずつ「構え」というものにする。構えは体に言い聞かせるもので、これはまだ踊りでも舞でもない。ある観念が体の各部に降りたことをいう。それが構えである。その構えがフリ（振り）を生む。そこから舞踊になっていく。――★17

もともと日本の舞踊は声をもたない。そこにも否定がある。声は別の者が出す。三味線をはじめとする音も別の者が用意する。だから踊り手はそういうものからもともと抉(えぐ)られていて、その抉られた負の存在が声や音を得て、動く存在になっていく芸なのである。――★17

「負」を背負って踊る

動こうとすること、表情をつくること、声を出すこと、これらの三つをあえて否定することから舞踊が始まっている。でも、三つも否定しちゃって、そんなことをして、それで体はどうなるかというと、これらの否定を迎え入れても平気でなきゃいけない。四畳半の茶室や枯山水の庭ではないけれど、いわば最初に引き算をしておいて、そこで踏ん張るものをつくっておかなきゃいけないんです。

それがいわゆる丹田（たんでん）とか腰の入れかたになっていく。ということは、日本の踊りというのは、そのように「負」を背負ったところから始まって、そこに足の運びや腕の上げ方や袖の流れがくっつき、そこにさまざまな身体上、音楽上のインタースコアがおこっていったものなんです。――★23

あとはそれこそ身ひとつ、身体だけがあればいい。
これは「生きた枯山水」であって、「生きた俳諧」です。――★25

なな

封印された言葉

●近現代

断絶の近世

言葉の文明開化

徳川後期、すでに蘭語や蘭学などの洋学は入っていたが、明治期の日本人は文明開化の勢いにのる英語・フランス語・ドイツ語などと一挙に出会い、その翻訳語を次々に浴び、新たな近代日本語がどんな「国語」に向かうのかという言語ゲームに入っていった。それとともに明治日本の作家たちは、このさい新たな「言文一致」をめざすべきなのか、古きよき日本語との折衷を試みるのか、それとも幕末明治の「口語」を文学するべきなのか、さまざまに迷うことになる。

たとえば樋口一葉や尾崎紅葉や幸田露伴は、あえて雅文体や職人的な言葉づかいを好んだ。淡島寒月の影響が大きい。他方、岸田吟香や二葉亭四迷や夏目漱石は新たな日本語の表現に向かっていった。

比較していうのなら、二葉亭四迷は「文」を「言」に近づけるように試みて苦労したのだが、夏目漱石は「言」と「文」との折衷に向かって切り抜けていった。漱石がこんなふうにできたのは、『将来の文章』に「私の頭は半分西洋で、半分は日本だ。そこで西洋の思想で考へた事がどうしても充分の日本語では書き現はされない。これは日本語には単語が不足だし、説明法（エキスプレッション）も面白くないからだ。反対に日本の思想で考へた事は又充分西洋の語で書けない」とあるように、外国語と日本語のはざまにいたからだったろう。——★31

小説と芸能の分岐

前田愛が『近代読者の成立』の中で書いているんですが、日本でも明治時代ですらみんなまだ声を出しながら新聞とか本を読んでいた。でもだんだん黙読が増えていって、文芸の世界が、声を出さない小説家と声を出す圓朝のような芸能人に分かれていった。——★27

漢字の放棄●長いあいだ、日本で「読み書きそろばん」といえば寺子屋で漢字をお習字することだったのである。

やがてそのような漢字学習を有害だとみなす者があらわれた。幕府開成所の前島密（ひそか）だ。慶応二年（1866）に将軍慶喜に「漢字御廃止之議」を奉った。句法語格の整然たる日本語があり、簡易便利な仮名文字があるにもかかわらず、繁雑不便で難解な漢字によって教育をおこなうのは漢字の害毒に染まりすぎると主張した。これにはアメリカ人宣教師ウィリアムズの提言があった。

同調する者が次々に登場する。明治五年（1872）、大弁務官の森有礼（ありのり）は「国語として英語を採用すべき」というとんでもない主旨の提案を、イェール大学の言語学者ホイットニーに送った。ホイットニーは「国語を他国語に替えることは、他国の属国とならない以上はするべきではない」と一笑に付したのだが、それなら日本語の表記を英文字に切り替えたらどうかという提案がおこってきた。西周（にしあまね）、上田万年（かずとし）、外山正一（とやままさかず）、矢田部良吉らはこのアイディアには将来の稔りが多いとした。

明治一八年（1885）に「羅馬字会（ローマじかい）」が発足し、ローマ字によって日本語を書くべきだという風潮が広まった。ローマ字表記には英和辞典を編集していたヘップバーンによるヘボン式と、物理学者の田中館愛橘（たなかだてあいきつ）による日本式が競いあったが、ヘボン式が標準式になった。

これらの風潮はあきらかに欧化主義の過剰な旋風ではあったけれど、英文字と漢字とのちがいが歴然としすぎていたため、多くの論争が絶えないままになったものだ。

案の定、ローマ字がむりなら仮名文字ばかりでいくのはどうかと、住友商事の山下芳太郎のように「カナモジ会」をつくる者も出てきたし、哲学者の井上哲次郎や言語学者の藤岡勝二（かつじ）などがそうだったのだが、新たに国字をつくったらどうかという議論も出てきた。志賀直哉などはいっそフランス語の国にしたらどうかという暴論を吐いた。

当然、漢字廃止に反対する者も少なくない。三宅雪嶺（せつれい）、井上円了、杉浦重剛などが率先して論陣を張った。ここに「日本の国語」の将来は大いに揺れたのだ。――★31

露伴の贈り物

露伴のいう言語というのは、生来の国語を愛しきって使えるかどうかということだ。いわゆる母国語感覚。むろん、これは大切だ。でも、それで文章が書けるかというと、そうじゃない。まず「章」が見えてきて、それから「文」が前後に動いていかなくちゃいけない。

いわば骨法用筆。骨法が「章」、用筆が「文」。漢文が骨法ならば、アヤは西鶴の和文性だ。

子規が俳句を始めるのは、二五歳のときに露伴の『風流仏』に心酔して『月の都』という小説を書いて露伴に見せにいってからだ。そのとき露伴の批評を聞いて、俳句に転身した。子規は小説への未練を切った。露伴も小説を捨てて、ぶらりと史伝的なるもののほうに行く。史伝は、ふつうは文学じゃない。でも、露伴は平気の平左で史伝や随筆を徘徊する。『連環記』は露伴の最後の作品だけれど、史伝随筆のようなものです。ところが、これが誰も真似できないものになっている。無比無類。現代に欠けているのはこれだ。

露伴はまた、『芭蕉七部集』の評釈にとりくんだ。大正九年（1920）の五三歳のころから、八十歳で亡くなるまで、ひたすらずっと七部集の評釈をしつづけた。ひょっとしたら、この仕事が露伴が歴史に残した最大の贈り物だったかもしれない。――――★17

書物というもの、とりわけ名著というもの、何度も若水のごとく夜明け前に汲みなおさなければならない。――★17

漢詩の漱石

漱石に漢詩を催させたのは子規である。明治二一年(1888)、子規は一高在学中の暑中休暇を向島の月香楼にすごして、その感興を漢文・漢詩・和歌・俳句・謡曲・擬古文などにした。これはこれでたいへんな若い才能の開花だった。「蘭之巻(ふじばかま)」「萩之巻」「女郎花之巻」など七巻からなるもので、『七草集』と名付けた。それを友人たちに回覧し批評を求めたおり、漱石が漢文で応え、さらに漢詩を添えた。このとき初めて「漱石」の号が使われた。

骸骨　化して成る　塚上(ちょうじょう)の苔
今に干(おい)て　江上　杜鵑(とけん)哀し
憐れむ　君が多病多情の処
偏(ひと)えに梅児の薄明を弔い来たる

謡曲「隅田川」の梅若伝説を下敷きにして子規の病いを慮ったもので、いまでも隅田川ではホトトギスの悲しい声が聞こえてくるが、病気がちの君も梅若丸の死を悼むためにここに来たのだろうというのだ。

翌年、漱石は四人の友人を伴って房総を旅行した。そのときの紀行文が明治を代表する漢文の名文として名高い『木屑録（ぼくせつろく）』で、そこに一四首の漢詩が挿入されている。『木屑録』は日本人が一度は読むべき漢文というほどの名文である。やはり若い才能の開花だった。

南の方（かた）家山を出でて百里程
海涯　月黒く　暗愁生ず
濤声一夜　郷夢を欺き
浸（みだ）りに故園　松籟の声を作（な）す

わが家をあとにして、はるか南の百里ほどのところにやってきた。海の向こうには月が暗く浮かび、言いしれぬ愁いが暗く染み出してくる。一晩中ずうっと聞こえている波の音は、ふと故郷に帰ったのかと思わせるような松風の音に似ている。

そういう意味の漢詩だが、このなかの「暗愁」が新しい。意識の底からやってくる理由が見えない愁いのようなものをいうのだろう。中国の漢詩には見えない熟語だ。おそらく漱石の造語であった。

この漢詩を綴るにあたって、漱石は「窓外の梧竹松楓、颯然として皆鳴る」と『木屑録』に示している。——★18

颯然と暗愁を感じてしまうということ、
さっとこれが、漱石の生涯に去来しつづけた
名状しがたい主調低音感覚であった。——★18

葛湯を練るように

『草枕』にはいくつかの漢詩が挿入されている。綴りながら作ったのではなく、それ以前に作った漢詩を挿入した。「春興」や「春日静坐」などだ。

その『草枕』のなかで、詩を作ることの漱石なりの秘訣を書いている。葛湯を練るのに譬えているのだが、これがすこぶるおもしろい。上田三四二は雑巾を絞るように短歌を作ることを教えたが、漱石の葛湯を練るようにというのは、なかなかのもの、文筆に関心のある者のため、あえて全文を引用しておく。

「葛湯を練るとき、最初のうちはさらさらして、箸に手応えがないものだ。そこを辛抱すると、漸く粘りが出て、攪き淆ぜる手が少し重くなる。それでも構はず、箸を休まず廻すと、今度は廻し

切れなくなる。仕舞いには鍋の中の葛が、求めぬのに先方から争って箸に付着してくる。詩を作るのはまさに是だ」。

なるほど、なるほど、そうだろう。求めぬのに先方から争って箸に付着してくる、というのがいい。たしかにそうだ。歌や詩だけではない。文章もそうである。葛が箸にくっついてくるように文章も書くべきだ。

しかしながら漱石は、そのように葛を廻しつづけていたにもかかわらず、自身ではたえず苦悩したようだ。文章も漢詩もろくなものが書けていないと自戒していた。それも三〇歳をすぎるとますます苦悩した。とくにイギリス文学を学びながらこれに納得できず、そのぶん日本の文芸や趣向に加担している自分を感じて、そこで「両洋の視座」にどう踏んばるかという責任のようなものを感じるようになった。──★18

主人公●漱石が「日本に好きものあるを打ち棄てて、わざわざ洋書にうつつを抜かすことほど馬鹿ばかしいことはない」と考えていたことは、随所の感想に出ている。一般にはこの感想は、鷗外の登場に対する驚愕と反発にもとづいていると憶測されてきたのだが、ぼくは必ずしもそうとは思わない。江藤淳も推察していたが、『吾輩は猫である』や『坊ちゃん』に主人公の名がないということに、すでに漱石の西洋文学の主人公主義に対する抵抗が見られていたはずなのである。

主人公なんて誰だってかまわないのだということの姿勢は、漱石の文学と人生を語るには、もっと注目されていい。――★18

禅フラジリティ

梅林や角巾黄なる売茶翁

漱石は、良寛と売茶翁の「禅フラジリティ」に晩年になって惹かれたのである。句は、梅林で売茶翁が黄色の頭巾をかぶっていたという、ただそれだけの淡々とした風景だ。――★13

子規の加速度

子規は加速しつづけていた男だった。

けっして泰然自若とはしていない。しかし眼はまっとうで、何に関心をもっても本物を見ている。本物を見るのは凄腕なのに、それを見ている自分についてははなはだ滑稽で、喀血した自分を血を吐くホトトギスに見立てて子規と俳号したような、そういう自虐気味の俳諧味にも生きられる。そこがやはり老成感覚があるところでもあって、「秋近く桔梗は咲いてしまひけり」なのである。

老成感覚はあったけれど、まさにスポーツ選手が試合に臨むかのように、人生の活動場面に対する集中と加速はただの一度も切らさなかった。俳句への目覚めも加速的であった。

芭蕉没後二〇〇年祭で奥の細道を歩いたとおもったら、中村不折（ふせつ）の影響で「写生」を知り、蕪村句集を初めて読んでからは、一挙に蕪村から俳諧史の全貌を総点検するという巨きなスコープをもつ視野に立ってしまった。これが『俳諧大要』である。蕪村で視野を得ただけでなく、すぐさま句会を組織し、結社をつくり、鉄幹と組んでは新体詩人会をおこして「日本派」を牽引した。愛国の感情にもひとかたならぬものがあった。

いったん前に進むと、もはや後戻りはしない。そういう苛烈なところもあった。そこで天保以降の俳句を「月並（つきなみ）」とよんでバッサリ斬った。――★17

明治中期に入ると日本中が点取俳諧のブームになった。子規が刃向かった勢いは斬られた連中の俳諧趣味に逆に火をつけたのだ。――★17

桃の実に目鼻かきたる如きかな――子規

オノマトペイアと数字

ところで、ずっと気になっていたことで、それをもって子規の俳句の批評に代えるつもりはまったくないのだが、子規の俳句には実はオノマトペイアと数字が多い。

時代が口語体運動がさかんな時期だったのだから、「ほうほう」「ひやひや」が多いのではあるまい。ここには子規の体の意図とでもいうものが踊っている。そう、見たほうがいい。

たった十七文字の俳句に「ほろほろ」「ひやひや」を入れるのは句作の技法からいえば、かなり危険を冒すことにも、安直にもなりかねない。それなのに子規はそれを好んだ。もっとも子規がつかう言葉はオノマトペイアというより「連畳の音句」とでもいったほうがいいもので、「菜の花やはつとあかるき町はつれ」や「ほろほろと墨のくづるる五月哉」のように、その連畳の形容がすぐに明るさや墨の脆さにつながっている。たんに「ほろほろ」「ほうほう」が自立しているわけではない。

これらには、俳句をこえたものがある。

数字というか「数」を織りこんだ句が多いことも、もうすこし注目されてよい。

このことは、「鶏頭の十四五本もありぬべし」「痰一斗糸瓜(へちま)の水も間に合はず」に象徴されるように、子規俳句の秘密の一端を吐露している。

やはり「鶏頭の十四五本もありぬべし」が群を抜いている。この「十四五本」は数字というよりも風味そのものにまでなっている。文句のつけようがない。

けれども、「三千の俳句も閲(けみ)し柿二つ」や「三十六坊一坊残る秋の風」あたりは、いかにも数の対比をよろこんでいて、芸当に遊んでいるとの誇りを免れない。それなのに子規はこのような遊びとも

とられかねない音や数をしょっちゅう織りこんだ。——★17

金屏にともし火の濃きところかな——虚子

写生のあと

虚子の句は長らく「写生俳句」とか「客観写生」と言はれてきた。「鉛筆で助炭に書きし覚え書」や「人形の前に崩れぬ寒牡丹」はあきらかに写生の真骨頂である。いまも続くホトトギス派はみんなこういふ写生俳句をめざしてきた。それはそうなのだが、写生のあとこそが虚子になるとぼくは見る。

写生のあととは、虚子はよく「とりのけ」（取り除け）と言ふのだが、これがなければ写生は力を失ふ。取捨選択といへば取捨選択、推敲といへば推敲ではあるが、観察しているあいだ、そこに居るあいだにも高速に「とりのけ」をする。たいへん重大な引き算なのだ。だいたい写生といっても、そこにある全部など写生できるわけがないのだから、絵筆で写生するときがさうであるやうに、最初から取り除けるべきなのだ。——★18

言葉の生きざま

大正一四（1925）年、若き時枝誠記が「日本ニ於ル言語観念ノ発達及ビ言語研究ノ目的ト其ノ方法」

という卒業論文を東京帝国大学国文科に提出した。時枝は西欧の文法にもとづいて日本語を見ることに不満をもっていて、むしろ国語にはその民族や国民なりの言語観念があるのだから、それを研究すべきだと主張したのだった。

新しかった。時枝が持ち出したのは、日本語は「詞」と「辞」でできているというもので、それを視点にして日本語文章を見ていくと、それは「タマネギ型」でも「扇型」でもなく、むしろ「入れ子構造型」というものになっているのではないかということだった。

時枝は日本語の「語」「文」「文章」はたんなる集合関係にあるのではなく、それぞれがいちいち「質的統一体」になっていて、それぞれにおいて入れ子をほしがっているというのだ。──★31

時枝は言葉を人間の生きざまやふるまいに匹敵させたかったのだ。──★31

文章が、一つの統一体であるといはれるのは、それが何ものにも従属せず、それ自身、完全に自立してゐるところから、文とは区別される。もし一つの文であつて、それが何ものにも従属せず、完全に自立したものである場合、例へば、「天の原ふりさけみれば春日なる三笠の山に出でし月かも」の如きは、一つの文であると同時に、一つの文章であると云つて差し支えない

──時枝誠記『文章研究序説』

寅と鬼と童

なぜ、寺田寅彦は解明しつくさなかったのか。なんでもないことだね。なぜかというと、線香花火を解明することが問題じゃない。簡単に言えば、もし線香花火を解明しきっちゃえば、つぎの夏は楽しくない。——★02

突ッ込みすぎては科学馬鹿

寺田寅彦の「GODもさかさまにすればDOGだ」の言い草は、このほかにも、「君、ハイドロダイナミックスの研究が航空関係ですすめられているが、灰泥ダイナミックスもあってもよいのではないかね」や、「度盛円盤の目盛りにうそ八百が刻んであっても合計は三百六十度になっている」などとして、門下生に語りつがれている。「宇宙線のコントリビューションは私にもおもいあたるんですよ。喫茶店で珈琲にしようか紅茶にしようかまよっているとき、ふいに珈琲ときまるのは宇宙線がある脳細胞を刺激したにちがいないね」などは、なかでもことに有名だ。このようなおびただしい寺田箴言集のなかで、私がとりわけ気に入っているの三十一文字に、次の心情吐露がある。

好きなもの　イチゴ、珈琲　花美人　懐手(ふところで)して宇宙見物

なんとも「懐手して宇宙見物」がいい。フラムスチードから渋川春海まで、金平糖から銀河の割れ目まで、それらをひっくるめてなお一幅の「宇宙見物」と洒落こんでいる心意気、自分は自分なりに宇宙を見るしかないとでもいわんばかりの、つまり風呂上りの隕石落下にもあわてない気分、その科学的愉快をめぐるおどろくべき数寄感覚――。私はそこに惹かれた。

ここには、枕草子このかた連歌俳諧で極め尽くされてきた「物名賦物(もののなふしもの)」の伝統が集約され、しかもそれが近代化されている。「山は」「小さきものは」「好きなものは」と措いて、それをただ並べるだけだが、そこに究極の編集がある。

微細な眼の持ち主だった。しかし、その眼は、微細であるからこそそのまま自然認識の最下層に降りすぎてしまうことをおそれて途中でふみとどまり、一転、事象の観相学的統合へと光をむけるのである。それは三味線の一の糸が震えているあたりである。突ッ込みすぎては科学馬鹿である。サワリはこわれてしまう。おそらくこのことを熟知していたのだ。――★17・25

一休の髑髏と語る日永哉――寅彦

連句の独自性

寺田寅彦が俳誌『渋柿』に発表した随筆に「連句の独自性」がある。寅彦の随筆は天下一品で、この言葉の料理を一度でも口にしたらその味が忘れられない。忘れられないというより、のべつ食べ続けたくなるという中毒的なおいしさがある。かくいうぼくも十年に一度はこの中毒にたっぷり罹りたくて、寺田寅彦を何度もつづけさまに読んできたのだが、この『渋柿』にあふれた俳諧論にも、何度も手を出してきた。

で、この「連句の独自性」では、最初にチェンバレンの日本文化論、「この国で純粋に日本固有なものは風呂桶とポエトリーである」を引いて、では、いったい俳諧っていうのは何だろうという随筆にしている。

しかし俳諧とはこれだと言わないのが俳諧だから、寅彦はまずドイツ人がいかに俳諧的ではないかという説明をする。

ドイツ人は呼鈴の押釦（おしボタン）の上に「呼鈴」と貼り札をする。便所の箒の柄には「便所の箒」と書く。これは俳諧ではないと言う。これにくらべればフランスにはセーヌ河畔の釣人やマチスの絵や蛙の料理など、ちょっと俳諧がある。ただしシャガールの絵のように、雑然といろいろなものを散らばった夢の群像にするように並べたものもあって、これはとうてい俳諧ではない。とくにあんなものを真似た日本人の絵はさらにひどい。

だからドゥ・ブロイの波動力学には俳諧味があるが、ボーアやハイゼンベルクの物理学になると「さび」「しをり」を白日のもとに引きずり出して、隅から隅まで注釈してしまうことになる。こういうことをしないのが俳諧なのである。

そう言って、寅彦はこれは日本には多様な自然の変化がありながら、その宗教と哲学に自然的制約があること、それをうけとる日本人に無常迅速という感覚が根を張っていることがあるからだと転じる。そうすると「春雨」とか「時雨」という、それ自体ですべての自然との関係を集約する言葉に自分を捨てられる。こうなれば、おのずから俳諧が出てくるのだと言う。たいへんに俳諧的である。ミメロギアなのだ。

もうひとつ「月花の定座の意義」では、附合を尊んで、この心理的機巧に「不知不識の間」というものができるので、これが俳諧ではないかと、袖の隙間から俳諧をのぞかせる。——★17

我々の生活に欠くべからざる思想は
或は「いろは」短歌に尽きてゐるかも知れない。——芥川龍之介『侏儒の言葉』

箴言的世界像

芥川はもともと箴言的なるものがあり、この箴言の振動力をどのように小説技法となじませるかを工夫しつづけてきた。こうした箴言だけを書きつらねたのが『侏儒の言葉』となった。侏儒とはわれわれの中に棲む小さな意図のことである。中国では小人や非見識者のことをさした。

「芥川の文学」「芥川の自殺」「芥川から昭和文学へ」といった大きなテーマが看過されてよいわけではないが、それ以上に看過されてはならないのが、世間では瑣末に見えることが、芥川にはたいてい大きく見えていたということなのだ。

ここに芥川のマイクロスコピックな箴言的世界像というものが出入りする。細部の稜線だけで世界との関係を示す方法がある。――★31

> 結局のところ、粋は一人一人で感じるところを説明するしかないものだ。一瞬にして了解できる「もののはずみ」が粋にまでとどくのである。――★20

粋はふいにやってくる

やはり粋は「ふいに」なのである。ただし、その唐突は存在の奥底からふいにやってくる根本偶然というものの告知なのである。そこは晩年の九鬼周造がさすがに喝破した。

周造の晩年に「小唄のレコード」というエッセイがある。

昭和十六年（1941）に北京から帰ってきた林芙美子が周造の京都の家を訪れ、居あわせたドイツ文学者の成瀬無極と小唄のレコードを聞いた。

林は「小唄を聴いているとなんにもどうでもかまわないという気になってしまう」と言い、成瀬は「我々がふだん苦にしていることなどはみんなつまらないことばかりだ」と言う。そのうち三人とも眼頭が熱くなり、三人ともが涙を浮かべていた。周造は書いている。「私は、ここにいる三人はみな無の深淵の上に壊れ易い仮小屋を建てて住んでいる人間たちなのだと感じた」と。

三人が心洗われる気持ちで聞いた小唄には、周造がパリで思い出そうとしていた江戸俗曲の深いハリが響いていたのであろう。周造はパリでこんな歌を詠んでいた。

うす墨のかの節廻し如何なりけん　東より来て年経たるかな

こういう感覚を「望憶（ぼうおく）」という。

それは、はっきりとそれとは指し示せぬものなのに、ある日ある時に突如としてわれわれに到達してくるもの、すなわちあきらかに文化の根拠をもった無常迅速というものである。粋は、その望憶と無常迅速をともなって、ある人々を襲うのだ。――★20

九鬼は「無」や「無常」が、何かを失ってそこに芽生えるものであって、そこに何か欠けているものがあることによって卒然と成立することに思いいたったのでした。——★16

残響する面影

昭和十年(1935)、九鬼周造は「偶然性」についての思索の結晶を少しずつ発表します。次の文章ははなはだ暗示的なものでありながら、よく九鬼の思想をあらわしていると思います。「松茸の季節は来たかと思ふと過ぎてしまふ。その崩落性がまたよいのである。(中略)人間は偶然に地球の表面の何処か一点へ投げ出されたものである。如何にして投げ出されたか、何処に投げ出されたかは知る由もない。ただ生まれ出でて死んで行くのである。人生の味も美しさもそこにある」。

ここで崩落性の先の先を見つめている目は、内村鑑三の「棄却」や、西条八十の「唄を忘れたカナリヤ」や、野口雨情の「こわれて消えた」のあとにやってくるプロフィール、そのものでもありましょう。それはまた、藤原定家の「花も紅葉もなかりけり」でした。

これが九鬼周造のいう「偶然」であり、「いき」なのです。それを九鬼の大好きな言葉でいえば、「可能が、可能の、そういうふうになるところ」ということになります。どこか本居宣長の思索がたどりつこうとした方法が見せていたものに似てはいないでしょうか。

そして、それをこそ「日本の面影」の残響と見てもいいのではないでしょうか。——★12

死に近き母に添寝（そひね）のしんしんと遠田（とほだ）のかはづ天に聞ゆる――――斎藤茂吉

茂吉の無辺

もともと『赤光』は連作が多い構成だが、挽歌「死にたまふ母」はなかでも大作で、一種の歌詠型ナレーションになっている。いわば〝短歌による心象映画〟でもある。こういう構成感覚は茂吉の師の伊藤左千夫にはなかったもので、すでに茂吉が徹底して新風を意識していることが伝わってくる。茂吉が挽歌に長けているのは、いうまでもない。そこが歌の出発点だったからで、しばしば近代短歌の挽歌三傑作といわれる木下利玄の「夏子」、窪田空穂の「土を眺めて」とくらべても、その魂魄において抜頭するものがあった。しかし、茂吉の歌業は挽歌を含んで広大で、かつ無辺なものにむかっていった。――――★17

あの頃はよく嘘を言ひき。
平気にてよく嘘を言ひき。
汗が出いづるかな。――――石川啄木

ココア色のアナキスト

啄木が灰色の精神のテロリストで、ココア色の魂のアナキストであったことは、いまさら言うまでもない。『紙上の塵』という文章には、昔の日本の書生にははっきり「天下国家といふ庫」があり、キリスト教にも「神様といふ庫」があったと書いて、その庫にあたるものがわれわれにはなくなったのではないかと感想しているし、『所謂今度の事』には「無政府主義といふのは詰り、凡ての人間が私慾を絶滅して完全なる個人にまで発達した状態に対する、熱烈なる憧憬」と定義した。『ココアのひと匙』にはさらに有名な次の詩句がある。

はてしなき議論の後の
冷めたるココアのひと匙を啜りて、
その薄苦き舌触りに、
われは知る、テロリストの
かなしき、かなしき心を。

啄木の思想は僅かな生涯のなかでアレクサンドライトの光のように変遷している。初期は仏教にもキリスト教にも惹かれているし、ニーチェにも憧れていた。日露戦争前後では、日清のときには好戦的だった「平民新聞」が非戦・厭戦・反戦に転じても、戦争は必ずしも罪悪ではないと断じて、愛国心を滾らせていた。

その後は一方でクロポトキンに傾倒し、アナキズムを愛し、他方でハルビン駅頭の伊藤博文暗殺に哀しんだ。「誰そ我にピストルにても撃てよかし伊藤のごとく死にて見せなむ」は、そのときの心情を詠んでいる。ついで大逆事件がおこると、「時代閉塞」に陥っている社会全体を相手どって怒りに苦悩した。教育についても痛哭に吠えた。ぼくがかつて瞠目した『林中書』には「日本の教育は人の住まぬ美しい建築物である。別言すれば、日本の教育は教育の木乃伊である」「小学校教育を破壊しなければならない」と書いている。——★18

届かなかった時代

いったい啄木は時代に何を感じて死んでいったんでしょうか。ちょっとこういう出し方をすると、あるいは「明治ロマンチシズム」の懐旧のような風情に聞こえてしまいかねないかもしれませんが、決してそういうつもりではないんです。むしろ逆です。

明治の時代を通して、私たちは啄木の感性や鷗外が『阿部一族』にこめた思いや、漱石が時代と自分の関係を問うた『こゝろ』や、そういうものに届かないまま明治というものを体験してしまった、ということのほうを言いたいんです。——★24

もとより啄木の「国」は動きまわるものだったのだ。それが啄木の〝一握の国家〟というものだったのだ。――★18

大人の子ども

スプーンの記憶にはじまる『銀の匙』は中勘助が最初に書いた散文である。漱石は、この作品が子どもの世界の描写として未曾有のものであることにすぐ気がついた。文章が格別にきれいで細かいこと、絶妙の彫琢があるにもかかわらず、不思議なほど真実を傷つけていないこと、文章に音楽的ともいうべき妙なる響きがあることなどを絶賛し、これを「東京朝日新聞」に連載させた。大正二年(1913)のことだ。和辻哲郎など、当時のこれはという連中が驚いた。

たとえば和辻は、この作品にどんな先人の影響も見られないことをおおいに称え、それが大人が見た子どもの世界でも、大人によって回想された子どもの世界でもないことに感嘆した。まるで子どもが大人の言葉の最も子ども的な部分をつかって描写した織物のようなのだ。なんというのか、大人でなければ書けない文章なのだが、あきらかに子どもがその日々のなかで感じている言葉だけをつかっている。

幼な心そのまま、そこに去来するぎりぎりに結晶化された言葉の綴れ織りだ。大人がつかっている言葉のうちのぎりぎり子どもがつかいたい言葉だけになっている。――★17

邪険な哀切

　愛着と裏切は紙一重、慕情と邪険も紙一重である。北原白秋の「青いとんぼ」の最終行にそれがあらわれる。

青いとんぼの眼をみれば
緑の、銀の、エメロウド。
青いとんぼの薄き翅（はね）、
燈心草の穂に光る。

青いとんぼの飛びゆくは
魔法つかひの手練（てだ）れかな。
青いとんぼを捕ふれば
女役者の肌ざはり。
青いとんぼの綺麗さは
手に触るすら恐ろしく、
青いとんぼの落つきは

眼にねたきまで憎々し。

青いとんぼをきりきりと
夏の雪駄（せった）で蹈みつぶす。

「うすばかげらふのような危機感」の美は、白秋の詩の最終行ではキリキリと夏の雪駄で踏みつぶしたくなる危険にもなっている。このたいせつにしたいのに雪駄で踏みつぶしたくなるような二律背反の感覚が「邪険な哀切」なのである。

日本の近代文学史では、こういう「邪険な哀切」を短い場面に描くのがうまいのは、実は鏡花よりむしろ詩や童謡をつくってきた北原白秋や三木露風、西条八十らの詩人たちだった。もともと鈴木三重吉が大正七年（1918）に創刊した雑誌『赤い鳥』に西条八十が書いた「金糸雀（かなりや）」が「邪険な哀切」をうまくあらわしている。八十は「唄を忘れた金糸雀は後の山に棄てましょか」と最初から切り込んで、すぐに「背戸（せど）の小藪（こやぶ）に埋（い）けましょか」とつづけた。そのうえで、その最後に、「いえいえそれはなりませぬ」と結んだのだ。この「いえいえそれはなりませぬ」が紙一重なのである。——★13

いま憶えば、白秋が「幼年期の記憶の再生」をもって、新たな感覚のフラジリティの表現を獲得したことを追走したかったのだろうとおもう。この、「幼年に戻る」ということ、「幼な心にこそ言葉の発見がある」ということが、ぼくが白秋から最初に学んだことだったのである。——★17

二人デ居タレド　マダ淋シ。
一人ニナツタラ　ナホ淋シ。
シンジツ二人ハ　遣瀬(やるせ)ナシ。
シンジツ一人ハ　堪ヘガタシ。——北原白秋「他ト我」

『**赤い鳥**』●大正時代は十把一からげに大正デモクラシー時代と総称されてはいるものの、明治年末に石川啄木が言い残したように「時代閉塞の現状」という病気に罹ったままのようなところがありました。つまりは日露戦争に勝った日本が満蒙を「生命線」とせざるをえなかった時代。日米が互いに互いを仮想敵国とみなした、先をばかり急ぐようになった時代です。

大逆事件の直後ということもあって、社会主義の黎明にめざめようとした青年たちも、その憤懣をどこにぶつけていいのか、かなり鬱屈していましたし、とくに子どもたちの学習現場には「教育勅語」が縛りをかけていた。明治四三年（1910）に制定された尋常小学唱歌は上からの修身教育の方針が投影されていて、ありきたりな「よい子主義」に毒されていたのです。

そこへ立ち上がったのが『赤い鳥』でした。鈴木三重吉は青年詩人たちの心を動かし、その呼びかけはたちまち燎原の火のごとく広まって『金の船』『童話』『小学男生』『少女倶楽部』といった幼童雑誌の創刊にも火をつけた。まさに時ならぬ表現運動でした。大正文化のなかで最も挑戦的で創造的な活動だといえるでしょう。――★16

棄てられたものたち

野口雨情が、若いころに内村鑑三の『東京独立雑誌』を熱心に読んでいたことはよく知られています。内村はこの雑誌で、無教会主義や日本的キリスト教への模索を通しながら明治の青年を鼓舞し、その魂魄に勇気を与え、Jesus（ジーザス）とJapan（日本）という「二つのJ」に股裂きにあった日本人への魂の自覚を呼びかけていました。

この雑誌には内村が欠かさず言っていたことがありました。それは「孤児」や「棄人」や「離脱者」に象徴的に託された「悲しいものとしての存在」に対して、格別の気持ちを与えようとしていたことです。たんに同情したのではない。そうではなくて、「悲しい存在」が起爆性をもっていると内村は訴えていた。次の言葉にはその思想が言い尽くされています。

父母に棄てられたる子は、家を支ゆる柱石となり、
国人に棄てられたる民は、国の救ふの愛国者となり、
教会に棄てられたる信者は、信仰復活の動力となる。――――★16

唄を忘れた……

日本の童謡は世界で類例のない子どもを対象とした表現運動でした。大正期前半に始まって一挙に広がり、戦争の足音とともに消えていったものです。最初の童謡は大正七年（1918）に西条八十が『赤い鳥』に発表した「金糸雀」（以下、カナリヤと表記）でした。成田為三が曲をつけた。

西条自身が『現代童話講話』に書いているところによると、この詞は、少年時代に番町教会の天井にひとつだけ消えていた電球を思い出して書いたということです。よく知られていると思いますが、こういう詞です。

唄を忘れた金糸雀は　後の山に棄てましょか
いえ　いえ　それはなりませぬ
唄を忘れた金糸雀は　背戸の小藪に埋けましょか

いえ　いえ　それはなりませぬ
唄を忘れた金糸雀は　柳の鞭でぶちましょか
いえ　いえ　それはかわいそう
唄を忘れた金糸雀は　象牙の船に銀の櫂(かい)
月夜の海に浮べれば　忘れた唄をおもいだす

この年は、大正デモクラシーの旗手となった吉野作造が「黎明会」を結成し、有島武郎が自分の子に贈った『小さき者へ』を、島崎藤村は『新生』を書いた年で、年末からは竹久夢二の「宵待草」が大流行しています。金子光晴には「病」に見えた時代です。

童謡運動をおこしたのは鈴木三重吉と三木露風でした。鈴木は自分の子が生まれたのをきっかけに子どもの心に食いこむような歌が日本にないと思い、『赤い鳥』を創刊します。露風に相談して踏ん切りがついたのです。「カナリヤ」はその創刊号に載ります。楽譜も一緒に載った。その号には北原白秋の「雨」（雨がふります・雨がふる）なども入っています。——★16

何かが欠けている

野口雨情は、たとえばカラスは「なぜ啼(な)くの」と唄い出した。啼いているのは可愛い七つの子をもっている親のカラスです。けれども「なぜ啼くの」かは「山の古巣」に行ってみなければわからない。赤い靴をはいてた女の子は「異人さんに連れられ」たのです。そのまま横浜の埠頭から外国に行ってしまったらしく、いまだに行方不明です。それで最後の四番は、「赤い靴　見るたび　考える　異人さんに逢うたび　考える」というふうになります。「考える」なんて童謡の歌詞としては異様です。いったい赤い靴をはいていた女の子の消息不明をもって、雨情は何を訴えたのでしょうか。

青い目の人形も困ったものです。アメリカ生まれのセルロイド人形ですが、この人形は迷子になるかもしれず、おまけに「わたしは言葉がわからない」。だいたい「日本の港についたとき　いっぱい涙をうかべてた」のですから、すでに最初から何かの宿命を背負っているようなのです。

いったい、こんな童謡があっていいのかというほどの、これは何かが欠けていたり、何かが失われていたり、何かがうまくいっていないという子どものための歌でした。——★16

あの町この町　日が暮れる日が暮れる
今きたこの道　帰りゃんせ帰りゃんせ

おうちがだんだん　遠くなる　遠くなる
今きたこの道　帰りゃんせ　帰りゃんせ

お空に夕べの　星が出る　星が出る
今きたこの道　帰りゃんせ　帰りゃんせ――野口雨情作詞・中山晋平作曲「あの町この町」

取り返しのつかないこと

雨情はその後は中山晋平と組んで、「雨降りお月さん」「あの町この町」「しゃぼん玉」などの名曲を次々につくった。いずれもすばらしい歌、いまでもかわいらしく歌われている。

しかしこれらの詞もまた、とんでもない。お嫁にゆくときは「ひとりで傘(からかさ)さしてゆく」のであって、傘がないと「シャラシャラシャンシャン鈴つけた、お馬にゆられて濡れてゆく」というのですから、飾った花嫁を賑やかに祝っているような歌詞ではまったくありません。子どもや花嫁だって瀬戸を渡っていくことがあるという童謡です。

これらの童謡は異常なことばかりを歌おうとしているのでしょうか。そうではないと思います。どんなことも安全ではないし、予定通りとはかぎらないし、見た目ではないこともおこるし、有為転変があるのだということを告げているのです。それらはまさに子どもに向って「無常」を突きつけているのです。いや、大人にも突きつけた。

子どもに道徳を解いているのではない。教育したいのでもない。雨情は道徳教育では伝わりっこ

ないことを、もっと根底において見せたのです。――――★16

つまり「欠如」や「喪失」には、それ以前に何かを見失う、あるいは何かを見失わさせることが先行しているのです。ああ、これは雨情こそが瀬戸を渡りつづけているじゃないか。私はそう思うと居ても立ってもいられなかったものです。――――★16

春三月縊り残され花に舞う――――大杉栄

アナキズムの生

大杉のアナキズムはその生にこそ独自性がある。「美は乱調にあり」の言葉ばかりが有名になったエッセイ『生の拡充』は次のようなマニフェストになっている。「生の拡充の中に生の至上の美を見る僕は、この反逆とこの破壊との中にのみ、今日の至上の美を見る。征服の事実がその頂上に達した今日においては、諧調はもはや美ではない。美はただ乱調である。諧調は偽りである。真はただ乱調にある」。――――★26

思想に自由あれ。しかしまた行為にも自由あれ。
そしてさらにはまた動機にも自由あれ。――――大杉栄「僕は精神が好きだ」

与謝野晶子に脱帽

いずれにしても、今日の女性にとって与謝野晶子はさまざまな意味での〝原点〟にあたるはずである。これはまちがいがない。

生き方が根本からちがっている。根性があって、それが叙情の果てまでつながっている。スーザン・ソンタグに近い。こういう女性はめったにいない。かの平塚雷鳥も及ばない。実際にも『青鞜』創刊号に寄せた晶子の巻頭文「山の動く日来る」は、雷鳥以下の女性たちを震撼とさせ、未曾有の勇気を与えたものだった。まず、晶子の歌を、ついで厖大なエッセイを読むとよいが、ぼくとしては、日本で最初に『源氏物語』の現代語訳にとりくんで、かつその後のどんな現代語訳をも凌駕している『与謝野晶子訳・源氏物語』を読んでもらいたいというのが、本音なのである。

晶子の歌は当然にまことに広く取材し、つねづね深く遊び、ひたすら遠くに飛んだ。そうした多様な歌のなかで、「日本の精神」というか「女が嗅いだやまとたましひ」というか、あるいは「男神をねだる心」ともいうべきものを詠んだ歌も数かぎりない。ぼくはその面でも晶子に脱帽し、そのような晶子がさらに知られることを希っている。

しらうをやかはのながれはおとたへず

六歳のときに、すでにこんな歌を詠んでいたというのだから、やはり天性の詩人というべきだ。

――★17

なんといふ空がなごやかな柚子の二つ三つ――山頭火

「このまま」から「そのまま」へ

もともと禅には「このまま」から「そのまま」へというところがある。白隠や盤珪(ばんけい)はそういうことを突き出したまま、禅をした。山頭火にも「このまま」から「そのまま」へ、がある。うまいともヘタとも言えないものになっていく。そこが山頭火の俳句だった。こうして山頭火の日々の一挙手一投足は「行乞(ぎょうこつ)」というものになる。――★31

おもかげをわすれかねつつ
こころかなしきときは
ひとりあゆみて
おもひを野に捨てよ――尾崎翠「歩行」

第七官界の文学

尾崎翠の文学は、まさに第七官界を求めてさまよっている。それを彼女の好きな言葉でいえば「哀愁の直前の音信に耳を傾ける」ということなのである。または「二つ以上の感覚がかさなつてよびおこす哀感」への投企なのである。

ともかくも翠の文章の狙いは不思議なものだった。当時の誰もが思いつかなかったもので、いまでは誰もがそれを独自の感覚とよぶように、自分の感性の漏斗に浸ってきたものだけを書いた。

――★17

したしたした。

こうこうこう。こうこうこう。――折口信夫『死者の書』

世紀の背中

約束の地

近代以降、われわれに仮定されるべき「約束の地」を執拗に追いもとめた最大の研究者は折口信夫であった。「はじまり」を問い、日本人の「約束」がどういうものかを証かそうとしたのは、折口信夫であった。その厖大な古代研究・民俗研究・国文学研究・芸能史研究が多くの者の心をどこにむけさせたかといえば、それはたんに日本民俗学の体系へ人々を急がせたばかりでなく、われわれにおける「妣なる国」の名状しがたい原郷感をかりたてた。

折口の「妣なる国」が民俗学の研究対象のみならず、また折口自身の〝魂の行方〟でもあったことは、筆名・釈迢空の名によって発表されたおびただしい短歌群、および私が日本文学史の最高傑作にあげるべきだと考えている詩文『死者の書』にこそ顕著であろう。――★26

人間を深く愛する神ありて　もしもの言はゞわれの如けむ――釈迢空

琉歌と折口

折口信夫に「月しろの旗」という長い創作歌謡がある。折口流のオモロともいえるし、琉球的古典前衛詩といったほうがいいかもしれない。「藩王第一世尚氏父子琉球入りの歌」と副題がつく。あるとき八重山の「チョーガ節」を聞いて、ああ、折口はこれなんだと合点した。文字面だけを読んでいたのではわからないことが、やはりメロディや声が入ると急に見えてくる。

月(つくい)ぬ美(かい)しゃ　十日三日(つかみーか)
女童(みやらび)美(かい)しゃ　十七(とーななつ)つ
ホーイー　チョーガー

こういう詞である。「八重山の夜の子守唄」などとともに、このたぐいの感興の歌をまとめて「月ぬ美しゃ」の琉歌(りゅうか)といわれている。たいへんゆっくりとした静かな歌で、何かが明けていく音がむこうから聞こえてくる趣きだ。おそらく「みやらび」を男童にしたかったろうことを除けば、折口が謡いたかった月や月代(つきしろ)というのは、これだったのである。

藤田正はこの唄に「万物が満ちる直前に美を求めている」と書いて、そこに「かぎやで風節」に通じる琉歌を嗅ぎとっていた。

祝いの席に欠かせない「カジャデフー」は、三線（さんしん）がまことにフラジャイルで、もっと高度で難曲だといわれる「十七八節」にくらべると、たしかにやや甘いけれど、それでもぞんぶんに琉歌の本質を告げている。きっとこれが、かの伝説の赤犬子（アカインク）が唄っていたオモロから生まれた琉歌というものなのだろう。――★17

琉歌●琉歌のことをよくサンパチロクという。八・八・八・六のリズムになっているものが多いからで、これはまさしく沖縄ふうの短歌なのである。リズムとはいえ、短歌が文字を三一文字数えるのに対して、サンパチロクは発声で数える。足して三〇になる。

だから琉歌はあきらかにオモロの流れをひく口承短歌なのだが、外間守善が『南島の抒情―琉歌』で書いているように、そもそもは琉球王朝にまつわる人々によって洗練された「詠む歌」ともいうべきもので、横着に聞いてしまうと、いまザ・ブームや安室奈美恵などを生んだウチナー・ポップ（沖縄ポップス）として流行している音楽から感じるものとは直接つながらない。

しかし、つながらないわけはないのである。琉歌は沖縄音楽を体感しているすべてのミュージシャンの体に、あきらかにインプリンティングされているはずだ。DNAなのだ。――★17

新日本音楽

すでに宮城道雄は明治四二年（1909）に「水の変態」を作曲して、その後も傑作「春の夜」などを発表していたのだが、大正二年（1913）に入って「唐砧」で洋楽を絶妙に取り入れた。近代日本音楽史上最も重要な曲である。最近のレコードやCDでは箏の高低二部と三弦の三部合奏曲になっているが、初演の時は三弦も高低二部になっていて、箏と三弦の四重奏曲だった。

宮城はつづいて三拍子の「若水」、セレナーデ風で尺八にカノンを入れた「秋の調べ」、さらには室内管弦楽の構成を和楽器に初めて移してこれに篠笛を加えた「花見船」、合唱付きの管弦楽様式による「秋韻」などを次々に発表した。圧倒的な才能の発揮であった。いま、われわれが「さくら変奏曲」や「君が代変奏曲」に聞くのは、そうした実験曲をずいぶん柔らげたものである。

その宮城が、尺八の吉田晴風・中尾都山・金森高山、箏曲の中島雅楽之都、研究者の田辺尚雄・町田嘉章らと取り組んだのが「新日本音楽」だった。

宮城の「新日本音楽」は、いまこそ日本中で議論すべき栄養分をたっぷり含んでいる。

また、この活動に前後して、長唄の四世杵屋佐吉がおこした「三弦主奏楽」の試みも、大正八年（1919）の「隅田の四季」以来、驚くべき成果を次々にあげたのだが、ここにもいまこそ日本が考えるべき栄養分がしこたま注入されていた。加えてそこに、東京盲学校出身の山田流箏曲家たちの献身的な活

動があった。――――★17

洋楽邦楽を問わず、宮城の試みたことの影響のない日本音楽など、おそらくないといっていい。――――★17

ヒット歌謡曲第一号

みなさんは、中山晋平の「カチューシャの唄」という曲はご存知ですよね。日本のヒット歌謡曲第一号と呼ばれているこんな歌です。

カチューシャかわいや　わかれのつらさ
せめて淡雪（あわゆき）　とけぬ間（ま）に
神に願いを（ララ）かけましょうか

カチューシャかわいや　わかれのつらさ
今宵ひと夜に　降る雪の
あすは野山の（ララ）路（みち）をかくせ

この歌の、「せめて……願いを　ララ　かけましょか」の「ララ」が、それまでの日本的な歌謡曲にはなかった画期的な合いの手だったと言われているんですね。

作詞は劇作家の島村抱月です。若くして芸術座をおこし、明治の日本演劇界のリーダーと目されていたんですが、スペイン風邪で急死してしまい、そのとき抱月の恋人で一緒に芸術座をやっていた松井須磨子もあとを追って首吊り自殺をしてしまうという大事件がありました。松井須磨子は川上貞奴につづいた日本の女優の第二号です。

その抱月のところで長野から出てきて書生をしていたのが中山晋平です。抱月は音楽青年だった中山晋平に、トルストイ原作の『復活』という舞台の劇中歌の作曲を頼みます。それが「カチューシャかわいや」の「カチューシャの唄」でした。

抱月は最初、「神に願いを　ちょいな　かけましょか」という歌詞を書いていた。私は、この「ちょいな」が日本の歌曲の原点にある自己矛盾だと思うんです。「神に願いを」とくれば、いまの感覚ではとても「ちょいな」とはこない。それじゃ民謡みたいでおかしいですよ。トルストイじゃない。でも、当時はまだそういう感覚だった。それを中山晋平が、「ララ　かけましょか」に変えたわけです。これがうまかった。この合いの手が入ったことで、洋風小唄とでもいうような新しい日本の歌謡曲が生まれ、松井須磨子が唄って大ヒットします。――★21

「こぶし」の東西

日本の歌には「こぶし」があるとよくいわれるが、これはもともとは声明などでユリとよばれていたメリスマのことで、典型的には「追分」にあらわれる。

しかしながらこれは西洋音楽にも共通するものであって、そのため、たとえばエリック・クラプトンの「コカイン」はなんだか〝ロックな追分〟に聞こえる。実はどちらもラドレミソなのだ。

日本のポップスがさらにアメリカン・ポップスと近づき、しかも日本的でもありうるようになったのには、ロックの〝キメ〟にあたる長二度を多発する進行をとりいれたことによる。この〝キメ〟はビートルズの「抱きしめたい」で大ブレイクし、ローリングストーンズの「サティスファクション」で決定的になった。やがて長二度のソラでフィニッシュするロックが流行る。

これを日本が真似をした。それまで日本の歌は「叱られて」「雪の降る町を」といった〝芸術的な歌曲〟を除くと、長二度は嫌われてきた。それが平尾昌晃の「星はなんでも知っている」あたりから少しずつあらわれ、グループサウンズが頻繁に使うようになった。〝ソラは解禁された〟のだ、そして都はるみの「好きになった人」では、ついに演歌にまでその特徴が生かされた。

ところが、都はるみが典型的にそうなのだが、日本人はその長二度さえ、うなりあげた。そして歌唱法においてロックの〝キメ〟は完全に日本化してしまったのである。

こうなると、日本の奥にしまわれていた長二度ソラが蘇ってくることになった。いわゆるニュー

ミュージックだった。しかし、その原型をつくったのは中山晋平だったのである。――★17

老いけらし良寛坊に及ばざり
ロオランサンもアーキペンコも――　堀口大學

『月下の一群』感覚

これほど一冊の翻訳書が昭和の日本人の感覚を変えるとは、堀口大學自身もほとんど想定していなかったろうとおもう。

明治三七年(1904)の上田敏の『海潮音』が明治大正の文芸感覚をがらりと一新させていったように、大正一四年(1925)の大學の『月下の一群』は昭和の芸術感覚の全般を一新していった。たとえば、こんなふうに。

ポオル・ヴァレリイ「風神」
人は見ね　人こそ知らね
ありなしの
われは匂ひぞ

風のもて来し！──★17

人の生のつづくかぎり
耳よ。おぬしは聴くべし。

洗面器のなかの
音のさびしさを。──金子光晴「洗面器」

「髭」の時代

金子光晴は明治二八年(1895)の生まれですから、北村透谷が自殺した年の生まれです。生まれてまもなく口減らしのために養子に出されました。ついで暁星中学に入り、銀座竹川街の教会で洗礼をうけ、できるだけ現実離れしようとするのですが、キリスト教の道徳観に嫌気がさして家出してしまいます。青春期を明治末から大正前半におくります。

そして実感したことは、明治は「髭」の時代だったということです。天皇も政治家も巡査も先生も作家も、みんなが「髭」を自慢していた。金子は誰もが虚勢をはっているように見えたと書いています。次の大正は「病（やまい）」の時代でした。大正天皇が病弱であり、知識人が欧米文化に香水を嗅がされる病気に罹っていた。白樺派は本物のアートなど見ないでひたすらその美に跪いていて、民本主義やどうみても英米へのお追従（ついしょう）にしか感じない。金子はヨーロッパの「石と鉄の文明の深さ」に敬意を払いつつも、日本人はヨーロッパ人になることは不可能なのだから、それに拮抗するには日本の「紙と竹と土の文化の美しさ」を持ち出すべきだろうと思います。

　しかし、そういうふうに思いなおした明治大正の日本が金子に何か大事なことを感じさせたというと、もはやなにもかもが辻褄があわないようになっていた。「大正を生きた僕には、もう、帰ろうにも帰れない滅びた世界」となっていると見えるのです。金子は、そこから自分の絶望が始まったというふうに書きます。――★16

そこで金子はひとつの決断をする。それは自分を「エトランゼ」と思い切る。
いったん自分を異邦人とみなすということでした。
金子は自分を瀬戸際化したのです。――★16

「人間なんてどうでもええ」

　いったい、稲垣足穂が月や星や彗星をもっぱら主人公とするのは、そこに人間臭さがいっさい消去されるからである。

タルホはいつも「人間」という言いかたを嫌っていた。私にも「人間なんてどうでもええやないか」といつも怒っていた。せめて〝人間人形〟でなければならぬことを確信していた。その〝人間人形〟をさらに光の粒までに昇化させて星が登場し、いささか通過者の美のはかなさをこめて彗星が俎上にのぼり、さらにこれらの消息に敬愛の雰囲気を充満させておいて、いよいよお月様が腰をあげる。そういう段取りだ。――★14

「僕の書くものはみんな『一千一秒物語』の解説にすぎない」という稲垣足穂の自註主義には、この人が思索した内実があまりにも凝縮であるために自分がそれを指摘するだけでも精いっぱいであるという、恐るべき告白がふくまれています。――★26

一穂の幾何学神楽

月しづむ境(はて)に眠らん。
深夜の朱金、商ふあり。
虚しきと抗ふ、わが渇き。
太古を降(くだ)る砂鉄の滸(ほとり)。

これは『暗星系』のなかの「天隕」である。月が沈む境涯を凝視して、そこに深夜の朱金を思う。それが存在の渇きのごとく高じて、そこから自分の精神が太古をくだる砂鉄の滸に向かうというのだ。なんという詩語であろうか。いやもっとわかりやすくは、暗星系といい、天隕といい、こんな凍てついた言葉の一つや二つですら、吉田一穂にしかない吐けなかったものだった。文章も、そうである。こんなふうに、書く。「道元は坐れといふ。人間的連続の切断に於ける表現停止である。それは絶対の場を示唆する。不立文字の無位の相として、混沌に背骨をまつすぐたてることは、一つの天体たることである。人は社会的に憑れかかつて、歴史必然に流されてゆく。生とは強引にふりむいた時の意識である」。これは『古代緑地』のなかの「あらののゆめ」の一節だ。道元禅師を語っているのに、その奥から一穂の手が星座を動かしている。その動かしている座標の中心はゼロではない。座標の中心がすでにして極北なのである。いわば、偏極することが座標の正位置なのだ。そこから道元をひょいとつかまえる。とんでもない方法だ。

このように一瞬にして「系」というものを動かしてみせる一穂の幾何学神楽のような詩には、独自の詩語が分布されている。こういう詩語に、ぼくは後にも先にもいまだお目にかかったことがない。

★17

死ぬ鳥に春の色出る秋の暮――永田耕衣

耕衣の「平気」

「後ろにも髪脱け落つる山河かな」という永田耕衣の句がある。老境の句と思っただろうか。これだけで何かを感じるならそれはそれでよろしいが、少々説明しておく。

耕衣は老いてからだんだん凄まじい。そういう老人力というものは昔から数多いけれど、ぼくが接した範囲でも老人になって何でもないようなのはもともと何でもなかったわけで、たとえば野尻抱影、湯川秀樹、白川静、白井晟一（せいいち）、大岡昇平、野間宏……みんな凄かった。なんというのか、みんな深々とした妖気のようなものを放っていた。正統の妖気である。

それが耕衣にあっては少々異なっていた。もうちょっと静謐なバサラのようなものがあって、俳諧が前へ行っているのか、沈みこんだのか、上下しているのか、飛来なのか飛散なのか、そういうことが見当のつかない横着が平ちゃらになっていくのである。

実際にも、耕衣は老いるにつれて「平気」ということをしきりに言うようになった。それとともに以前から好きだったらしい盤珪の不生禅（ふしょうぜん）の底力のようなものが加わってきて、なんだか事態を見据えてしまったのだ。いや、精神は事態を見据えて、そのぶん俳諧が静謐なバサラになっていた。たとえば、

天行は下駄の上なり梅の花

という句があるのだが、これなどこの句そのままに花を活けたくなってくる。中川幸夫さんなら活けるであろう。そこにまたたとえば「白梅の余白の余命我に在り」などを添えてみて——。

その後、耕衣は「衰退のエネルギィ」ということをしきりに口にしていた。それが耄碌(もうろく)の哲理なのか、負の想像力なのかは、ぼくにはまだわからない。——★17

ほろびたるわがうつそ身をおもふ時くらやみ遠くながれの音す

When I imagine
this present body of mine
falling in decray,
there is a sound of water
running in distant darkness.

——斎藤史

『記憶の茂み』

この一冊は手元においておいたほうがいいだろう。いろいろな意義がうずくまっている。

第一には、斎藤史(ふみ)という歌人の代表短歌が一望できる。七〇〇首が選ばれている。それは、さまざまな意味において現代の歌人にひそむ「快楽（けらく）」とは何かを見せてくれる。

一六歳で太田水穂に出会い、一七歳で父親のところに滞在していた若山牧水から作歌を勧められ、一八歳には佐佐木信綱の『心の花』に歌を発表した。それが昭和二年（1927）である。与謝野晶子や九条武子の次の世代として、この時期の女流歌人はめずらしい。しかし、無視された。「短歌は詩ではない」という批判も多かった。第一歌集『魚歌』の若き才能に注目したのは萩原朔太郎だった。

この歌人ほど四季を見ても、父母を見ても、時代を見ても、犬を見ても、別れを告げるのが上手だった人はない。その告別は自身が取り残されて存在するままの、振り向きざまの告別だった。

まさに「快楽」と「告別」と「慟哭」。

とりあえず三つの言葉で斎藤史の英訳歌集のアイコンを指摘してみたが、もとより斎藤史の歌をこの言葉だけで説明することは不可能である。

だいたいこの三つの言葉にしてから、ちょっと奥まれば「懸想（けそう）」「背き（そむ）」「顰み（ひそ）」などと変化する。

ぼくが斎藤史に惹かれてきた理由は、一言でいえば歌を「うつそ身」にしているというところにあったのではないかと思っている。「うつそ身」をフラジャイルにしたままで傲然と歌いつづけてしまうこと、それが斎藤史の昭和平成を渉ってきた歌だったのではないか。——★17

斎藤史なんて知りませんでしたという事情は、許されない。斎藤史をはずして現代短歌は毫も語れない。——★17

切字と句読点●だいたい切字といっても「や」「かな」「けり」だけではない。芭蕉のころすでに十八用例を数えた。「松青し」「雨ぞ花」「染めつくせ」「花は見つ」「月いかに」「よも降らじ」の、し・ぞ・せ・いかに・じはいずれも「切れ」あるいは「切れ字」なのである。——★17

句読点も切字も、言葉づかいの「間（ま）」のようなものである。そこには一瞬の沈黙がある。それによって言葉がないところに、もうひとつの表現が生まれる。俳句の終わりぐあいに切字がくれば、文中ではないのに新たな効果が生まれる。——★31

波郷の切れ味

石田波郷の「霜柱俳句は切字響きけり」という一句がどういう歴史的な意味をもっていたかは、ぼくも長じて知るようになった。

波郷は俳壇では人生派とか生活探求派とか（いずれもつまらない呼称だ）、また韻文派とかと呼ばれてきた。韻文派というのは散文派にたいする否定の意味をもっていて、これは桑原武夫の俳句第二芸術論に対抗していた波郷の態度をあらわしていた。

戦後の俳壇をゆるがせた桑原の第二芸術論は、俳句のよさなど玄人も素人も区別がつかないという無茶な論法を掲げて、真っ向から「俳句は高級な芸術ではありえない」とやった。適当にプロとアマの俳句を交ぜて斯界の評定者に選ばせたところ、まったくの体たらくだったという〝テスト〟にもとづいての批判である。

が、これに反発したり、反論できた者は俳壇側にはすぐあらわれなかったのだ。そこで波郷がキラリと刀を抜いた。桑原を散文派に見立て、ではその散文になくて韻文にあるものは、俳句ではそのひとつが切字の妙なのであることを静かに攻めた。そこで波郷はあえて「俳句は切字響きけり」と切り返して、そこに霜柱を添えてみせたのだ。切字でどうだ、桑原は霜柱をどう詠むか、霜柱そのものが切字じゃないか、そう言わんばかりの対抗だった。

波郷はそういう闘志をもっていた。がむしゃらではない。静かな闘志であり、かつ、絶対の自信である、長きにわたる闘病生活を余儀なくされた波郷であるが、そういう不屈のものは懐にいつもヤッパのように秘めている。――★17

俳句というのは、かの西鶴がそうだったように猛然とつくるときもあれば、数人で吟行するときもあるし、一人黙然とひねるときもある。しかし俳句は「詠む」ためだけでなく、実は「読む」ためにもある。――★31

言葉を一つずつ足し算していって、一所懸命三十一音まで増やそうと努力しても、駄目なんです。無尽蔵に溢れ出る言葉から削ぎ落とせるものを全部削ぎ落として、これ以上は一語も減らせないという三十一音を屹立させないと、第三者の鑑賞に耐える歌なんか出来っこありませんわな。

——塚本邦雄

魘される定家

塚本邦雄には敵わない。叶わないのでなく、適わないのでなく、敵わない。できればちょっとは叶いたいし、適いたいけれど、塚本邦雄は遥かに遠く、綴り文字の裡において慄然としていすぎてきた。

こんなにも言葉を桃山バロックの彫金師のごとく象嵌加工できるのかと思った。それがとんでもない日本語ばかりなのだ。鮮明だったのは、その日本語によって現代短歌というものが無国籍にも多国籍になりうることと、もうひとつは「語割れ・句またがり」が短歌においてこそ成立しうることだった。たとえば『水葬物語』の、

割禮の前夜、霧ふる無花果樹（いちじく）の杜（もり）で　少年同士ほほよせ
聖母像ばかりならべてある美術館の出口につづく火薬庫

では、「句の切れ目」と「意味の切れ目」が微妙にズレる。あっと思った。「割礼」の歌のほうは、このズレがあからさまで、ズレの微妙はあまり成功していない。むしろ破調というものだ。これにはそんなに驚かない。けれどもきっと、このような作歌を通して塚本は陶冶を重ねただろうという原型だったのだろう。

ところが次の歌は、「聖母像／ばかりならべて」と読みはじめると、この五七のあとが崩れる。「聖母像ばかりならべて／ある美術館」になってしまう。けれども、「美術館の」の「の」がはみ出ていて、動き出す。ところがそれは一方、「ある美術館」でもあって、また「美術館の出口につづく火薬庫」にもなる。しかも「出口につづく火薬庫」の終わり方は、これは七七ではない。

これは断乎として破調ではない。ダダでもなく、シュルレアリスムでもない。現代詩人がいくら逆立ちしても、これはできないという「語割れ・句またがり」なのだ。なぜなら現代詩には「定型」がない。

塚本は短歌と和歌の五七五七七という定型を大前提に、このズレを独自に創意したのだ。いや、日本人の奥にある韻律の動向を基層エンジンにして、こういう手口を考え出した。こういう手法がなかったわけではない。たとえば芭蕉の「海くれて鴨の声ほのかに白し」はその先駆例である。

他方、この歌人は当初から「文語歌人」をめざしていた。これは『装飾楽句』であきらかになった。たとえば「少年発熱して去りしかば初夏（はつなつ）の地に昏れてゆく砂繪の麒麟」。

ここの「去りしかば」は、過去の助動詞「き」の已然形の「しか」で、これで確定の意味が出る。それが「しかば」となって、歌になる。その後、塚本は文語技法をかなり磨きあげ、初期の用法を丹念に修正し、正字旧仮名に徹していくようになった。

塚本のコンセプトが文語とともに「反写実」にあることは有名だ。しかし、それをも「日本という観念」に貫こうとしたのは、特異なことだった。

が、そのうち当の塚本自身が変容してきた。なんとなく予感していたことではあったけれど。新たな塚本には日本中世への傾倒が著しかった。とくに新古今だ。現代歌人であれほど新古今と交じった歌人はめったにいないほどだった。定家に対する執念もすさまじく、『定家百首・良夜爛漫』など、なんだか夢の中で魘されるような定家になっていた。——★18

塚本邦雄の歌は反写実で、語句を割り、
塚本邦雄の歌は観念で、
「日本という方法」を無国籍にも多国籍にもしてくれた。——★18

年代記に死ぬるほどの恋ひとつありその周辺はわづか明るし——上田三四二

日本語の底荷

上田三四二（みよじ）は「吹かれて歩き、歌をついばんで、帰る」と綴って「余命」という随筆を結んだ。三四二はこういう言い方が似合う歌人である。

三四二は短歌を「日本語の底荷」だと言った。短歌だけではなく俳句も底荷であると言う。つねに俳句に理解を示した歌人でもあった。底荷というのは船の底に積まれる荷物のことで、バラストという。運賃には関係がない。が、これによって船は嵐のなかでも暴風のなかでも航行できる。

バラストに対応しているのはマストである。帆である。かつてもいまも、短歌をマストにする運動も歌人の矜持もあったけれど、三四二は短歌をあくまでバラストとみなしてきた。「短歌は帆となって現代の日本語という言葉の船を推し進める力を持たない」とも書いている。たしかに、現代の日本語を推進しているのは短歌や俳句ではなく、詩ですらなくて、ポップミュージックや吉本興業やガキの言い回しであろう。

三四二は、短歌がそういう目に付く役割をもたなくとも、「現代の日本語というこの活気はあるがきわめて猥雑な船を、転覆から救う目に見えない力」となればいいのではないか、そういう磨かれた言葉のためのバラストになればいいと考えている。こういう人を貴色というのである。――

★17

三四二がついに六六歳を綴じて語ったことは、歌の使命とは「時にただよふ」という、この一事であったとおもう。これはどのように「さま」を詠むかということに尽きている。――★17

加藤郁乎の眼力

永井荷風は「白魚や発句よみたき心かな」といった絶妙の俳諧味をもっていた。日野草城には「うぐひすのこゑのさはりし寝顔かな」がある。こういう一句を抜け目なく拾う眼力は、よくよく俳句に親しむか、ないしは書や陶磁器を一発で選べる性来の趣味をもっているか、そのどちらかによる。加藤郁乎にはその両方があった。――★17

蕩尽の性にかあらむ泣きじやうご鬼は若衆を哭きていつくしむ――春日井建

薄弱なる逆襲

春日井建の短歌には薄弱なる逆襲にむかう一途なものがある。過激ではないが、一種の過激を装う力をもっていた。薄弱なる逆襲とはフラジャイルなものによる反撃をいうが、それは事態を見つめる目がフラジャイルなのであって、言葉が薄弱であるわけではない。言葉は突っ張っていた。

技巧が言葉の並びとイメージに砕け散り、その顔料の色彩の粒のようになった言葉がそのまま

三十一音の文字を再生する間際でとめる。——★17

和歌や短歌というものは、俳句以上に、読者がこれをいつどのように読むかによって、変わって見えてくる。それをまちがうと、一冊の歌集など、すぐ死んでしまう。——★17

これこそ俳句

中学生のころ、「がっがっが鬼のげんこつ汽車がいく」という小学生の俳句に腰を抜かしたことがある。

教えてくれたのは初音中学の国語の藤原猛先生だった。難聴の藤原先生は「がっがっが」と大きな声でどなり、「どうや、こういうのが俳句なんや」と言った。——★17

俳句は絵画のように鑑賞者が距離をおいて見るものとはいえない。むしろリズムのほうで知覚的な距離をとっている。だから、俳句はリズム距離をもったポアンティイスム(点描)なのかもしれず、だからこそリズムが好きな子どもは意外な名句を作れるのであろう。

トンボを手づかみするように、桃をほおばるように、子どもは言葉を五七五にしてしまうのだ。——★31

関揺れる私は煙草を吸ってゐる――御中虫

3・11以降、歌や俳句というものもさまざまな津波をかぶったのである。その痛みや揺れは、おそらく千差万別だ。いましばらくどこからどんな表現が〝再発〟してくるのか、見てみたい。――★18

折口の危惧

岡野弘彦さんは年がら年中、来る年もくる年も、「日本」のことを念い続けている人である。そのことはすでに第一歌集『冬の家族』にも、とりわけ第二歌集『滄浪歌』に、早くもしんしんとあらわれていた。

試みに、その『滄浪歌』から「神」という文字を用いた歌をあげてみると、岡野さんの「日本」がまざまざとエピファニーしてこよう。

たとえば「青海に逆白浪のたつみえて脳きの磯に神は漂りくる」や「国びとの心ゆらぎて待つ神は蒼海原のはてよりぞ来し」という歌がある。これらは海上から寄り来る漂着神を詠んだもので、折口が凝視してやまなかった常世としての「妣の国」そのものの原風景に交差する。岡野さんの神は、まずはどこかからやってくる客神なのである。

岡野さんは、折口信夫が昭和二〇年の初めのころに言った次の言葉が耳に残っているのである。

折口は何と言ったかのか。「日本は戦争に負けたことを、経済力に負けた、物資の豊かさに負けた、科学の進歩に負けたと言っているが、そんなことではなかったのではないか。われわれはかれらの神に負けたのだ。かれらの宗教心の深さが、われわれの宗教的情熱に勝っていたのだ」と言ったのだ。さらに折口は付け加えたそうだ。「このことをよく考えないかぎり、五〇年後の日本民族は危ないです」。

すでにその五〇年が過ぎている。岡野さんの歌はこの危惧に出て、日本の神と言葉のもつ意味の深さに何度も何千回となく戻ってきたにちがいない。その日本の神とは追放され、漂泊しなければならなかった出雲系の神々であり、その祖神のスサノオのことだった。それを想うと、ぼくは「母なる父」のこの歌をすぐ思い出す、「みちのくの遠野こほしき　けだものも人も女神も　山分かち住む」。――――★18

すさまじくひとの木の桜ふぶくゆゑ身は冷えびえとなりて立ちをり
悲しきは井光（ゐひか）、土蜘蛛。倭なす神らのごとく聡（さと）くはあらず――――岡野弘彦

何かが抜け落ちていく

敗戦直後の昭和二一年（1946）一一月一六日のこと、「現代かなづかひ」と「当用漢字」に関する忌ま

はしい内容が内閣告示された。いはゆる「新かな・新字」の指令である。そこに敢然と立ち向つたのが福田恆存(つねあり)で、執拗に国語改良に批判を加へていつた。

そもそも「現代かなづかひ」は現代人が慣行してゐる発音に従つて表記しやうといふもので、「おめでたう」を「おめでとう」に、キウリはキュウリに、氷は「こおり」とする方針になつてゐる。しかしそれならなぜ、扇を「おおぎ」でなく「おうぎ」とし、狩人を「かりゅうど」でなく「かりうど」としたのか。かういふ矛盾がいつぱいにある。

もつと決定的なのは「私は」「夢を」「町へ」の「は」と「を」と「へ」だけは残したことである。それを残すなら、なぜ他の大半の表記をことごとく〝表音主義〟にしてしまつたのか。どうにも理解できないといふのが福田の出発点なのである。

いま、「あやふい」(危)を「あやうい」と書く。たしかに「危ふい」はアヤウイと発音する。しかし、「危ぶむ」はアヤブムと発音するから「あやぶむ」と綴れば、なんだか何かを踏んでゐるやうである。かういふ矛盾がいくらでもおこる。福田はこれに耐へられなかつた。それなら、「危ふい」にはもともと「ふ」が入つてゐたのだから、それを継続させておいたほうがいいはずなのだ。

われわれは古来、「ふ」をそのやうに時に応じていろいろの発音に変化させてきた能力をもつてきたのである。だからこそ「てふてふ」をチョウチョウと読めたのだ。それが「ふ」は「フ」でしかないとしてしまつては、何かが抜け落ちていく。——★31

寺山修司の唄いかた

思い返してみると、なんといっても一番のショックは寺山さんが二九歳のときに発表した『田園に死す』でした。あれはとんでもないものだった。ぼくは長いあいだ、この衝撃的な日本の唄いかたがどのように生成してきたのか、考えこみました。

大工町寺町米町仏町老母買ふ町あらずやつばめよ
新しき仏壇買ひに行きしまま行方不明のおとうとと鳥
桃の木は桃の言葉で羨むやわれら母子の声の休暇を
村境の春や錆びたる捨て車輪ふるさとまとめて花いちもんめ――★31

日本語の変化●江戸時代の日本語の変化も、浄瑠璃（義太夫）などの普及と無縁ではなかった。浄瑠璃の文句は大阪弁でつくられていることが多いのだが、関西弁は浄瑠璃とともに勢力を得たといってもいいだろう。つづく明治前期に口語体運動がおこった背景にも、小唄の流行がおおいに関与した。小唄は幕末の早間（はやま）小唄とはまたちがっていて、もっぱら明治期の新橋や芳町の芸者たちが自分たちの口と手でつくったものだった。明治の口語は山田美妙が広めたのではなく、小唄がはやらせたのだ。

まったく同じことが今日なおおこっている。私はそう見ている。わかりやすくいえば、さしずめ六〇年代は岩谷時子の詞によって、七〇年代は阿久悠の詞によって、八〇年代は阿木燿子の詞によって日本語は変わっていったのだ。九〇年代はJポップこと、ジャパン・ポップスである。――★20

日本はロックの真似をしたんですが、けれども日本は忘れていたんです。かつて日本にそれがあったことを。――★21

モーニング娘「。」

私は、『古語拾遺』や『古事記伝』と、桑田佳祐や椎名林檎を一緒に見るというふうに、古典的なものと新しいものをあえて一緒に見てみたいと考えています。

椎名林檎の歌詞などは、たとえば日本の神命の付けかたなどにもちょっと似ています。ホノニギギノミコトとか、オオヤマトトトビモモソヒメとかいうように、音で聞くと何だかよくわからない。でも、そこには何かの記憶機能やメッセージ装置が動いているはずです。それは「モーニング娘。」のようにカタカナと漢字と、さらに「。」までついたような名前を生み出す感覚にこそ近いものがあるのかもしれません。――★21

方法日本というのはもっとトランスジェンダーで、パンクで、もっとぎりぎりなものではないか。言葉が乱れたようなものが出ていきながらも、そこに新しいフルコトが生まれるべきではないか。――★21

耳の言葉

一冊の書物から音楽が聴こえてくるなどということは、めったにない。まだしも音楽家ならリルケやヘルダーリンの行間や、あるいは李白や寂室元光の漢詩から音楽を聴くかもしれないが、少なくともぼくにはそういう芸当は不可能だ。

ところが、武満徹の『音、沈黙と測りあえるほどに』はそういう稀な一冊だった。それも現代音楽家の文章である。なぜこの一冊に音が鳴っているかということは、うまく説明できるような答えがない。けれどもひとつだけ言えそうなことがある。それは武満徹自身が音を作ろうとしているのではなく、つねに何かを聴こうとして耳を澄ましている人だということである。

それで思うのは、この人はきっと「耳の言葉」で書いているのだろうということだ。いま手元にないので正確ではないのだが、亡くなる数年前に「私たちの耳は聞こえているか」といったエッセイを書いていた。ジョセフ・コーネルとエミリー・ディッキンソンにふれた文章で、テレビやラジオやウォークマンをつけっぱなしの日本人がこのままでは耳を使わなくなるのではないかというような

危惧をもらしていた。——★17

——きっと、この人は「耳の言葉」で文章が書ける人なのだろう。ついでにいえば武満音楽は、おそらく「耳の文字」でスコアリングされてきたのであろう。——★17

近代のカラダ

いまのわれわれのカラダは、声を封印してスタートを切ってしまった近代のカラダであり近代の知じゃないですか。だからその奥にある声の響きを取り出せたときには、近代を一気に超えられる可能性があるんじゃないか。だって、その声はどの時代からやってきたものかなんて誰にもわからないですから。——★27

北天に向かいし風の中にありて北辰の七点をまたたきもせず見つむ——玄月

ま

ら

わ

た

な

は

作品・書名索引

あ

か

さ

ら

わ

ま

た

な

は

さ

人名索引

あ

か

あとがき――「うまし言の葉」を編集工学で味わう

米山拓矢

「花鳥風月は日本人が古来から開発してきた独特のマルチメディア・システムだった」という一撃に目が眩みました。これが松岡正剛さんの著書との初めての出会いです。二〇〇七年ごろのことで、旅行のカタログを作っていたわたしは花鳥風月について調べていました。偶然、図書館で松岡さんの『花鳥風月の科学』を発見したのです。雪月花や花鳥風月は情緒的なしきたりのようなものと勝手に思っていたわたしは、システム観を持って普遍的に紐解いていく姿に仰天しました。この読書体験がきっかけとなり、わたしはまもなくイシス編集学校に入門しました。イシス編集学校は松岡さんがインターネット上につくった、文字どおり編集を学ぶ学校です。校長は松岡さんです。このときから、本の著者という遠い存在であった松岡さんは、少し身近な松岡校長になりました。

松岡さんの編集工学は、世界のすべてを「情報」と「編集」の視点からとらえなおし、読み解こうとするものです。たとえば、宇宙は極小の量子から成り立っているけれども、量子もまた情報のあらわれの一つであり、情報が編集されたものであるという見方です。ゲーテが文豪なのか科学者であるのかが分かちがたいように、理系も文系も自由自在に渡り歩いていきます。この視点が日本文化の読み解きにも生かされているのです。

古代人の感じたまれびと神の来訪も、目に見えない情報に感応したふるまいであったとも言えます。歌もしかり。文化の成果である前に、歌は宇宙史のなかに位置付けられる情報の織物のひとつづりです。本書は日本の歌にテーマを絞っているので、編集工学についてはあまりふれられていませんが、『情報の歴史を読む』という本は、まさに宇宙開闢から情報文化の流れを追った著書ですので、興味のある方はぜひのぞいてみてください。

短歌の世界には、歌を書く際に口語を選ぶべきか、文語を守るべきかという議論が今日にもあります。ここで分水嶺となっているのは、明治時代の国語の近代化をどうみるかということです。しかし、松岡歌論の射程はもっと広いものです。それは冒頭にいきなり登場する「音が聴こえてこない文字は無力だ。文字というもの、もともと音から生まれてきたからである」という一文にも示されています。文字以前のオラリティか、文字以後のリテラシーかという、人類の文化の基盤にかかわるところから見ていく。稗田阿礼の口うつしの習いから、太安万侶の書記という職能が力をもちはじめたとき、そこに起こっていたのは単なる記録方法の変化以上のことがあったかもしれないと考える。なぜなら、情報がメディアを乗り換えたことよって、空海の指摘する〝言語にひそむ生命プロセス〟が創発を起こしているのかもしれないからです。

　このようなマクロな見通しに立ちながらも、一方では細やかにやまとことばの語源やイメージの系譜を追ってゆく松岡さんの歌語りがわたしは大好きです。歌語りというと、ふつうは和歌にまつわる物語を意味しますが、ここではもっと広い意味で多種多様な歌にまつわる語りというふうに使いたいと思います。文字以前の口誦文学から現代のJポップまで、日本だけでなく海を越えた音曲まで、古今東西の歌語りがこれまでに千夜千冊やたくさんの著書に綴られてきました。これらを読み、編集学校で学ぶうちに、いつしかひとつの問いがわたしに生まれました。

　二〇一三年春、千夜千冊が一五〇〇夜にさしかかったときのことです。ふしめの一夜にどの一冊が取り上げられるのかを予想する「一五〇〇夜 大予想大会」が行われました。わたしは、柿本人麻呂と書いて応募しました。運良く予想があたり、松岡さんから記念の書をいただきました。それは、大きな○（まる）の上に人という字がぎゅっとくっついて書かれた、柿の実（人○）にも見える素敵な書でした。たいへんうれしかったので今も自室の正面に飾っています。喜びながら、ふと思いました。人麻呂をはじめとして、松岡さんには歌に関する文章がたくさんある。歌は十八番（おはこ）なのだ。しかし、にもかかわらず歌を全面的にメインにした著作はまだないようだ。なぜだろう。この問いは、時を経てゆっくりと次のような着想に育ちました。

　松岡さんの膨大な量の歌語りを精選して詞華集（アンソロジー）に編みなおしてみたら、これまでにないような通史的かつ編集工学的な歌論が浮かびあがってくるのではないだろうか。日本という方法を語るためのいわば例示として紹介されてきた歌たちを、主客をひっくりかえして歌を主にしてみたら新しい松岡日本論の一冊が生まれるかもしれない。

幸いなことに、このたび多くの方にお力添えをいただいたおかげでこのアイデアが実を結ぶことができたという次第です。

本書の白眉は、書名に端的にあらわれています。歌の醍醐味は「うたかた」です。うたかたとは、水の泡。夢かうつつか幻か、はかなく消えやすいものをたとえる例です。「絵に〝絵そらごと〟があるように、歌にも〝歌虚言(そらごと)〟がある」と述べたのは、歌人の岡野弘彦さんですが、もし、歌そらごとのたぐいがすべてなくなったとしたらこの世はさぞかし殺伐とした味気ないさまに変わってしまうだろう、というわけです。これぞ、うたかたの国の真面目です。

サブタイトルの「日本は歌でできている」も大切なメッセージです。たとえば、『万葉集』の東歌や防人の歌たち。これらの作者は先にふれたまさに文字以前の時代に生きた人々です。いまなおその素晴らしい歌のしらべは鳴りやむことはありません。本書に何度も出てきた折口信夫(釈迢空)も次のように語っています。

「漢字が一字も書けなかった、一字も読めなかったはずの防人たちが、村を離れて防人の任につくことを命じられたときにあんなすばらしい歌を詠んでいる。それは、物心ついたときから村に伝わる東歌が生活の中にあるからなのだよ」（岡野弘彦他『古事記が語る原風景』ＰＨＰ研究所、2004）。
　歌とともに暮らし、歌を生活のよりどころとしてきた先人たちの心のありようがうかがえます。日本は歌をよすがとして、つまりは歌を型にして生きてきたうたかたの国であるわけです。さらには、こうした伝統的な詩歌を支えているのが五音や七音といった「定型」にあることは言うまでもありません。ひとつ例をあげます。

天地（あめつし）のいづれの神を祈らばか愛（うつく）し母にまた言問（こと）はむ――大伴部麻与佐（おおともべのまよさ）

『万葉集』巻二十に出てくるこの防人の歌を今の言葉にすれば、「いったいこの広い天地のいずれにいる神を祈ったならば、こうして別れてきてしまったいとしいお母さんに、ふたたび会って語り会うことができるのだろう」となります。言葉遣いを乗り越えてみれば、現代人の心情となんら変わりありません。こうした文字以前の豊饒な記憶が、断絶することなく脈々と息づいていることを歌は教えてくれます。正岡子規は『歌よみに与ふる書』で万葉回帰を訴えましたが、たしかにそこは日本人がいつでも戻るべき〝ひなび〟であり、源泉なのだと思います。

たのしみは　そぞろ読みゆく　書（ふみ）の中（うち）に　我とひとしき　人をみし時――橘曙覧（たちばなのあけみ）

幕末の歌人・橘曙覧の歌集の序に「うまし言の葉」というひと言が見えます。日本は長きにわたり「うまし言の葉」を紡ぎつづけてきたと思います。そのことを松岡さんの歌語りを通して、多くの方とともに楽しむことができればうれしく思います。

わたしの無謀な提案をおおらかに受容してくださった松岡さん、構想段階から全体にわたり細やかに艶なるディレクションをいただいた太田香保さん、本書の編集と発刊をその剛腕で引き受けてくださった工作舎の米澤敬編集長に厚く御礼を申し上げます。お三方のあうんの呼吸による編集お手本を目の当たりにできて眼福でした。とりわけ米澤編集長による章立ての起こし方、物語の仕立て方、見出しの立て方、引用の切り取り方には学ぶことばかりでした。さかのぼれば本書の苗床は、イシス編集学校にありますが、なかでも風韻講座において歌人の小池純代さんから生まれて初めて歌と俳句の手ほどきを受けたことはわたしの詩歌体験の原点のひとつになっています。そして、三年前の二〇一八年一月、この本の企画について松岡さんに直接の相談ができたのは、名古屋の小島伸吾さんの面影座のおかげでした。

本当にありがとうございました。

最後に、この本をお読みいただいたみなさまに感謝申し上げます。

米山拓矢

［著者紹介］

松岡正剛●*Seigow* MATSUOKA

一九四四年一月二五日、悉皆屋の長男として京都に誕生。早稲田大学文学部中退後、高校生のための読書誌「ハイスクール・ライフ」編集長となる。一九七一年、オブジェ・マガジン「遊」創刊とともに、工作舎を設立。八〇年代初頭より日本美術文化全集「アート・ジャパネスク」（全一八巻）の総合編集を担当（刊行は1982-84）。一九八二年に工作舎より独立し、八七年、編集工学研究所を設立。二〇〇〇年、ウェブ上ブックナビゲーション「千夜千冊」をスタート、現在も継続中である。また「千夜千冊エディション」シリーズ（角川ソフィア文庫）も刊行中。本書出典（〇一七ページ参照）以外の編・著作に、『ヴィジュアルコミュニケーション』（講談社）、『自然学曼陀羅』（工作舎）、『情報の歴史』（NTT出版）、『フラジャイル』（ちくま学芸文庫）、『遊読365冊』（工作舎）、『編集手本』（EDITHON）などがある。編集工学研究所所長、イシス編集学校校長。俳号「玄月」。

［編者紹介］

米山拓矢●*Takuya* YONEYAMA

一九七五年、愛知県生まれ。編集者として『あそんでまなぶ　わたしとせかい』（佐治晴夫他著）などを担当。歌人（中部短歌会に所属）。中部短歌会新人賞。筆名は米山徇矢。

うたかたの国——日本は歌でできている

発行日——二〇二一年一月二五日第一刷発行　二〇二一年四月二〇日第二刷発行

著者——松岡正剛

編集——米山拓矢＋米澤敬

エディトリアル・デザイン——宮城安総＋佐藤ちひろ

印刷・製本——シナノ印刷株式会社

発行者——岡田澄江

発行——工作舎　editorial corporation for human becoming

〒169-0072　東京都新宿区大久保2-4-12　新宿ラムダックスビル12F

phone : 03-5155-8940　fax : 03-5155-8941

URL : www.kousakusha.co.jp

e-mail : saturn@kousakusha.co.jp

ISBN978-4-87502-524-5

自然学曼陀羅

◆松岡正剛
物理学とインド哲学、定常宇宙論と空海の密教、生物学と神秘学、現代美術とタオイズム…専門性・分業性の閉塞状況を破る全自然学論考。著者の処女作。
●四六判上製●280頁●定価　本体1800円+税

遊読365冊

◆松岡正剛　荒俣宏=協力
「千夜千冊」の原点、1981年雑誌『遊　読む』誌上に一挙掲載された伝説のブックガイドが復活！一冊百字で365冊のブックコスモスを駆け巡る。
●B6判変型仮フランス装●224頁●定価　本体1800円+税

にほんとニッポン

◆松岡正剛
日本人は何もかも見て見ないふりをして、今もなお日本を見捨てて日本を見殺しにしつづける…忘れてはいけない日本を一冊に濃縮、高速全日本史！
●四六判●416頁●定価　本体1800円+税

文字の霊力

◆杉浦康平
タイポグラフィに大きな影響を与えた著者の真骨頂たる「文字」をテーマにエッセイ・論考を収録。松岡正剛との対話では、文字の可能性が縦横無尽に語られる。
●A5判変型●300頁●定価　本体2800円+税

にほんのかたちをよむ事典

◆形の文化会=編
日本文化のさまざまな「かたち」を読んで見て楽しむビジュアル満載の事典。かたちに万感を込め、万象を観る、イメージの国ニッポンの謎を解く。
●A5判上製●532頁●定価　本体3800円+税

十二支妖異譚

◆福井栄一
万人に親しまれている十二支の、妖しく不気味な貌を切り取った物語集。神話、伝説、民話、読本、歌舞伎から抜粋。怖いことは、往々にして愉しい。
●B6判変型仮フランス装●300頁●定価　本体1800円+税